파 프롬 홈

파 프롬 홈

초판 1쇄 발행 2014년 5월 15일
초판 3쇄 발행 2015년 8월 15일

글 나이마 비 로버트 | 옮김 김양미 | 책임편집 최윤희 | 디자인 여희숙

ISBN 978-89-93260-89-2 43890

한우리문학 book@hanuribooks.co.kr

* 이 책의 한국어판 저작권은 에이전시 원을 통해 저작권자와 독점 계약한 한우리북스에 있습니다.
  저작권법에 의해 한국 내에서 보호를 받는 저작물이므로 무단전재와 무단복제를 금합니다.
* 이 도서의 국립중앙도서관 출판시도서목록(CIP)은 e-CIP홈페이지(http://www.nl.go.kr/ecip)와
  국가자료공동목록시스템(http://www.nl.go.kr/kolisnet)에서 이용하실 수 있습니다.(CIP제어번호 : CIP2014011837)
* 책값은 뒤표지에 있습니다.

발행처 ㈜한우리북스 | 출판신고 2006년 5월 12일 제312-2006-000026호
발행인 박철원 | 편집인 이대연 | 편집 최윤희 이나영 | 디자인 여희숙 | 마케팅 백민열
주소 서울시 영등포구 당산로 27길16 한우리빌딩 5층
전화 02-362-4704(편집) 02-362-4754(마케팅)
팩스 02-362-4750 | 전자우편 book@hanuribooks.co.kr   친환경 콩기름 잉크 사용

파 프롬 홈

FAR FROM HOME

‹‹‹‹‹‹‹‹‹‹‹‹‹‹‹‹

글 나이마 비 로버트
옮김 김양미

‹‹‹‹‹‹‹‹‹‹‹‹‹‹‹‹

한우리 문학

차례

타리로와 케이티
2001년, 짐바브웨

에필로그

왕자도 왕국을 벗어나면 노예가 된다

– 쇼나 족의 속담

타리로 1976년, 로디지아

오늘 그들이 파라이를 죽였다. 죽여서 옷을 벗기고 아버지조차 알아볼 수 없을 정도로 시신을 훼손했다. 그리고 근처 보호구역 마을로 가서 주민들에게 피투성이가 된 시신을 보여 주었다.

"잘 봐라!"

백인 병사들 앞에 선 주민들은 시신이 풍기는 악취와 윙윙거리는 파리 소리를 외면한 채 나지막이 기도를 올렸다.

"이것이 우리의 명령을 따르지 않은 이른바 '자유의 전사들'에게 내리는 벌이다. 만약 그자들을 이곳에 숨겨 주거나, 먹을 것을 주고, 이곳에 오는 것을 우리에게 알리지 않는다면 너희들도 똑같이 당할 것이다. 우리는 평화를 사랑하는 사람들을 테러리스트로부터 보호하기 위해 이곳에 왔다. 죽음 대신 평화를 선택하라."

나도 언제든지 파라이처럼 죽을 수 있다. 그와 나는 같은 꿈을 품고 전투지에서 함께 싸웠다. 우리 땅으로 돌아가는 꿈, 고향으로 돌아가는 꿈을 위해서.

고향을 떠나온 지 이미 여러 해가 지났지만 나는 여전히 그곳이 그립다. 눈을 감으면 마음속에 새겨진 고향의 모습들이 생생하게 떠오른다. 초가지붕이 있는 둥근 흙집(나는 초가지붕 위로 올라가 잠들곤 했다), 농장 한복판에 있는 큰 나무(그 나무 밑에서 할아버지는 하이에나를 탄 마녀들에게 잡혀간 아이들 이야기를 들려주곤 했다), 옥수수 밭과 뾰족한 뿔이 달린 소 떼, 꼭대기에 커다란 바위를 이고 있는 산들, 뿌리가 하늘을 향해 솟은 것처럼 보이는 바오바브나무, 끝없이 펼쳐진 하늘, 우기의 시작을 알리는 반가운 구름들.

하지만 이곳에서는 더 이상 비구름을 기다리지 않는다. 이제 그런 것들은 아무 의미도 없기 때문이다. 우리는 미래의 딸들을 위해 혼인 지참금을 마련하거나 밭에 씨를 뿌리지 않는다. 소가 송아지를 낳는 것을 옆에서 도와주지도 않는다. 지금 우리는 죽기 위해서 살아가고 있다. 이제 덤불 속이 나의 집이며 동료들이 나의 가족이다. 우리는 자유의 전사들이다.

내 잠자리는 사바나가 남겨 준 신호에 따라 매일 밤 바뀐다. 어느 날은 아무 일도 일어나지 않지만 오늘처럼 누군가 피를 흘린 날에는 공포가 내 마음속을 파고든다. 하지만 나는 어머니처럼 강인하다. 그래서 속으로만 눈물을 흘린다. 나의 오빠 파라이의 죽음도 속으로 애도할 것이다.

집으로 돌아갈 수 있을까? 모른다.

아버지를 다시 볼 수 있을까? 모른다.

우리의 삶이 예전과 같아질 수 있을까? 모른다.

어떻게 이런 일이 일어났는지, 어떻게 내가 덤불 속을 내 집이라 부르게 되었는지 생각하면 몹시 괴로워지면서도 한편으로는 위로가 되기도 한다.

그래서 나는 지금부터 그것에 대해 생각해 볼 것이다. 그동안 일어났던 일들을 모두 기억에 새기고 나 자신을 위로할 것이다. 그러면 이 낯선 하늘 아래로 추방당한 고통을 조금이라도 덜 수 있겠지.

타리로

1964년, 로디지아

바오바브나무의 딸

오래전, 우리 조상들은 지금 백인들에게 '포트빅토리아'라고 불리는 이곳에 정착했다. 그들은 넓은 들판과 집을 짓는 데 쓰일 울창한 나무숲 그리고 이곳으로 온 사람들을 환영하듯 내리는 비에 반했다.

'좋은 곳이야. 우리가 뿌리를 내리기에 알맞은 곳이야.'

조상들은 이 땅에 옥수수와 콩, 땅콩을 재배할 농장과 집, 마구간을 만들었다. 그리고 소를 방목할 목초지를 마련했다.

이 땅은 조상들이 우리에게 물려준 유산이다. 그래서 우리는 이 땅을 고향이라고 부른다. 나는 대지의 딸 타리로다. 우리 부족은 카랑가 족이며, 부족을 상징하는 토템은 사자 몬도로다. 아버지는 내가 열네 살 때 족장이 되었다.

어머니는 미소를 지으며 내가 태어났을 때의 이야기를 들려주곤 했다.

"타리로야, 나는 네가 태어난 날을 영원히 잊지 못할 거야. 내가 셋째 아기를 배 속에 가지고 있던 마지막 날이었지. 그때는 출산 때가 가까워 관절이 느슨해져서 마치 할머니처럼 걸어 다녔단다. 하지만 파종이 한창일 때라서 밭에서 괭이질을 했어. 임신 내 얼마나 바오바브 열매가 먹고 싶던지. 그 시큼하고 부드러운 것을 먹기 위해 나는 종종 우리 밭 건너편에 있는 바오바브나무까지 걸어가곤 했단다. 운이 좋을 때면 코끼리가 먹다 남긴 열매를 구할 수 있었어."

어머니는 나를 바라보며 이야기를 계속했다.

"그날은 괭이질을 일찍 마쳐서 바오바브 열매를 구하러 갔어. 그런데 바오바브나무 앞에 다다른 순간 진통이 시작된 거야. 나는 나무줄기에 기대 숨을 내쉬며 울지 않으려고 노력했어. 진통이 너무 심해서 서 있기도 힘들었지. 기어서라도 도움을 구하려 했지만 오히려 무릎에 상처만 날 뿐이었어. 나는 나무줄기에 기대앉아 누군가 나를 발견해 주기만을 기다렸어. 바로 그때 아기가 나오기 시작한 거야! 나는 속으로 생각했어. '나 혼자 이 아기를 낳아야 해. 지금까지 우리 어머니들은 다 그렇게 해 왔잖아.' 그리고 나는 마침내 해냈단다, 타리로. 나 혼자 힘으로 너를 낳은 거야. 바로 저기 저 바오바브나무 아래서 말이야. 네 아버지가 나를 발견하고는 산파를 불러왔어. 산파는 우리 모녀를 보기 전까지 그 사실을 믿지 못했단다."

"그래서요? 그래서 어떻게 되었어요, 엄마?"

"그들은 나를 집으로 데려와 푹 쉬게 해 주었지. 네 아버지는 걱정스러운 눈으로 바라보았어. 하지만 나는 더없이 기분이 좋았단다. 그토록 기다리던 딸을 얻었으니까. 그리고 너를 낳으면서 내가 강하다는 걸 깨달았거든. 나는 늘 너에게 고마워하고 있어, 타리로."

미소를 지으며 내 머리를 쓰다듬던 어머니의 눈에는 어느새 눈물이 맺혔다.

어린 아기였을 때 나는 하루 종일 어머니 등에 업혀서 지냈다. 그때 나는 아버지가 제일 좋아하는 걸쭉한 죽을 쑤기 위해 말린 옥수수를 빻는 것을 비롯해 어머니의 모든 행동을 지켜보았다. 어머니가 곡물을 다듬을 때나 강에 물을 길으러 갈 때도 늘 함께했다. 좀 더 자란 뒤에는 어머니의 체취를 느끼고 목소리를 알아들을 수 있게 되었고, 어떨 때 어머니가 기뻐하고 어떨 때 슬퍼하는지도 알게 되었다. 어머니와 나의 심장은 함께 뛰었다.

어머니의 등에서 내려온 나는 오빠의 낡은 셔츠를 입고 맨발로 집 밖 세상을 탐험하기 시작했다. 온종일 농장을 돌아다니고, 오빠들과 풀밭에서 뛰놀며, 콩꼬투리를 찾고, 개밋둑과 딱정벌레 똥을 발견하고, 새 소리를 구분할 수 있게 되었다. 나는 그 나이 또래 여자아이들이 즐겨 하는 놀이를 하며 동요를 부르고 놀았다.

내가 그렇게 즐겁게 지내는 동안 어머니는 몇 번의 임신을 했고, 네 명의 동생들을 더 낳았다. 남동생 둘은 모두 살았지만, 여동생 둘은 아기 때 죽었다. 어머니는 먼저 하늘나라로 떠난 딸들을 그리워하며 눈물을 흘렸다. 그럴 때마다 나마저도 잃을지 모른다는 불안감에 전보다 더 나를 아꼈다.

나는 어머니의 가슴속에 나만을 위한 특별한 공간이 있다고 생각했다. 조상들이 있는 머나먼 곳으로 떠나 버린 어린 두 딸을 잡을 수 없었기 때문에 어머니는 나를 더욱 곁에 두려고 했던 것 같다.

좋은 소식

어느 날 아침, 수탉의 울음소리에 깨어나 보니 어머니가 노래를 부르며 집 밖에서 먼지를 털고 있었다.

"엄마, 좋은 아침이에요!"

어머니는 등허리에 손을 얹으며 나를 향해 활짝 웃었다.

"응, 좋은 아침이야, 우리 아기! 어젯밤엔 잘 잤니?"

"네, 엄마는요?"

"나도 잘 잤단다, 우리 딸."

아침 햇살을 받으며 서 있는 어머니는 무척 아름다웠다. 옅은 빛깔의 옷 아래로 봉긋 솟아오른 배가 어머니를 더욱 아름다워 보이게 했다. 이번에는 여자아이일지도 모른다.

어머니는 아들 네 형제를 자랑스러워했다. 우리 부족에는 '아들을 둔 집이야말로 진정한 가족이 모여 사는 집이다, 딸을 둔 집은 이방인과 함께 사는 셈이다'라는 말이 전해 내려온다. 딸들은 결혼하면 집을 떠나 남편 집으로 가 버리기 때문이다. 하지만 나는 어머니가 전에 잃어버린 딸들과 같은 여자아이를 원한다는 것을 알고 있었다.

나는 어머니의 하나뿐인 딸로서 집안일과 아이 돌보는 일을 맡아서 전보다 더 열심히 했다. 어머니가 충분한 휴식을 취하고 배 속의 아기가 무럭무럭 자랄 수 있도록 체력을 키우기를 원했다.

그래서 나는 어머니를 도와 앞마당을 쓸고 불을 피우고 아버지가 좋아하는 죽과 목욕물을 준비하며 하루를 시작했다. 그런 다음 어머니와 나는 아버지의 다른 부인들, 아이들과 함께 밭일을 하러 갔다.

농작물을 수확할 날이 점점 다가왔다. 몇 달 전에는 쟁기질을 했다. 소가 반듯하게 줄을 맞춰 쟁기질을 하면 씨앗을 뿌릴 수 있는 땅이 만들어졌다. 그곳에 옥수수와 기장 그리고 새콤달콤한 렐리시 소스에 꼭 필요한 무리오 같은 녹색 채소를 비롯해 갖가지 농작물의 씨를 뿌렸다.

내가 농작물을 키우는 데 재능이 있다는 것을 알아차린 어머니는 내게 밭을 조금 내주었다. 나는 옥수수들 사이에 땅콩을 심었다. 땅콩을 무척 좋아했기 때문이다. 우리는 반들반들하고 짭조름한 그 열매를 입에 한가득 넣고 배탈이 날 정도로 먹었다. 밭에는 내가 가장 좋아하는 호박도 있었다. 나는 호박의 부드럽고 달콤한 맛을 좋아했는데, 특히 어머니가 호박에다가 토마토를 넣어 만든 요리를 가장 좋아했다.

씨를 뿌리고 나서는 새싹이 돋아날 때까지 지켜보면서 물을 주며 기다려야 했다. 그리고 싹이 돋아나면 잡초를 뽑아 주었다. 재빨리 뽑아 내지 않으면 그것이 온 밭을 뒤덮어 버렸기 때문이다.

물을 길어 오는 일은 어린 소녀들과 젊은 아낙네들이 맡았다. 물은 농장에서 조금 떨어진 계곡을 따라 굽이치는 강에서 길어 왔다. 강까지는 결코 가깝지 않았지만 이야기를 하거나 노래를 부르다 보면 금세 도착했다.

밭은 늘 나를 기다리고 있었다. 농작물들이 자라서 결실을 맺을 징후가 보일 때면 더욱 그랬다. 싱싱한 초록색 잎에 단단히 싸인 속대에 옥수수 알이 딴딴하게 여물고 옅은 색의 보드라운 술이 보이면 옥수수를 수확할 시기가 다가온 것이다.

나는 새롭게 주어진 일을 하는 동안 입에서 노래가 절로 나왔다. 발걸음은 깃털처럼 가벼웠다. 나만의 행복한 비밀이 있었기 때문이다. 내 마음은 온통 나모라는 남자아이에 대한 생각으로 가득 차 있었다. 나모는 내 가슴을 뛰게 하는 유일한 남자였다. 그런 나모가 그의 삼촌에게 나와 결혼하겠다고 말했다는 것이다! 나모의 사촌이자 나의 가장 친한 친구 루도가 전해 준 바로는 나모의 가족 모두 굉장히 기뻐했다고 한다. 그중에서도 특히 나모의 어머니가 기뻐했다. 나모의 어머니는 우리 어머니의 친구로, 나는 그녀에게 늘 예의바르게 행동하려고 노력했다. 좋은 인상을 주기 위해 말도 공손하게 하고 평소보다 더 친절한 태도를 보였다. 내가 꿈에 그리던 남자아이의 어머니였으니 당연한 일이다.

나모와 나는 어릴 때부터 친하게 지냈다. 부끄러움을 모르던 어린 시절에는 함께 강에서 헤엄도 쳤다. 그 아이는 재미있고 친절하며 용감했다. 높은 동굴을 오르는 방법을 알려 준 것도 그 아이였다. 한 번은 내 앞을 가로막은 뱀으로부터 나를 구해 주기도 했다. 나모는 늘 들고 다니는 막대기로 한 방에 뱀을 때려잡았다.

나모가 나를 보며 말했다.

"뱀을 한 방에 죽일 수 있는 방법을 알려 줄게. 그럼 앞으로 절대 뱀한테 물리지 않을 거야."

그때는 내가 나모를 친오빠처럼 좋아한다고 생각했다. 하지만 철이 들자 나는 내 감정을 보다 명확하게 알게 되었다. 나모에 대한 감정이 오빠들에 대한 것과는 다르다는 것을 깨달았다. 나모도 변하기 시작했다. 나모는 나와 함께 있을 때 쑥스러워하고 멋쩍어했다. 우리는 자라면서 각자 남자의 세계와 여자의 세계에 속하게 되었고 점차 서먹해졌다.

열네 살 소녀인 나는 날씬했다. 피부는 기름진 흙처럼 따스한 갈색이었다. 친구들은 모두 나의 가지런한 앞니와 잘록한 허리를 부러워했다. 그때는 내가 사랑에 빠져 한창 무르익은 시기였다.

그러던 어느 날, 해가 뉘엿뉘엿 지고 있을 때 나는 다른 여자아이들과 함께 강에서 물을 긷고 돌아오고 있었다. 나는 물 항아리를 머리에 이고 우아하게 걷는 연습을 했다. 어머니가 가르쳐 준 대로 고개를 쳐들고 허리를 쭉 펴고 걷고 있는데 소들이 '음매!' 하고 우는 소리가 들려왔다. 남자아이들이 소 떼를 몰고 돌아오고 있었다. 길에서 마주친 소년과 소녀 들은 미소를 지으며 서로를 바라보았다.

맨살이 드러난 어깨에 소몰이용 막대를 지고 있던 나모가 앞으로 걸어 나왔다. 튼튼하고 멋진 나모의 모습을 보자 내 심장은 빠르게 뛰기 시작했다. 나를 발견한 나모는 걸음을 멈추고 미소 지었다. 나모의 친구 하나가 그를 쿡 찌르며 뭐라고 말하자 다른 아이들이 웃음을 터뜨렸다.

하지만 나모는 아랑곳하지 않고 외쳤다.

"마코니의 딸 타리로, 너는 림포포 강에서 가장 아름다워!"

그 말을 들은 다른 여자아이들이 킥킥댔다. 나는 못 들은 척하며 항아리가 머리에서 떨어질 정도로 고개를 숙이고 남몰래 웃었다. 곧소 떼가 우리를 지나쳐 갔고 나모도 그들과 함께 걸어갔다. 그때 갑자기 나모가 내 쪽으로 몸을 돌리더니 뒷걸음으로 무리를 따라가며 외쳤다.

"타리로, 난 나중에 너랑 결혼할 거야!"

그 말을 들은 여자아이들이 내 팔을 잡아당기며 큰 소리로 웃기 시작했다. 나도 다른 여자아이들과 함께 웃으며 한 손으로 항아리가 떨어지지 않도록 잡고 달려갔다.

달리면서도 여전히 나모에 대한 생각에 사로잡혀 있었다. 열여섯 살이 된 나모는 큰 키에 넓은 어깨, 반듯한 이마를 지녔고, 순수해 보이는 눈은 밤하늘의 별처럼 반짝거렸다. 나는 처음으로 짜릿한 감정을 느꼈다. 분리되었던 우리 둘의 세계가 다시 하나로 합쳐지는 순간이었다.

나모가 나와 결혼하겠다고 쑥스럽게 말한 운명적인 그날 이후로 우리는 많은 이야기를 나누고 싶었다. 하지만 그럴 수 있는 기회가 드물었다. 우리는 직접 만나서 이야기하는 것보다 그의 사촌이자 나의 가장 친한 친구인 루도나 내 남동생 텐다이를 통해 많은 이야기를 주고받았다. 나모는 내가 해와 달이자 별, 자신의 심장이라고 했다. 나는 그때까지 그렇게 아름답고 소중한 감정을 느껴 본 적이 없었다. 나모가 아닌 다른 남자와의 결혼은 생각조차 할 수 없었다.

나모가 나에게 강가에서 만나자고 했다. 나와 함께 나온 루도가 강기슭에서 기다리며 망을 봤다. 나를 보는 나모의 갈색 눈이 따뜻하게 반짝였다. 그는 손을 등 뒤로 감춘 채 웃고 있었다. 우리는 입가에 미소를 머금고 인사를 주고받았다.

나모가 부드럽게 말했다.

"꽃처럼 예쁜 너한테 줄 게 있어."

나는 눈썹을 치켜세우고 고개를 갸우뚱거리며 장난스러운 목소리로 물었다.

"꽃처럼 예쁜 나한테 주려고 가져온 게 뭔데, 내 사랑?"

그는 등 뒤에 감추고 있던 손을 앞으로 내보였다. 주황색에 초록줄무늬가 있는 예쁜 호박이었다. 나는 기뻐서 큰 소리로 웃으며 손뼉을 쳤다.

"호박이잖아! 어떻게 알았어?"

"전에 네가 호박을 좋아한다고 해서 어머니가 올해에는 호박을 심었어. 이게 처음으로 수확한 거야."

나는 눈살을 찌푸리며 물었다.

"어머니 밭에서 훔친 거야?"

나모는 장난꾸러기처럼 씩 웃으며 말했다.

"아니, 훔친 게 아니라 어머니한테 부탁했어. 며느리한테 주는 선물로 달라고."

나는 눈을 반짝이며 큰 소리로 외쳤다.

"며느리? 어머니한테 며느리가 있다고 했어?"

나는 그 사실을 믿기 힘들었다. 내 꿈이 이루어진 것이었다!

나모가 놀리듯이 말했다.

"음, 너도 알겠지만 옛날 같으면 나는 너희 집에 쥐 몇 마리를 가져가서 너를 데리고……."

나는 킬킬대며 말했다.

"나모, 놀리지 마! 너도 지금은 그때와는 다르다는 걸 알잖아!"

나모도 웃으며 말했다.

"물론 나도 시대가 바뀌었다는 건 알아. 신부를 데려오려면 많은 소와 돈을 신부 집에 줘야 한다는 걸 알고 있다고. 그리고 신부가 너처럼 특별하다면 충분히 그럴 만한 가치가 있지. 내 사랑!"

그 말을 듣자 내 가슴은 쿵쿵 뛰었다.

나모가 다가와 내 손에 호박을 쥐여 주었다.

"그래서 어머니한테 너에 대해 말했어. 그리고 삼촌에게도 말했어. 이제 곧 중매쟁이가 우리 가족의 뜻을 전할 거야. 신부값에 대해 이야기할 때도 중매쟁이가 중간에서 조정해 줄 거야."

나는 기뻐서 고개를 뒤로 젖힌 채 '호호호!' 하고 웃었다. 하늘로 날아오르는 기분이었다. 나는 나모의 따뜻한 갈색 눈을 바라보았다.

"그런데 왜 너희 어머니는 네 이름을 나모라고 지은 거야? '불행'

이라는 뜻이잖아. 하지만 절대 그런 일은 없을 거야, 내 사랑!"

우리는 루도가 그만 집으로 돌아가자고 말할 때까지 서로 마주 보며 웃고 있었다.

나는 아버지에게 나모에 대해 말할 수 없었다. 아직 어린 숙녀로서 적절하지 않은 행동이었고, 제대로 가르침을 받으며 자란 아이가 자기 입으로 말할 만한 화제가 아니었기 때문이다. 하지만 어머니에게는 바로 그날 밤, 저녁 설거지를 마친 뒤에 나모에 대한 이야기를 꺼냈다.

어머니와 나는 부엌 밖으로 나가 농장 한가운데에 있는 밝은 곳으로 갔다. 다른 어머니들이 아이들을 재우는 부드러운 노랫소리가 들려왔다. 아버지는 파라이, 가리카이 그리고 이웃 농장의 어른들과 낮은 의자에 앉아 있었다. 그들은 심각한 표정으로 코담배를 맡으며 낮은 목소리로 푸념을 늘어놓고 있었다.

나는 어머니의 가느다란 팔을 잡으며 속삭였다.

"엄마, 할 말이 있어요."

나는 어머니를 농장에서 떨어진 강가로 끌고 갔다. 강가에는 달빛을 받아 은색으로 빛나는 모파인나무 잎사귀들이 떨어져 있었다.

어머니는 궁금해서 못 참겠다는 듯한 표정으로 나를 쳐다보며 물었다.

"그래, 무슨 일이니?"

나는 얼굴 가득 머금은 함박웃음을 숨기려고 몸을 굽혔다. 그리고 간신히 그의 이름을 입 밖에 꺼냈다.

"엄마, 나모 말인데요……."

어머니가 장난스러운 목소리로 물었다.

"나모? 나모라니? 나모가 누구니?"

어머니는 나를 놀리고 있었다. 어머니는 내가 태어나기 전부터 나모의 어머니와 친구였다. 그들이 농장에 앉아 옥수수를 빻으면서 나모 이야기로 나를 놀린 것이 한두 번이 아니었다.

나는 투덜거렸다.

"엄마, 다 알면서 왜 그러세요!"

어머니는 진지한 표정으로 말했다.

"그래, 나모가 누군지 잘 알고 있지. 나모한테서 무슨 소식이라도 왔니?"

"네, 나모가 삼촌한테 저랑 결혼하고 싶다고 말했대요. 이제 곧 아버지에게 청혼의 말을 전하기 위해 중매쟁이를 보낼 거래요. 아버지가 뭐라고 하실 것 같아요? 허락해 주실까요?"

"글쎄, 그쪽 집안에서 무엇을 내놓느냐에 달려 있지. 네가 족장의 외동딸이라는 사실을 잊지 말거라. 그렇지만 잘될 거야."

어머니가 내 손을 꼭 쥐며 말을 이었다.

"너희 둘은 같은 토템을 받드는 것도 아니고, 너희의 결혼을 막는 건 아무것도 없어. 게다가 나모는 좋은 집안의 좋은 아이잖니. 나는 그 아이가 내 사위가 된다면 무척이나 자랑스러울 거야."

그 말만으로도 충분했다. 나는 웃으며 어머니를 꼭 껴안았다. 그러다 배 속에 있는 아기를 짓누르지 말라는 어머니의 말을 듣고 허겁지겁 뒤로 물러났다. 하지만 어머니의 손은 놓지 않았다. 밤하늘을 올려다보니 은색 달이 나를 환하게 비추고 있었다. 그처럼 벅찬 행복은 태어나서 처음 느껴 보았다.

해가 산 위로 막 떠오르기 시작한 이른 아침에 중매쟁이가 도착했다. 그의 목소리가 상쾌한 아침 공기를 가르며 울려 퍼졌다.

"여자를 찾으러 왔어요! 우리는 요리를 해 줄 사람을 찾고 있습니다!"

그것은 중매쟁이가 신부 집에 청혼할 때 의례적으로 하는 인사말이었다. 그리고 역시 관례대로 누군가가 성난 목소리로 소리쳤다. 가리카이 오빠의 목소리인가? 나는 벌떡 일어나 문으로 달려갔다. 문밖에 서 있는 세 남자가 보였다. 가리카이 오빠도 몽둥이와 채찍으로 무장한 그들과 함께 있었다. 남자들은 중매쟁이가 서 있는 언덕으로 뛰어 올라갔다. 중매쟁이는 그들이 오는 것을 보고 큰 소리로 다시 한 번 외쳤다.

"여자를 찾으러 왔어요!"

그리고는 몸을 돌려 언덕 저편으로 달려 내려갔다. 남자 넷이 몽둥이와 채찍을 휘두르며 그를 쫓아갔다. 나는 오두막 문에 기대선 채 미소를 지었다. 청혼이 들어왔다. 이제 얼마 남지 않은 것이다.

귀향

그날 아침 한바탕 소동이 있은 뒤, 아버지의 동생 톤데라이 삼촌이 솔즈베리에서 돌아왔다. 내가 삼촌의 첫 번째 부인 빔바이 엄마와 함께 삼촌 집에 있을 때 아이들의 함성이 들려왔다.

"아빠! 아빠가 돌아오셨어!"

곧이어 날카로운 비명이 들렸다. 빔바이 엄마는 들고 있던 빗을 떨어뜨리며 삼촌을 둘러싸고 있는 다른 부인과 아이들의 무리 속으로 뛰어 들어갔다. 도시에서 산 옷을 말쑥하게 차려입은 삼촌은 키와 몸집이 커서 맨발로 서 있는 부인들과 아이들 사이에 거인처럼 우뚝 솟아 있었다. 삼촌의 두 부인은 가방과 선물 꾸러미를 보자 손뼉을 치며 즐겁게 웃었다.

삼촌은 콧수염 밑으로 새하얀 이가 드러날 만큼 활짝 웃으며 낮은 목소리로 말했다.

"당신 선물이야, 빔바이 엄마. 조심하라고, 전부 솔즈베리에서 사 온 것들이니까! 그리고 치포 엄마, 이건 당신 거야."

치포 엄마는 삼촌에게서 받은 담요와 빔바이 엄마가 받은 주전자를 번갈아 보고는 뾰로통한 표정을 지었다. 삼촌은 매우 당황한 듯했다. 하지만 두 여인은 곧 웃음을 터뜨리며 서로 상대방의 선물을 축하해 주었다.

그들이 입을 모아 말했다.

"좋은 선물이네요, 빔바이 아빠! 고마워요."

그러자 이번에는 아이들이 왁자지껄 떠들며 손을 뻗었다.

"제 것도 있어요, 아빠? 제 건 뭐예요? 도시에서 어떤 걸 가져오셨어요? 새 옷도 있어요? 맛있는 것도 사 오셨어요? 제 건 뭐예요, 아빠?"

삼촌은 껄껄 웃으며 무릎을 꿇고 두 팔을 크게 벌리더니 아이들을 끌어안았다.

"요 녀석들, 늙은 아버지를 이런 식으로 반기는 거니?"

삼촌만 보면 생기는 부러움이 또다시 내 가슴을 가득 채웠다. 우리 아버지는 절대 웃지 않았다. 선물을 사 온 적도 없다. 우리를 봐도 늘 느린 걸음으로 다가왔지 절대 서두르는 법이 없었다. 그건 다른 누구에게라도 마찬가지였다. 그래서 나는 어렸을 때 아버지 대신 삼촌이 우리 아버지였으면 하고 바랐다. 삼촌의 딸이 되면 더 바랄 것이 없을 거라고 생각했다. 하지만 나는 그런 생각을 절대 입 밖으로 꺼내지 않았다. 불효한 생각을 하는 스스로가 너무도 부끄러웠기 때문이다.

막내딸 치에자가 삼촌의 수염을 잡아당기며 재잘거렸다.

"아빠는 안 늙었어요! 그냥 커다랄 뿐이에요!"

그 말에 우리 모두 웃음을 터뜨렸다.

삼촌이 나를 보고 말했다.

"타리로, 삼촌한테 인사하는 걸 잊었니?"

나는 공손하게 무릎을 굽히고 두 손을 모았다. 그리고 수줍게 웃으며 인사를 건넸다.

"안녕하셨어요, 삼촌!"

"그래, 난 아주 잘 지냈단다. 타리로, 너와 네 어머니 선물을 가져왔어. 잠깐만 기다려 주겠니?"

삼촌은 발치에 있는 가방들 중 하나에서 예쁜 담요 두 개를 꺼냈다. 그것을 본 순간 나는 숨이 턱 막혔다. 새빨간 색에 감촉도 부드러운 담요였다. 이런 담요가 내 것이라니! 상상도 할 수 없는 일이었다. 게다가 난 아직 결혼도 안 했는데!

나는 활짝 웃으며 삼촌이 들고 있는 담요를 받기 위해 다시 무릎을 굽혔다. 어머니도 담요를 받으면 기뻐할 것이었다.

삼촌이 따뜻한 목소리로 말했다.

"타리로, 어머니에게 나 대신 안부 인사를 전해 주렴. 이제 나는 형님한테 인사하러 가야겠구나."

삼촌의 두 부인과 아이들이 모두 가지 말라고 매달렸다. 그들은 삼촌이 우리 아버지에게 인사하러 가기 전에 좀 더 집에 머무르며 목욕도 하고 사드자 요리도 먹으며 그들과 함께 시간을 보내기를 바라는 눈치였다. 삼촌은 잠시 고민하다가 입을 열었다.

"좋아, 형님은 이따가 오후에 찾아뵙도록 할게. 그 전에 소들을 돌보고 밭도 둘러봐야겠어⋯⋯."

삼촌 말에 모두 기뻐하는 표정이었다. 나는 작별 인사를 하고 집으로 향했다.

집으로 가는 길에 삼촌과 아버지에 대해 생각해 보았다. 이처럼 서로 완전히 다른 형제는 어디에서도 찾아보기 힘들 것이다. 아버지는 키가 작고 통통하지만, 삼촌은 키가 크고 군살 없는 근육질 몸매를 지녔다. 삼촌은 잘 웃고 말솜씨가 뛰어나며 열정적인 반면에 아버지는 조용하고 진지하며 갈등을 피하는 성격이다. 삼촌 대신 아버지가 족장이 된 것은 조상들이 우리를 상대로 벌인 운명의 장난과도 같은 일이었다.

할아버지가 돌아가시자 조상들의 혼령과 교감을 나눈 무당은 아버지가 족장이 되어야 한다는 점괘를 내놓았다. 그 뒤 삼촌은 자기 가족과 가축들을 돌보는 일에만 전념했다. 삼촌은 도시에서 장사를 시작했는데, 사업 수완이 좋아서 아들들을 기독교계 학교에 보낼 정도로 부유해졌다.

삼촌은 또 한 번 결혼을 했고, 백인의 언어를 공부했다. 하지만 그런 삼촌도 도시에서 일주일 넘게 지낸 적이 없었다. 조상들의 숨결이 어린 공기를 마시지 못하고 시골의 고요함을 맛보지 못하면 견딜 수가 없다는 것이었다. 삼촌은 백인들이 사는 바깥 세계와 우리를 이어 주는 연결 고리 역할을 했다.

삼촌은 백인이 우리 땅에 처음 들어온 때를 자주 이야기했다. 할아버지가 삼촌에게 그랬던 것처럼 삼촌도 우리에게 그 이야기를 수없이 들려주었다. 우리는 농장 한복판에 모닥불을 피워 놓고 빙 둘러 앉았다. 모닥불의 붉은 불꽃이 일렁이는 가운데 우리 역사를 되새기는 삼촌의 이야기가 이어졌다.

"오래전에 세실 로즈라는 백인이 남아프리카에서 금광과 다이아몬드 광산으로 많은 돈을 벌었어. 그는 이곳, 우리 땅에서도 똑같이 돈을 벌 수 있을 거라고 생각했지. 그런 생각을 한 건 그뿐만이 아니었어. 프랑스인, 영국인, 보어인, 포르투갈인, 모두 그런 생각을 갖고 있었어. 그래서 그들은 우리 땅의 지배권을 놓고 경쟁했지."

"삼촌, 왜 그 사람들이 우리를 지배하려 했나요?"

"얘들아, 백인들은 우리의 옛 왕국 로즈위나 줄루 같은 나라를 세웠단다. 그들은 욕심이 어찌나 많은지 우리의 금과 다이아몬드, 야생동물은 물론 우리 땅까지 차지하고 싶어 했어. 유럽에 있는 그들의 조국을 부강하게 만들기 위해 우리의 자원을 이용하려 한 거야.

므질리카지의 아들이며 은데벨레 족의 왕 로벤굴라는 왕국의 금과 다른 광석들을 탐내며 성가시게 구는 보어인, 포르투갈인, 영국인 등 탐욕스러운 백인들 때문에 골머리를 앓았어. 그러다가 로벤굴라는 영국 빅토리아 여왕의 대리인에게 속아 넘어갔고, 결국 영국에게 광산 개발 권리를 주는 러드 채굴권 조약에 서명을 하고 말았지.

로벤굴라는 고문관들에게 속은 거야. 그들은 열 명 이하의 백인만 은데벨레에서 채굴을 할 것이며 총을 비롯한 무기류를 전혀 사용하지 않을 거라고 했지. 하지만 그들은 로벤굴라가 서명한 문서에서 그런 내용을 교묘히 빼 버렸어. 그래서 로벤굴라는 러드 채굴권 조약이 백인들로 하여금 그의 왕국을 마음껏 주무르고 심지어 나라를 세울 수 있는 권리를 보장해 주는 것이라는 사실을 몰랐지. 그가 그 사실을 깨달았을 때는 이미 상황이 걷잡을 수 없게 된 뒤였어."

파라이가 차분한 목소리로 말했다.

"그가 우리나라를 넘긴 거네요."

삼촌은 심각한 표정으로 고개를 끄덕였다.

"그래, 백인들은 교활한 속임수를 써서 이 땅을 자신들의 것이라고 주장했어. 그 뒤 빅토리아 여왕은 영국을 대표해 이 지역을 다스릴 총독으로 세실 로즈를 임명했지."

내가 물었다.

"누가 영국 여왕한테 우리 운명을 결정할 권리를 주었나요? 우리는 영국 여왕을 본 적도 없고, 우리의 국왕으로 받아들인 적도 없는데 말이에요."

삼촌은 한숨을 쉬며 내 어깨에 손을 올렸다.

"세실 로즈 같은 백인들은 세계를 지배하고 싶어 했어. 로즈는 아프리카 전역을 영국의 통치하에 두고 싶어 했지. 백인들은 우리를 동물과 다름없는 야만인으로 보고 있단다. 그들은 미개한 우리를 개화시켜 문명의 혜택을 받게 하는 것이 그들이 마땅히 해야 할 일이라고 생각해. 그들은 짐바 자 마브웨*의 거대한 석조 건축물을 우리가 만들었다는 사실조차 믿지 않지. 그런 그들에게 우리가 영국

*짐바 자 마브웨(Dzimba-dza-mabwe) 짐바브웨의 고대 도시 유적지로 '그레이트 짐바브웨'라고도 한다. '돌로 만든 집'이라는 뜻으로 짐바브웨라는 국명이 여기에서 유래한 것으로 여겨진다. 유네스코 세계 유산으로 지정되었다.

여왕에게 복종하겠다고 한 적이 없다는 건 전혀 문제가 되지 않아."

삼촌에게 그 이야기를 들은 뒤부터 나는 우리의 역사를 생각할 때마다 슬픔에 잠겼다. 우리는 옛날에 포르투갈인들을 물리치고 로브지 왕국을 세웠다. 또 정비된 군대와 잘 닦인 교역로가 있던 짐바 자마브웨의 거대한 돌탑에서 남부럽지 않게 살았다. 하지만 지금은 어떤가? 우리는 나라의 주권을 잃고 외국법을 따르도록 강요받는 식민지 주민에 불과했다.

백인들은 그들의 여왕이 내린 허가서를 내세워 우리 땅을 빼앗아 남아프리카의 백인 정착민에게 넘겨 버렸다. 가족을 데리고 림포포 강을 건너온 그들은 경찰의 보호를 받으며 가는 곳마다 자기네 식으로 지명을 붙였다. 그들은 마치 자신들이 이 땅의 주인인 것처럼 행세했다. 이 땅을 처음으로 '고향'이라고 부른 것이 자신들인 것처럼 말이다.

오래전부터 땅을 경작해 밭을 만들고, 탯줄을 땅속에 묻고, 이 땅에 이름을 붙인 우리의 존재는 그들에게 아무런 문제가 되지 않았다. 백인들은 그들이 지은 지명을 더 좋아했다. 그들은 우리 고향 근처의 땅에 정착해 빨간색과 하얀색, 파란색으로 물든 그들의 국기를 꽂고, 이곳을 그들의 여왕 이름을 따서 '포트빅토리아'라고 불렀다.

"그들은 조약, 허가서, 채굴권 따위로 우리를 속이려 했어. 하지만 우리의 이야기와 전설, 노래는 모닥불을 피워 놓고 나누는 이야기를 통해 자손 대대로 전해지고 있지. 지금도 우리는 그렇게 하고 있잖니. 우리가 그런 것을 글로 남길 필요는 없었어. 적어도 지금까지는

31

그랬지. 하지만 백인들은 글에 대해서는 달인이야. 그들은 원하는 대로 글을 쓸 수 있어. 그들은 글을 길게, 빈틈없이, 교묘하게 쓸 수 있어. 글은 적을 친구로 보이게 하고, 협박을 달콤한 약속처럼 보이게 하지. 글은 우리가 모르는 사이에 우리를 이 나라에서 내쫓을 수도 있단다."

모닥불은 탁탁 소리를 내며 타들었다. 침울해진 우리는 삼촌의 이야기를 기다리며 말없이 불길을 바라보았다. 삼촌은 우리에게 은데벨레 족의 정신적 지도자였던 믈리모에 대해 이야기해 주었다. 그리고 그가 은데벨레 족으로 하여금 백인 이주자들에 대항해 봉기를 일으키도록 설득한 과정을 들려주었다. 은데벨레 족이 불라와요와 그 인근의 땅에서 백인을 몰아내기까지는 많은 희생이 따랐다. 쇼나 족 사람들 중에서 가장 위대한 종교 지도자 암부야 네한다와 세쿠루 카구비는 자유를 위해 싸운 최초의 해방전쟁에서 우리 땅과 주권을 되찾기 위해 무기를 들고 백인에 맞서 싸우도록 부족민들에게 용기를 북돋아 주었다.

"하지만 우리가 졌잖아요, 삼촌……."

"그래, 백인들이 성능이 좋은 무기를 지녔으니 어쩔 수 없었지. 그들은 암부야 네한다와 세쿠루 카구비를 잡아들여 처형했어."

"그리고 어떻게 됐어요?"

삼촌은 고개를 떨궜다.

"음, 백인들은 결국 완전한 통치권을 얻었지. 우리가 사는 오두막에 세금을 매긴 '가옥세'를 도입하고 이 나라에 로디지아라는 새 이름을 붙였어."

"세실 로즈의 이름을 따서요?"

"그래, 맞아. 그들의 영웅 이름을 따서 말이야. 가옥세를 도입한 후로 모든 남자들은 세금을 내기 위해 열심히 돈을 벌어야 했지. 백인이라는 족속은 얼마나 교활한지 몰라. 가옥세 덕분에 백인들은 식민지를 다스리는 데 총을 쓸 필요도 없었어."

나는 고개를 끄덕였다. 백인들의 식민지 통치가 얼마나 교활한 것인지 알 것 같았다. 또 그들 밑에서 굴욕감을 맛봐야 했던 남자들의 기분도 짐작할 수 있었다. 많은 소와 아내와 아이들이 있는 한 집안의 가장이 백인들의 광산이나 농장에서 노동력을 착취당했으니 얼마나 굴욕스러웠을까! 우리 부족 남자들의 자존심과 명예는 사바 강이 강둑을 무너뜨린 것처럼 무너져 내렸다.

나는 당시의 족장 마코니가 그랬던 것처럼 그런 상황이 닥치면 아버지도 맞서 싸울 것이라고 생각했다. 아버지는 사법권을 갖고 있는 식민지 감독관에게 저항할 것이다. 하지만 그렇게 해서 좋아질 것이 있을까? 식민지 정부는 명령에 복종하지 않는 '골칫덩어리' 족장들의 지위를 박탈했다. 그들이 협력에는 보상을, 불복종에는 벌을 내린다는 사실을 우리 모두 잘 알고 있었다.

6개월 전, 감독관 톰슨이 아버지를 만나러 우리 집에 온 적이 있다. 그때 그의 옆에는 '아프리카인들의 예의범절 교육'을 위해 솔즈베리에서 온 이안 왓슨이라는 젊은 신임 부감독관이 있었다.

그는 내가 본 백인 중에서 가장 키가 크고 힘이 셌다. 제복의 천은 넓은 등을 감싸느라 늘 팽팽하게 당겨져 있었고, 카키색 바지는 근육질 넓적다리와 불룩한 종아리의 윤곽을 그대로 드러냈다. 눈동자는 파란색, 피부는 불타는 붉은색이었으며, 하마 가죽으로 만든 '잠보크'라는 무시무시한 채찍을 항상 가지고 다녔다. 예전에 왓슨이 자기 밑에서 일하는 아프리카인에게 소리치며 욕설을 퍼붓는 것을 본 적이 있는데 정말 무서웠다.

그가 나를 쳐다볼 때면 온몸에 소름이 돋았다. 머리끝에서 발끝까지 내 몸을 훑어보는 그의 파란 눈과 이상한 모양으로 일그러져 기분 나쁜 미소를 짓고 있는 입술이 싫었다. 그래서 나는 부감독관 왓슨이 포트빅토리아에서 올 때마다 오두막에 틀어박혀 꼼짝도 하지 않았다.

나는 집에 도착하자마자 곧장 부엌으로 갔다. 어머니가 아이들에게 먹일 옥수수 죽을 만드느라 바쁠 시간이었기 때문이다. 나는 부엌에서 나무 주걱으로 뻑뻑한 반죽을 휘젓고 있는 어머니에게 인사했다.

"다녀왔어요, 엄마."

이마에 땀이 송골송골 맺힌 어머니를 보자 삼촌 집에 너무 오래 있다가 온 것 같아 미안해졌다.

어머니가 마음이 놓인다는 듯 한숨을 내쉬며 대답했다.

"아, 어서 와, 타리로. 그래, 오늘 하루는 어땠니?"

"엄마가 좋았다면 저도 좋았어요."

내가 어머니의 나무 주걱을 살짝 빼앗아 들며 말했다. 어머니는 화덕에서 물러나 낮은 신음 소리를 내며 갈대 돗자리에 주저앉았다.

"괜찮아, 내가 해도 되는데."

어머니의 발은 퉁퉁 부어 있었고 얼굴은 매우 피곤해 보였다.

나는 속삭이듯 말했다.

"엄마, 어제 잠은 잘 주무셨어요?"

어머니는 머리를 가로저으며 말했다.

"꿈속에서 말이지, 그들이 불안한 새처럼 쉴 새 없이 날아다니며 나에게 속삭였어. 너무도 끔찍한 이야기를 계속해서 속삭였어."

나는 지난번에 죽은 아기를 임신하고 있을 때 어머니를 계속해서 괴롭히던 꿈이 생각나서 몸서리쳤다.

"엄마, 또 지난번 같은 꿈을 꾼 거예요?"

어머니는 걱정스레 눈살을 찌푸리며 말했다.

"뭔가 안 좋은 일이 일어날 것 같아. 그게 어떤 일인지는 잘 모르겠지만……."

그 순간 오두막 안이 어두워졌다. 누군가 밖에서 들어오는 빛을 가로막고 부엌 문 앞에 서 있었다. 아버지였다.

평소처럼 근엄한 표정으로 아버지는 어머니에게 말을 건넸다.

"파라이 엄마, 오늘은 어떤 음식을 준비했소? 내 동생이 솔즈베리에서 돌아왔다는 소식은 들었겠지?"

어머니는 눈이 휘둥그레져 머리를 가로저었다.

아버지는 나를 꾸짖는 눈빛으로 바라보며 말했다.

"타리로, 어째서 어머니에게 삼촌이 오늘 돌아왔다는 사실을 알리지 않았니?"

나는 고개를 숙였다.

"내가 가리카이에게 염소를 잡으라고 말해 놓았소. 톤데라이가 당신의 염소 고기를 곁들인 옥수수 죽을 얼마나 좋아하는지 알고 있지? 서둘러야 하오. 지금쯤이면 배가 고플 거야. 그의 아내가 만드는 사드자로는 부족하거든! 타리로?"

"네, 아버지."

"어머니를 도와 음식을 준비하도록 해라. 아이들 목욕시키는 것도 잊지 말고."

"네, 아버지. 당연히 그렇게 해야죠."

우리는 어머니의 이상한 꿈에 대해서는 더 이상 이야기하지 않았다. 나는 어머니를 도와 아직 따뜻한 육즙이 흘러나오는 염소 고기를 잘라 두 개의 냄비에 나누어 담았다. 그런 다음 아이들을 씻기기 위해 강가로 데려갔다. 아이들은 물가에만 가면 좋아서 소리를 지르며 물놀이를 즐겼다. 나도 얕은 강에서 목욕을 했다. 더위로 달아오른 살갗을 얼얼하게 할 정도로 시원한 물의 감촉은 언제나 상쾌했다. 조금 떨어진 하류에서 여동생들과 함께 있는 루도를 보았지만 그곳에 오래 있을 수는 없었다.

나는 루도에게 중매쟁이가 왔다고 말하고 싶었다. 그리고 나모에게 내 이야기를 전해 달라고 부탁하고 싶었다. 하지만 아이들을 돌보느라 그럴 시간이 없었다. 아이들은 작은 물고기처럼 물속 어딘가에 숨었다가 내가 더 이상 참을 수 없게 되었을 때쯤 다시 모습을 드러냈다. 그들은 내가 부르면 장난스럽게 소리를 질렀다. 내가 깊은 물에 들어가는 것을 무서워하기 때문에 그들을 잡으러 그쪽으로 갈 수 없다는 사실을 잘 알고 있었다.

그래서 나는 아버지의 쇠가죽 채찍으로 때리겠다고 겁을 주어 아이들을 강둑으로 데리고 나왔다. 나는 얕은 물가로 나온 아이들을 한 줄로 세우고 이곳저곳 꼼꼼히 문질러 깨끗이 씻겨 주었다. 하지만 아이들은 잠시라도 물장구를 치며 놀지 않으면 좀이 쑤시는지 가만있지 못했다. 나는 그럴 때마다 아이들의 등짝과 다리를 찰싹 때려 얌전히 서 있게 했다. 그래도 아이들은 마냥 즐거운 모양이었다. 톤데라이 삼촌이 도시에서 사 온 멋진 선물들과 어머니의 염소 고기 요리 때문이었다.

밤하늘에 반딧불이 춤을 추던 그날 밤, 아이들은 농장의 흙먼지 속에서 노래를 부르며 춤을 추었다. 어른들은 모닥불 앞에 모여 코담배를 맡으며 살아가는 일에 대해 이야기를 나누었다. 아이들은 '두두 음두리'라는 놀이를 했다. 두두 음두리는 자기의 친형제들과 친구의 친형제들의 이름을 차례대로 줄줄이 읊어 대는 일종의 기억력 놀이였다.

내 남동생 텐다이는 늘 이 놀이에서 일등을 했다. 그의 기억력은 완벽했고 리듬 또한 흔들림이 없었다.

그가 '두두 음두리!' 하고 소리치면 다른 아이들이 '카츠웨!' 하고 대답했다.

두두 음두리!

카츠웨!

파라이 움두리!

카츠웨!

가리카이 움두리!

카츠웨!

타리로 움두리!

카츠웨!

텐다이는 모든 형제자매들의 이름을 말했다. 우리 어머니가 낳은 다섯 남매, 아버지의 두 번째 부인이 낳은 세 남매, 세 번째 부인이 낳은 네 남매, 네 번째 부인이 낳은 외동아이, 다섯 번째 부인이 낳은 두 쌍둥이…… 이런 식으로 놀이는 계속되었다. 처음에는 우리 집안의 아이들, 다음에는 우리와 가장 친한 집안의 아이들 그리고 다른 가족의 아이들 순으로 이름을 정확히 대야 했다.

이것은 아이들과 어린 시절을 축복하고, 조상 대대로 이어져 내려오는 혈통을 축복하며, 뛰어난 기억력과 리듬감을 축복하는 놀이였다. 나처럼 나이가 많은 아이들은 어린아이들이 이름을 정확히 말할 때마다 박수를 치고, 이름을 틀리게 말할 때는 웃으며 바로잡아 주었다. 하지만 다른 한편으로는 어른들의 이야기에 귀를 기울였다.

"역시 집에 오니 좋아."

삼촌이 배를 문지르며 담배를 빨아들였다.

"조상님들 덕분에 우리 아들 쿰비라이가 학교에서 좋은 성적을 내고 있어요. 하지만 한 가지 걱정이 있어요. 그 아이는 학업을 계속하고 도시로 이주해 그곳에서 직업을 찾고 싶어 해요. 그렇지만 백인의 도시에서 살다 보면 머지않아 파멸의 길을 걷게 될 거예요. 그 아이는 자존심을 잃게 되겠지요. 지금 우리가 사는 꼴을 보라고요. 우리가 어디로 갈 수 있는지, 어디서 일할 수 있는지, 얼마나 벌 수 있는지 보면 알 수 있잖아요!"

삼촌은 뒷주머니에서 꼬깃꼬깃한 종이를 꺼내 모두가 볼 수 있도록 앞으로 내밀었다.

다른 남자들이 낮은 소리로 웅성거리며 고개를 가로저었다. 아버지는 종이를 흘끗 본 뒤 차분하게 말했다.

"쿰비라이가 잘하고 있다니 듣던 중 반가운 소식이네. 나는 그 아이가 우리 집안에 큰 명예를 안겨 줄 거라고 생각하네."

삼촌이 한숨을 내쉬며 말했다.

"형님, 저도 그렇게 되길 바라지요. 백인들의 나라에서는 자신이 어디에서 왔고 누구인지 잊어버리기 쉬우니까요."

삼촌은 머릿속에 떠오른 생각들을 떨쳐 버리려는 듯 고개를 저으며 말을 이었다.

"그러고 보니 농작물을 수확할 시기가 가까워졌네요."

"그래, 올해는 비가 적당히 내려서 농작물들이 훨씬 좋아 보여. 틀림없이 풍년일 거야."

"그런데 당국에서 이 땅에 대해 뭔가 요구하지는 않았나요? 시내에 있을 때 소문을 들었는데……."

아버지가 삼촌의 말을 가로막았다.

"그 문제에 대해서는 내일 이야기하도록 하자고. 그런 이야기는 여자들과 아이들 귀에 들어가면 안 되니까. 오늘 밤은 그저 먹고 마시고 즐기도록 하게!"

아버지는 호리병박으로 만든 술병을 들더니 집에서 직접 담근 맥주를 죽 들이켜고는 입맛을 다시며 입술을 핥았다. 그리고 술병을 삼촌에게 넘겼다. 삼촌은 모닥불 앞에 서서 조용히 이야기를 듣고 있던 파라이와 나를 쳐다보았다.

"타리로, 너희 아버지가 너를 위해 곧 소를 한 마리 잡을 거라던데. 대체 그 행운의 남자가 누구니? 내가 아는 남자니?"

"마체자의 아들 나모예요, 삼촌."

삼촌이 환한 미소를 지었다.

"아, 그 아이는 참 괜찮은 녀석이지! 내가 그 아이 아버지와 아는 사이인데, 그 아버지도 훌륭한 분이야."

삼촌이 아버지 쪽을 돌아보며 물었다.

"혼사가 진행되고 있나요?"

"아니, 아직. 자네가 적절한 시기에 돌아와서 얼마나 다행인지 몰라. 중매쟁이가 오늘 아침에 왔네. 그렇지?"

가리카이가 씩 웃으며 고개를 끄덕였다.

삼촌이 웃으며 말했다.

"네가 그 녀석을 흠씬 두들겨 패 주었을 테지?"

그 자리에 있던 사람들 모두 웃음을 터뜨렸다. 그리고 노래를 부르기 시작한 아이들 쪽으로 시선을 돌렸다. 어른들도 어렸을 때부터 알고 있는 노래였다. 어른들의 말소리는 아이들의 노랫소리에 묻혀 점차 잦아들었다. 아이들은 금빛으로 타오르는 모닥불 앞에서 발을 구르고 팔을 위로 올려 빙그르르 돌며 즐겁게 춤을 추었다.

새로운 소식

다음 날 아침, 우리는 모두 평소보다 늦게 일어났다. 아침 해는 벌써 하늘 높이 떠 있어 공기가 후텁지근했다. 일어나 보니 무덥고 목이 탔다. 지난밤에 꾼 꿈은 꽤나 생생했다. 나는 불타는 들판에서 나모를 찾아 헤매고 있었는데, 어디선가 성난 남자의 목소리가 들려왔다. 그 남자가 앞쪽으로 걸어가는 모습이 보이자 나는 연기가 피어오르는 검은 대지 위를 달려 쫓아갔다. 그러나 그를 따라잡을 수는 없었다. 매캐한 연기가 눈을 쿡쿡 찔러서 더 이상 앞이 보이지 않았다. 잠에서 깼을 때는 두 눈에 가득 고인 찐득찐득한 눈물 때문에 눈을 뜰 수가 없었다.

나는 천천히 일어나 앉아 두 손으로 머리를 감쌌다. 대체 그 꿈은 무슨 뜻일까? 어머니와 달리 나는 미래를 예언하는 꿈을 꾼 적이 없다. 내가 꾸는 꿈은 늘 단순하고 금방 잊어버리는 것들이었다. 하지만 그날 아침은 달랐다. 매캐한 연기 냄새, 발밑에서 느껴지는 불타버린 풀들의 까끌까끌한 촉감, 내 다리를 뒤덮은 검은 재가 무척이나 생생했다. 내가 나모에게 "기다려, 기다려 줘!" 하고 외치던 목소리가 여전히 귓가에 맴돌았다. 나모는 한 번도 뒤돌아보지 않고 멀리 사라져 갔다. 홀로 남겨진 나는 검댕이 묻은 손으로 눈을 비비다가 얼굴에 검은 얼룩이 졌다.

나는 손을 뻗어 조롱박에 든 물을 벌컥벌컥 마시며 갈증을 달랬다. 어머니가 빗자루로 바닥을 쓰는 소리가 밖에서 들려왔다. 문득 어제 어머니의 꿈에 대해 이야기하다가 말았다는 사실이 떠올랐다. 나는 서둘러 세수를 하고 어머니에게 인사를 하러 갔다.

밖으로 나오자 자전거 벨 소리와 함께 고운 흙이 깔린 오솔길을 달리는 고무 타이어 소리가 들려왔다. 어머니도 그 소리를 듣고 허리를 폈다. 한 손은 등허리를 받치고 다른 손은 눈부시게 내리쬐는 아침 햇살을 가리며 소리 나는 쪽을 바라보았다.

자전거를 타고 온 사람은 포트빅토리아로부터 소식을 전하러 온 청년이었다.

"일어나세요, 빨리 일어나세요!"

청년의 쩌렁쩌렁한 목소리가 아직도 꿈속에 빠져 있는 농장의 정적을 깨고 울려 퍼졌다.

어머니는 청년을 흘낏 쳐다보며 말했다.

"이런 식으로 인사를 해도 되는 건가요?"

그리고 쯧쯧 혀를 차며 말을 이었다.

"부모님한테 그렇게 배우진 않았을 텐데!"

그 순간 청년은 자신의 행동이 부끄러워진 듯 고개를 숙이고 공손히 말했다.

"용서해 주세요. 제가 너무 흥분해서 그랬어요. 감독관님이 전하라는 소식을 가져왔어요."

그 말을 들은 어머니가 내게 손짓을 했고, 나는 지야나이 엄마 집에서 자고 있는 아버지를 모시러 갔다. 나는 문에서 어느 정도 떨어진 곳에서 아버지를 불렀다.

"아버지! 아버지를 만나 뵙고 싶다는 사람이 찾아왔어요. 포트빅토리아로부터 소식을 전하러 왔대요."

아버지가 옷매무새를 가다듬으며 나왔다. 그리고 고개를 끄덕여 고마움을 표하고는 청년이 기다리는 공터로 느릿느릿 걸어갔다.

청년은 예의를 갖춰야 한다는 것이 생각난 듯 공손히 두 손을 모아 우리 전통 방식으로 아버지에게 정중하게 인사했다.

"감독관님께서 농장 대표들을 오늘 오후에 이곳으로 집합시키라고 했어요. 굉장히 중요한 소식을 발표할 거라고 하는데, 모든 농장에 일일이 방문하고 싶지 않다고 했거든요. 그래서 족장님이 여기로 모두를 집합시키면 그분이 와서 발표할 거예요."

아버지는 비위가 상한 듯했다.

"감독관이 말하려는 게 뭔데? 비공개적으로 나한테 먼저 전할 수 없는 건가? 어찌되었든 간에 우리 부족의 족장은 나야. 감독관이 우리 부족에게 전하고 싶은 말이 있다면 나를 통해서 하면 돼."

청년은 당황한 것 같았지만 곧 입을 열었다.

"사실 농장 대표들을 모두 모이라고 한 건 부감독관님이에요. 톰슨 감독관님은 족장님과 개인적으로 만나 의논하고 싶어 했지만 왓슨 부감독관님이 원주민 족장이라는 자들은 모두 제 분수를 모르기 때문에 안 된다고 했어요. 왓슨 님은 사람들과 직접 이야기를 나누고 싶어 해요."

"그럼, 톰슨이 아니라 왓슨이 온다 이 말인가?"

청년은 고개를 끄덕였다.

나는 그 말을 듣자 왠지 모르게 불길한 예감이 들었다.

아버지의 굳게 다문 입과 지팡이를 꽉 잡은 손이 아버지의 기분이 언짢다는 것을 나타냈다. 하지만 과연 아버지가 할 수 있는 일이 있을까?

"우리는 이곳에 모여 있을 거라고 전하게."

그렇게 말한 아버지의 어깨는 조금 처져 있었다.

청년은 아버지에게 인사를 한 뒤 자전거를 타고 사라졌다.

"나쁜 소식에 대비해야겠군."

아버지는 짧게 말한 뒤 지야나이 엄마 쪽으로 몸을 돌리더니 갑자기 짜증을 냈다.

"왜 그렇게 멍하니 서 있는 게야? 얼른 내가 마실 차와 목욕물을 준비해!"

아버지는 오후에 열릴 농장 대표 모임에 대해 골똘히 생각하며 성큼성큼 걸어갔다.

그날 오후, 우리 집 남자 형제들은 왓슨 부감독관과의 모임에 참석할 다른 농장 남자들을 부르러 갔다. 곧 반백의 수염과 먼지투성이 발에 구슬로 치장한 가방을 멘 늙은 원로들이 우리 집으로 왔다. 그들은 뼈만 앙상한 어깨가 다 드러나는 헐렁한 멜빵바지를 입고, 그 위에는 도시에 나가 있는 아들들이 입기에는 너무 작거나 닳아서 빤질빤질한 재킷을 걸치고 있었다.

그들은 빙 둘러앉았다. 혼자 생각에 잠긴 사람도 있었고 친구와 낮은 목소리로 이야기를 나누는 사람도 있었다. 어쨌든 그들 모두 하염없이 기다렸다. 삼촌과 함께 앉아 있던 파라이와 나모를 발견한 나는 심장이 쿵쿵 뛰었다. 하지만 그들은 대화에 열중해 있었기 때문에 나와 눈을 마주치지 않았다.

농장 대표와 함께 온 아녀자들은 포트빅토리아에서 온 소식을 듣고 싶어서 오두막 안에서 기다렸다. 푹푹 찌는 열기가 오후 들어 더욱 심해져서 농장은 찜통 같았다. 숨 막힐 것 같은 뜨거운 바람이 불어와 공기는 나무 연기와 들꽃 냄새로 탁하고 무겁게 느껴졌다.

그때 포트빅토리아에서 온 부감독관 이안 왓슨과 명령을 전달하는 임무를 맡은 아프리카인 전령병들이 마을에 도착했다. 어린아이들은 그들이 들고 온 총과 무자비한 얼굴을 보고 입을 벌린 채 서 있었다. 전령병들은 우리와 같은 피부색이었지만 부족은 달랐다. 그들은 이 나라의 서부 출신으로 카랑가 족의 언어가 아닌 은데벨레 족의 언어를 사용했다. 이것이 백인들이 가장 좋아하는 전술인 분할통치＊였다. 우리의 쓰라린 경험으로 미루어 보건대, 그들이 들고 있는 총은 그저 보여 주기 위한 것만은 아니었다.

＊**분할통치** 지배자가 피지배층 간의 민족 감정과 종교, 사회적 입장, 경제적 이해 등을 이용해 대립과 분열을 일으킴으로써 하나로 통합된 반대 세력이 형성되는 것을 방해하고 지배를 쉽게 하는 정책이다. 제국주의 국가의 식민지 통치에 많이 이용되었다.

우리 집에 찾아온 무리의 한가운데에 부감독관 왓슨이 있었다. 잠보크를 들고 뒷짐을 지고 서 있는 왓슨의 파란 눈은 냉정해 보였다. 그는 자신을 맞이하기 위해 나온 아버지를 향해 고개를 끄덕였다. 아버지가 손을 내밀었지만 왓슨은 힐끗 쳐다보더니 곧바로 고개를 돌렸다.

나는 곧 그 상황을 이해할 수 있었다. 왓슨은 아프리카 사람들과는 손끝조차 닿는 것을 꺼리는 백인이었다. 고압적인 시선, 꼿꼿한 등, 높이 쳐든 머리 등 그의 모든 것이 거만함과 권력의 힘을 말해 주고 있었다. 나는 아버지가 자식뻘 되는 젊은 사람에게 모욕당하는 것을 보고 발끈했다.

그때 왓슨이 목청을 가다듬고 연설을 시작했다. 그는 마치 미리 연습한 것처럼 또렷한 목소리로 격식을 갖춰 말했다.

"나는 나의 임무에 따라 이곳으로 소식을 전하러 왔습니다. 다들 이미 알고 있겠지만, 1951년 솔즈베리의 정부에서 법이 통과되었습니다. 그것은 원주민 토지 관리법입니다. 지금까지 정부는 이 법의 시행에 속도를 내지 못했습니다. 하지만 보다 헌신적인 통치자들이 합류했으니 이제부터는 달라질 것입니다."

그는 우리를 둘러보며 잠시 미소를 지은 뒤 말을 이었다.

"모두들 알고 있겠지만, 로디지아 정부에서는 당신들을 공평하게 대하고 돌봐 왔습니다. 사실, 원주민 토지 관리법은 정부에서 당신들 아프리카인들을 얼마나 생각하고 있는지 보여 주는 한 사례입니다. 이 법은 당신들이 너무 많은 소를 키우느라 나무를 모두 베어 버려서 토질이 악화되는 것을 방지해 농장을 효율적으로 운영할 수 있게 해 줄 것입니다. 지금 당신들이 서 있는 이 땅을 소유하게 될 백인들은 나라를 발전시키기 위해 최선을 다해 일할 것입니다. 그들은 담배, 목화와 같은 환금작물을 심고 소를 수출할 것입니다……."

그는 거기서 말을 끊고 영어를 알아듣지 못하는 나이 든 어른들의 무표정한 얼굴을 둘러보고는 입술을 일그러뜨렸다.

그를 따라온 아프리카인 부하가 말했다.

"제가 통역을 할까요, 부감독관님?"

왓슨이 비웃었다.

"귀찮게 하지 말게, 페트로스! 그게 다 무슨 소용이 있겠나? 자네가 아무리 애를 써서 설명해도 그들은 이해하지 못할 거야. 이 사람들은 지금 내가 무슨 말을 하는지 감도 못 잡고 있잖아. 그들의 낯짝을 보면 몰라? 그냥 2주 안에 짐을 싸 놓으라고 해. 이 사람들을 원주민 보호구역으로 옮길 트럭이 이곳으로 올 거야. 일단 가 보면 원주민 보호구역이 춤추며 맥주를 마시고 즐기기에 더 좋은 곳이라는 것을 알게 되겠지. 알겠나?"

그가 빙긋이 웃자 페트로스도 이를 드러내며 활짝 웃었다.

페트로스는 그와 왓슨의 대화를 듣고 있는 남자들 쪽으로 몸을 돌렸다. 그리고 지나치게 격식을 차린 태도로 연설을 시작했다.

"왓슨 님께서 1951년에 정해진 원주민 토지 관리법에 따라 이 땅을 재분배하는 건에 대해 이야기하기 위해 내일 이곳으로 오실 겁니다. 여러분은 2주 동안 짐을 싸고 정리할 수 있습니다. 2주 후에는 여러분과 가족들을 새 집으로 태우고 갈 트럭이 올 겁니다."

아버지는 믿기지 않는다는 눈빛으로 페트로스를 그저 바라보고 있었지만 삼촌과 다른 어른들은 가만있지 않았다. 그들 중 몇 명은 큰 소리로 항의하며 페트로스를 향해 몽둥이를 휘두르기도 했다. 땅에 침을 뱉는 사람도 있었다. 어머니와 나는 눈빛을 교환했다. 무슨 일이 일어나려는 것일까?

두 눈에 분노가 가득 찬 삼촌이 눈살을 찌푸리며 버럭 소리쳤다.

"새 집이라고? '새 집'이 무슨 뜻이지? 여기는 우리 땅이고 우리 조상의 땅이야! 우리 조상이 묻힌 곳도 바로 여기 이 땅이고, 우리가 농사를 짓는 곳도 이 땅이며, 우리가 아이들을 키우는 곳도 이 땅이야. 여기가 우리 고향이라고. 지금까지도 그랬고, 앞으로도 영원히 그럴 거야!"

다른 어른이 땅에 침을 뱉으며 페트로스를 노려보았다.

"우리는 절대 가만히 앉아서 땅을 빼앗기지 않을 거야! 어떻게 감히 여기 와서 그런 괘씸한 말을 할 수 있는가!"

다른 사람들도 모두 고개를 끄덕이며 그의 말에 동의했다.

그보다 더 나이 많은 남자가 지팡이로 땅을 치며 말했다.

"어찌 감히 우리더러 우리 땅에서 나가라고 할 수 있는가? 조상님들의 혼령이 이제 우리가 이곳에서 그분들을 기리지 않을 거라고 생각하기라도 했단 말인가? 만약 우리가 떠나면 누가 조상님들의 제사를 지내겠는가? 아무도 안 하겠지! 우리를 이 땅에서 내쫓는 짓은 조상님들의 노여움만 살 뿐이야!"

페트로스는 조금 전까지 격식을 차리던 태도를 저버리고 노골적으로 노인을 경멸하는 눈빛으로 바라보았다.

"정말로 혼령이나 조상들이 백인들의 마음을 바꿀 수 있을 거라고 생각하나? 당신들이 갖고 있는 이 좋은 땅에 백인들이 담배나 목화 같은 환금작물을 재배하기 위한 농장을 만들고 싶어 하잖아⋯⋯."

남자들이 다시 큰 소리로 함성을 지르자 페트로스의 목소리가 그 소리에 묻혀 잘 들리지 않았다. 하지만 페트로스는 그들을 무시하고 계속해서 말했다.

"여기서 남쪽으로 조금 내려간 곳에 당신들의 새 보금자리가 마련되어 있어. 2주 후에 떠날 예정이니까 그동안 짐이나 싸 놓도록 해."

그 말에 공터는 순식간에 함성과 비난, 저주가 뒤섞인 광란의 도가니가 되었다. 갑작스럽게 언성이 높아지자 포트빅토리아에서 온 아프리카인 전령병들은 어떻게 해야 할지 몰라 겁에 질린 표정으로 서로를 바라보았다. 부족 사람들 중 예닐곱 명은 무기로 쓰이는 혹 달린 곤봉을 들고 있었고, 또 다른 사람들은 지팡이를 양 손에 들고 휘둘렀다. 날이 시퍼렇게 빛나는 칼을 가진 사람도 있었다.

왓슨이 페트로스에게 소리를 지르며 화를 냈다.

"어이, 이 원주민들을 제압해 보라고!"

하지만 이미 때는 늦었다. 화가 머리끝까지 난 남자들이 식민지 정부의 졸개들에게 분통을 터뜨리며 주먹을 휘둘렀다. 흥분한 목소리가 농장에 울려 퍼졌다. 우리 부족 남자들은 발을 질질 끌어 흙먼지를 일으키며 전령병들을 마구 때릴 기세로 그들에게 다가갔다. 나는 곁눈질로 삼촌과 나모가 왓슨 부감독관을 향해 다가가는 것을 보았다. 왓슨은 입술을 일그러뜨리며 손을 아래로 뻗어 총을 꺼내 들었다.

대립

왓슨 부감독관이 허공을 향해 총을 두 번 쏜 다음 총구를 돌려 삼촌을 겨냥했다. 그러자 부족 남자들이 뒤로 물러섰다. 겁에 질린 채 숨을 몰아쉬며 식은땀을 흘리던 전령병들도 남자들에게서 풀려나 자신들의 무기를 들었다. 햇빛에 반짝이는 그들의 총이 아버지와 삼촌, 형제들 그리고 내가 사랑하는 나모를 겨냥했다.

콜록거리던 페트로스는 씩씩대면서도 위엄을 잃지 않으려고 안간힘을 쓰고 있었다.

왓슨이 그를 차갑게 노려보며 호통쳤다.

"페트로스! 네가 승진하지 못하는 이유가 바로 이거야. 너희 부족 사람들조차 제대로 못 다루잖아! 쓸모없는 놈 같으니라고! 눈물이 다 나올 지경이야."

페트로스는 몸을 돌려 부족 사람들을 쳐다봤다.

"당신들이 아무리 발버둥 쳐도 이 법을 피할 수는 없어! 난 영국 여왕님을 대표하는 몸이야! 그러니 내 말을 따라야 할 거야!"

가슴이 땀에 젖어 번들거리는 삼촌은 가쁜 숨을 내쉬며 호통쳤다.

"저들의 눈에 너는 같은 부족 사람들을 배반한 변절자로 비친다는 걸 모르나? 당신이 사랑해 마지않는 백인 주인님이랑 컵도 같이 못 쓰는 천한 종놈 주제에!"

페트로스는 사악한 눈빛으로 삼촌을 노려보다가 아버지 쪽으로 시선을 돌리며 몸을 꼿꼿이 세우고 소리쳤다.

"당신이 위대한 영국 여왕님의 종이라는 사실을 내가 일깨워 줘야겠군. 종이면 법에 따라 우리 명령을 따라야 할 것 아닌가?"

페트로스가 거친 목소리로 이야기를 이어 갔다.

"그리고 당신이 아직 족장의 자리에 앉아 있는 건 백인들에게 복종하기로 한 당신 할아버지의 현명한 결정 덕분이라는 걸 똑똑히 기억해 두라고. 당신 할아버지가 그렇게 하지 않았으면 당신에게는 아무것도 남지 않았을 거야. 아내들도, 아이들도, 땅도, 심지어 괭이까지. 당신 것이라고 할 수 있는 건 하나도 없었을 거야! 이제 당신이 충성을 맹세해야 할 사람은 당신의 코담배값을 내 주시는 영국 여왕님이라는 사실을 잊지 말도록!"

모든 사람들의 눈이 아버지를 향했다. 그들은 아버지가 그에게 '엄마 젖이나 더 빨고 와, 돼지 새끼야!'라고 말하며 위엄 있는 모습을 보여 주기를 기대했다. 하지만 아버지는 주먹을 쥐었다 폈다 하며 그 자리에 가만히 서 있었다. 그렇게 시간만 흐를 뿐이었다.

부족 남자들이 술렁이기 시작했다. 어깨가 축 처친 그들은 크게 한숨을 쉬며 머리를 절레절레 흔들었다. 사람들은 거세당한 무기력한 황소를 보는 것처럼 경멸이 가득 담긴 눈으로 아버지를 바라보았다. 아버지는 자신이 통솔해야 할 사람들의 실망스러운 시선을 묵묵히 견뎌 내고 있었다. 그러는 동안 공터를 가득 메웠던 반항적이고 공격적인 분위기는 사라져 버렸다.

페트로스는 잠시 그 상황을 즐기다가 몸을 휙 돌려 경멸스럽다는 듯 소리쳤다.

"이제 당신들 모두 가도 좋아! 그리고 잊지 마. 2주 후에 당신들을 새 집으로 데려다 줄 트럭이 올 거야."

부족 남자들은 공터를 떠나면서도 곁눈질로 아버지를 쳐다보며 구시렁거렸다. 마침내 공터에는 아버지와 삼촌, 우리 형제들, 나모 그리고 떠날 채비를 하는 왓슨과 페트로스, 다른 전령병들만 남게 되었다.

왓슨이 총을 집어넣고 페트로스 쪽으로 돌아서며 말했다.

"어이, 페트로스. 내가 포트빅토리아에서 한 말 기억나나? 우리 집에서 일을 도와줄 여자애가 필요하다고 했잖아."

바로 그때 막내 남동생이 공터를 향해 뛰쳐나갔다. 내가 돌아오라고 했지만 동생은 내 말을 무시하고 달려갔다. 나는 하는 수 없이 어머니의 오두막에서 나와 동생을 쫓아갔다. 내가 동생을 잡아서 품에 안자 모두의 시선이 나에게 집중되었다.

그때 페트로스가 씩 웃으며 손가락을 들어 나를 가리켰다.

"저 아이는 어떻습니까, 부감독관님? 마음에 들지 않으세요? 생긴 것도 예쁘장하고, 어떠세요?"

왓슨이 고개를 돌렸다. 그러고는 나를 자세히 살펴보기 위해 다가왔다. 그는 나의 땋은 머리에서 신발을 신지 않은 맨발까지 몸 전체를 훑어보았다. 그리고 입가에 미소를 지었다. 강가에서 반쯤 잠이 든 채 먹잇감이 다가오기를 기다리는 악어를 연상시키는 미소였다. 그의 시선을 받은 나는 얼굴이 후끈 달아올랐다.

그때 끔찍하게도 왓슨이 나에게 직접 말을 걸어왔다.

"얘야, 이쪽으로 와 봐."

그는 나를 부르며 손짓했다.

나는 머뭇거리며 아버지를 바라보았다. 내가 이 백인 남자의 명령을 정말 따라야 하는 것일까? 아버지는 눈꺼풀을 파르르 떨며 천천히 고개를 끄덕였다. 아버지가 손을 내밀자 나는 아버지가 서 있는 곳으로 걸어갔다. 아버지는 나를 보호하려는 듯이 한 손으로 내 어깨를 살짝 감싸 안았다. 하지만 왓슨은 나에게서 눈을 떼지 않고 성큼성큼 다가왔다. 왓슨이 다가오자 아버지는 나를 당신 쪽으로 더 가까이 끌어당겼다. 왓슨은 아버지를 힐끔 보더니 손에 들고 있던 잠보크로 아버지의 가슴을 가볍게 쿡 찔렀다. 그것은 뒤로 물러나 있으라는 신호였다.

아버지는 하는 수 없이 그의 명령에 복종하며 하나뿐인 딸을 두고 뒤로 물러섰다. 곧 포트빅토리아에서 온 백인 남자가 농장 한가운데에 서 있는 내 몸을 구석구석 살피기 시작했다.

나에게 바싹 다가온 왓슨의 몸에서는 땀과 가죽, 다림질한 면 냄새가 났다. 그의 팔뚝에 돋아난 연한 털과 왼쪽 무릎의 상처가 보였다. 나는 수치스러워서 고개를 푹 숙이고 있었기 때문에 그의 팔다리밖에 볼 수 없었다. 그는 끈적끈적한 시선으로 내 몸을 훑으며 주위를 천천히 한 바퀴 돌았다. 그의 근육질 팔뚝이 내 팔의 감촉을 음미하듯 스치고 지나갔다. 그러고 나서 왓슨은 내 오른쪽 허벅지를 잠보크로 쿡쿡 찔렀다. 나는 터져 나오려는 비명을 목구멍 속으로 삼켰다. 낯선 남자가 팔려고 내놓은 암소에게 하듯 내 몸을 함부로 더듬고 쿡쿡 찌르다니…… 나는 모욕감에 심장이 터질 것 같았다.

너무나도 수치스러워서 얼굴이 빨갛게 물들었다. 눈에는 눈물이 가득 고였다. 하지만 나는 얼굴을 쳐들고 나에게 이런 고통을 주는 자의 얼굴을, 그의 새파란 눈을, 타는 듯이 빛나는 나의 갈색 눈에 똑똑히 새겼다. 그가 내 앞에 멈춰 섰을 때에도 나는 그에게서 눈을 떼지 않았다. 그의 숨결에서 풍기는 담배 냄새까지 맡을 수 있었다. 내가 그를 똑바로 쳐다보자 그는 잠시 놀란 표정을 지었다. 하지만 곧 잔인하고 가학적인 미소로 얼굴을 일그러뜨렸다.

그는 어깨 너머로 시선을 보내며 웃었다.

"팔팔한 계집을 하나 찾은 것 같군. 페트로스, 내 말 밀리랑 비교해도 이 계집이 더 팔팔한 것 같지 않나?"

그는 갑자기 내 아래턱을 움켜잡더니 더러운 엄지손가락을 입으로 밀어 넣었다. 손가락이 내 어금니를 더듬는 것이 느껴졌다. 속이 메스껍고 구토감이 밀려왔다. 눈에는 눈물이 고였다.

머릿속이 백지장처럼 하얘지며 아무 생각도 할 수 없었다.

나는 그의 손가락을 꽉 깨물었다. 그는 놀라서 비명을 지르더니 다른 쪽 주먹으로 내 뺨을 갈겼다. 격렬한 고통과 분노로 볼이 터질 것처럼 시뻘겋게 달아올랐다. 그의 엄지손가락이 입에서 빠져나가자 나는 바닥에 주저앉아 구역질을 하며 토했다. 그때 배가 불룩한 어머니가 비명을 지르며 흙먼지가 이는 땅바닥에 나를 눕혔다.

어디선가 고함 소리가 들려왔다. 분노를 이기지 못한 나모의 눈에서 불꽃이 튀었다. 그의 피부는 벌겋게 달아올랐고 근육은 불끈 솟았다. 나모는 몸을 날려 왓슨을 들이받고는 발로 마구 짓밟았다. 그리고 흙먼지 속에 쓰러진 왓슨의 위에 올라타 욕설을 내뱉으며 커다란 주먹으로 그의 얼굴을 마구 때렸다. 왓슨의 코에서 피가 뿜어져 나와 나모의 손을 붉게 물들였다.

그의 부하들은 동작이 느렸다. 그들 중 몇 명은 그제야 삼촌과 아버지를 향해 무기를 빼 들었고, 나머지는 농장 한복판에서 피를 흘리며 몸부림치는 왓슨에게서 나모를 떼어 놓으려고 안간힘을 썼다.

하지만 그들로는 역부족이었다. 사자를 맨손으로 때려잡는 나모였다. 다섯 명이 힘을 합쳐서야 겨우 나모를 제지할 수 있었다. 피범벅이 된 왓슨의 얼굴에 박힌 새파란 두 눈은 나모를 향한 분노로 번뜩였다. 그의 눈빛을 본 나는 소름이 돋았다.

왓슨이 고통과 분노로 뒤틀린 목소리로 외쳤다.

"이 일을 후회하게 만들어 주마! 깜둥이 새끼 주제에 내 몸에 손을 대? 감히 내 몸에 손을?"

그기 나모의 얼굴을 향해 주먹을 날렸다. 뭔가 부러지는 소리와 함께 피가 튀었다. 나모는 왓슨의 부하들로부터 벗어나려고 안간힘을 썼다. 우리는 나모가 두들겨 맞는 모습을 지켜볼 수밖에 없었다. 나모를 두들겨 패는 왓슨의 입에서 '추잡한 흑인 새끼', '더러운 깜둥이'라는 말이 튀어나왔다. 하지만 우리는 아무것도 할 수 없었다. 총과 몽둥이 앞에서 너무나도 무기력했다. 나는 터져 나오는 울음을 참았다.

그렇게 한참 동안 나모를 구타한 왓슨이 다리를 질질 끌며 뒤로 물러났다. 그의 얼굴은 땀과 피로 뒤범벅되어 있었다. 손수건으로 코를 막고 숨을 헐떡이는 그가 손짓하자 곧바로 페트로스와 다른 아프리카인들이 잠보크를 들고 나모에게 덤벼들었다. 채찍질을 할 때마다 피가 터져 나왔다. 계속되는 채찍질에 나모의 등에서는 새빨간 꽃잎 같은 피가 뿜어져 나왔다.

페트로스가 나모를 발로 찼다. 등과 배, 머리로 발길질이 이어졌다. 나모는 자궁 속의 태아처럼 몸을 웅크린 채 계속되는 발길질을 견뎠다. 왓슨은 대단히 만족스럽다는 듯 피 나는 입술을 핥으며 그 장면을 보고 있었다.

사랑하는 사람이 무자비하게 당하는 모습을 보고도 아무것도 할 수 없던 나는 결국 앞으로 뛰쳐나가 그들 중 한 사람을 끌어내려 했다. 하지만 상대가 팔을 한 번 휘두르자 나는 그대로 나동그라지고 말았다.

마침내 왓슨이 부하들을 물러나게 했다. 그들은 나모를 마지막으로 한 번 더 발로 찬 뒤 질질 끌고 가 트럭에 밀어 넣었다.

나는 간신히 일어나서 그들 쪽으로 달려가며 소리쳤다.

"나모를 어디로 데려가려는 거예요?"

순간 총구가 나를 향했다. 차가운 파도처럼 공포가 나를 집어삼켰다. 그러나 나는 그들을 제치고 나모에게 달려갔다. 나모의 눈은 퉁퉁 부어 있었고, 얼굴은 새빨간 피와 보라색 멍으로 엉망진창이었다.

나는 비탄에 빠져 말했다.

"나모, 나모! 내 사랑, 저들이 너에게 무슨 짓을 저지른 거야?"

왓슨도 트럭에 올라탔다. 그는 겁에 질린 사람들을 바라보며 머리 위로 총을 흔들어 보이고 소리쳤다.

"지금 너희가 본 것은 너희 모두를 향한 경고다. 어리석은 생각은 하지 마라. 2주 동안 짐을 싸고 보호구역으로 옮겨 가라. 내 부하들이 이곳에 와서 일이 순조롭게 진행되는지 확인할 것이다."

내가 다시 한 번 소리쳤다.

"그런데 나모를 어디로 데려가려는 거죠?"

뜨거운 눈물이 볼을 타고 흘러내렸다. 너무나도 마음이 아파서 얼굴이 일그러졌다. 그런 나에게 왓슨이 잔인하게 말했다.

"이 녀석 걱정은 하지 마라. 그는 위대하신 여왕님의 관리 중 한 명을 폭행했어. 우리가 이 녀석을 교육시킬 거야. 다시는 잊지 못하도록 말이야."

그가 트럭에 시동을 걸며 부하들에게 명령했다.

"얼른 올라타! 서두르라고!"

그리고 그들은 떠났다. 피투성이가 된 나의 나모를 데리고 그렇게 떠나갔다.

그들이 떠나고 사람들은 걱정하며 낮은 소리로 웅얼거렸다. 나는 나모의 피로 붉게 젖은 흙을 손으로 쓸어 보았다. 그러자 지금까지 참아 왔던 비통한 울음소리가 터져 나왔다. 심장이 둘로 찢어진 것 같았다.

그날 밤, 나는 아버지의 눈을 제대로 쳐다볼 수 없었다.

원로들의 모임

그들이 나모를 끌고 간 뒤 나는 잠을 제대로 잘 수가 없었다. 꿈을 꾸면 늘 흠씬 두들겨 맞아 피를 흘리는 나모의 얼굴이 보였고, 나모의 옆구리를 걷어차는 페트로스의 둔탁한 장화 소리, 잠보크가 바람을 가르며 사랑하는 나모의 살을 찢어발기는 끔찍한 소리가 들려왔기 때문이다.

모든 것이 내 잘못이라는 것은 알고 있었다! 내가 그때 얌전히 서 있었다면, 내가 왓슨을 화나게 만들지 않았다면……. 하지만 그 상황에서 내가 달리 어떻게 할 수 있었을까? 나는 그때의 선택과 그것이 불러온 끔찍한 결과를 곱씹으며 많은 눈물을 흘렸다.

어머니는 그 일에 큰 충격을 받았다. 나는 어머니가 안정을 취할 수 있도록 각별히 노력했다. 어머니가 좀 더 오래 잘 수 있도록 사드자를 요리했고 아이들을 데리고 강가로 놀러 갔다.

어머니가 힘없는 목소리로 말했다.

"타리로, 그러지 마. 아이들을 집에서 놀게 해."

"엄마! 배 속의 아기를 생각해서라도 쉬세요, 제발……."

나는 밤마다 눈물을 흘렸다. 어머니와 다른 아이들이 듣지 못하도록 삼촌이 준 새 담요에 얼굴을 파묻고 흐느껴 울었다.

아버지도 어머니가 걱정스러워 자주 오두막에 찾아왔다. 하지만 그때마다 어머니는 벽 쪽으로 고개를 돌린 채 소리 없이 눈물만 흘렸다. 나는 아버지와 눈이 마주치지 않도록 시선을 떨궜다.

'아버지는 어떻게 나모 옆에 서 있었으면서도 그들이 나모에게 그런 짓을 하도록 내버려 둘 수 있어요? 그러고도 아버지가 우리의 족장인가요? 그러고도 아버지가 남자인가요?'

차마 입 밖으로 낼 수 없는 그런 비난으로 가득 찬 나의 두 눈을 아버지에게 보이고 싶지 않았기 때문이다.

결국 아버지는 어머니의 등만 바라보다가 발걸음을 돌렸다. 그 뒤로는 할머니가 아버지 대신 어머니의 상태를 보러 왔다.

"모든 게 배 속의 아이를 위해서야."

아버지는 그렇게 말하며 원로회의에 참석하기 위해 발걸음을 옮겼다. 앞으로 가족과 소 떼 그리고 우리의 짐들을 어떻게 옮길지 의논하기 위한 회의였다.

파라이도 아버지와 부족 남자들이 모인 회의에 참석했다. 나중에 그는 그곳에서 무슨 일이 있었는지 나에게 말해 주었다.

"타리로, 많은 사람들이 모여 있었어. 모든 사람들이 한꺼번에 이야기하고 싶어 했어. 다들 할 말이 있었으니까. 회의 참석자 중에는 앞으로 어떻게 해야 할지 의논하기 위해 도시에서 하던 일도 미뤄 놓고 온 사람도 있었어. 삼촌도 회의에 참석했는데, 관례에 따라 아버지 옆에 앉지는 않았어. 삼촌은 사람들의 무리에서 조금 떨어진 곳에 앉아 모든 걸 지켜보고 있었지.

아버지가 맨 먼저 입을 열었어. '이제 우리는 새로운 농장으로 어떻게 옮겨야 할지 정해야 하네. 이동해야 하는 사람 수도 많고, 이번 일과 관련해서 여러 가지 정해야 할 것도 있어. 게다가 백인들이 다시 올 때까지 모든 것을 준비하려면 시간상 여유가 없어.' 아버지는 감정을 겉으로 드러내지 않고 담담하게 말했지."

나는 그 말을 듣고 아버지답다고 생각하며 파라이를 재촉했다.

"계속해, 파라이 오빠. 무슨 일이 있었는지 어서 말해 봐."

"몇몇 원로들이 원주민 보호구역에 대해 이야기하기 시작했어. 새 집이 어디에 있는지, 그곳이 얼마나 멀리 떨어져 있는지, 새 집으로 옮겨가기 전에 수확을 할 수 있는지 등등. 삼촌과 도시에서 온 남자들 그리고 우리 같은 젊은이들은 아무 말도 하지 않고 그냥 지켜보고 있었어. 나는 삼촌이 주먹을 쥐고 화를 꾹 참는 것을 보았어. 너도 알다시피 삼촌도 아버지처럼 화를 참을 때 그렇게 하잖아. 삼촌은 침묵을 지키고 있을 수가 없어서 자리를 박차고 일어났어. 너도 삼촌이 얼마나 큰지 알잖아? 그 커다란 삼촌이 갑자기 벌떡 일어나자 모두 입을 다물었지. 삼촌은 우리 모두를 차가운 경멸의 눈빛으로 쳐다봤어.

삼촌이 비웃으며 말했어. '우리는 여기 모여서 우리의 땅, 우리 조상들의 땅을 어떻게 포기할 것인지에 대해서만 의논하고, 이 상황을 바꾸기 위해 행동을 취하거나 저항해 보자는 말은 한마디도 안 하고 있소. 심지어 협상을 해 보자는 말도 안 하지. 부감독관이 우리에게 수모를 안겨 준 것에 대해서나, 그가 우리에게 저지른 여러 극악무도한 행동에 대해 할 말이 없소? 그리고 우리의 젊은이, 우리의 가장 훌륭한 젊은이 중 하나인 그 아이가 우리 딸의 명예를 지키려다가 감옥에 가게 된 것에 대해 할 말도 없소?' 삼촌은 매서운 눈빛으로 사람들을 노려봤어. 나는 온몸의 털이 다 곤두서는 것 같았어. 나모가 한 일은 사실 내가 해야 했던 일이니까.

기독교계 학교에 다니다가 작년에 철도 노동자가 되어 마을을 떠난 한 청년이 일어나서 말했어. '맞습니다. 여러분이 그날 본 것은 백인들이 저지를 수 있는 만행의 맛보기에 불과한 겁니다. 도시에서 일하는 우리는 여기 계신 분들보다 그들에 대해 더 잘 알고 있어요. 그 젊은이가 백인에게 덤벼들었기 때문에 그들은 그를 가만두지 않을 겁니다. 사람들에게 경각심을 심어 주기 위해 본보기로 엄하게 처벌할 거예요.'

그러자 아버지가 말했어. '이보게, 동생. 이번 주에 있었던 일에 대해 내가 입을 다물고 있는 것은 그것이 이미 지나간 일이기 때문이네. 나는 이곳을 떠나기로 결정을 내렸고, 나모의 일에 대해 톰슨 감독관과 이야기해 볼 생각이네. 그가 내 말을 들어줄 거라고 믿네. 그는 좋은 사람이거든.'

삼촌이 정색을 하고 말했어. '백인들은 모두 똑같습니다, 형님. 그들은 우리를 자신들보다 열등하다고 생각해요. 그들은 모두 식민지 지배자란 말입니다. 감독관도 다른 사람들보다 조금 덜 가혹할 뿐이지 본질은 똑같아요.'

하지만 아버지의 생각은 달랐어. '이제는 자네마저 바르지 않은 판단을 내리는군. 선교사들은 어땠지? 그들은 우리 아이들을 교육시켰고 약을 나눠 줬어.'

그때 아버지보다 나이가 많은 원로가 비틀거리며 일어나더니 우리를 보고 말했어. '백인들이 오기 전에는 우리가 약이 없어서 못 살았나? 예전에는 약초상이 있었어. 그 사람들은 어떤 식물이 열을 내려 주고 복통을 가라앉히는지 전부 알고 있었지. 게다가 백인들은 약뿐만 아니라 병도 같이 가져왔잖아. 그리고 그자들의 교육이라는 것도 결국 우리 아이들에게서 우리 말과 우리 전통, 풍습을 빼앗으려는 것일 뿐이야.'

철도 노동자 청년이 거기에 덧붙여 말했어. '우리가 그 잘난 교육을 받고서 하는 일이란 고작 백인들에게 차를 대접하고 그들을 주인님이라 부르는 것이라고요!'

삼촌이 몸을 앞으로 기울이며 말했어. '이건 알아 두세요. 백인들은 절대로 우리가 우리 일을 하게 내버려 두지 않을 거예요. 우리 족장한테 여왕에게 충성을 바치라고 지껄이는 놈들인데, 안 그래요? 그리고 반항하거나 독립을 주장하는 족장들은 곧바로 다른 사람으로 바꿔 버릴 거예요. 아니면 다른 방법을 사용해서 아예 입을 열지 못하게 하거나.'

백인들과 그들의 방식을 정말 잘 알고 있는 것 같은 철도 노동자 청년이 덧붙였어. '현실을 깨달으셔야 합니다. 새로운 법은 족장들이 갖고 있는 권한을 더욱 약화시키기 위한 것입니다. 이제부터 토지를 배분하는 것은 예전처럼 족장의 권한이 아니라 정부의 권한이 될 겁니다. 몇몇 사람들은 자신의 토지를 소유하겠지만, 공동 소유 토지에서 땅이 필요한 사람이라면 누구에게나 조금씩 나눠 주던 우리의 토지 분배 방식은 더 이상 사용되지 않을 겁니다. 기존의 제도는 우리같이 도시에서 일하는 사람들에게 매우 유용한 방식이에요. 우리 농장을 공공의 토지로 환원했다가 언제든 원할 때 찾아와 휴식을 취하거나 경작하고 수확할 수 있으니까요. 하지만 새로운 법 아래에서는 그런 일이 불가능해요. 세금을 내고 가족들을 위한 물건을 사기 위해 하루 종일 농장에서 일만 하거나 평생 도시에서 일하거나 백인들이 경영하는 농장에서 일해야 할 겁니다.'

철도 노동자 청년은 흘러내린 안경을 고쳐 쓰며 말을 이었어. '바로 그것이 그들이 노리는 거예요. 우리를 조상님들이 물려주신 이 땅으로부터 완전히 분리시키고 평생 그들 밑에서 임금을 받아 가며 생활하도록 만들려는 거예요.'

삼촌도 고개를 끄덕이며 말했어. '자네 말이 맞네, 젊은이. 조상님으로부터 물려받은 땅을 경작하는 동안 사람은 위엄 있고 근본이 튼튼한 왕과도 같지. 하지만 일단 농장을 빼앗기게 되면 그는 다른 사람의 땅을 빌려 농사를 짓고 소작료를 내는 소작농에 불과해. 그렇지 않으면 거지로 전락하겠지. 그들이 만들어 놓은 규칙에 따라 그

들과 경기를 하면 우리가 이길 수 없어. 그건 명백한 사실이야.'

젊은이들은 삼촌의 말에 동의하며 목소리를 높였어. 아버지는 고개를 푹 숙였지. 아버지가 안쓰러워 보였어.

삼촌이 아버지 쪽으로 돌아서서 말했어. '같은 어머니의 배에서 나온 형제여, 형님은 우리 부족의 족장입니다. 그리고 법과 관습에 따르면 이 일에 대한 결정을 내리는 것은 형님의 권한이지요. 하지만 그들이 우리를 이 땅에서 쫓아내는 것을 허용한다면 대체 이 굴레의 끝은 어디일까요? 그들이 좋은 땅을 전부 차지하는 것? 이른바 원주민 보호구역이라는 곳에 대해 들어 본 적이 있을 거예요. 그곳은 비가 내리지 않기 때문에 식물이 자라지 못하고 말라 죽는 쓸모없는 황무지예요. 좁은 목초지에 지나치게 많이 풀어 놓은 소들은 갈비뼈가 보일 정도로 야위고 우유는 묽어질 거예요. 그리고 백인 녀석들은 그런 공동묘지 같은 곳에 우리를 몰아넣고 감시를 붙여 하루 종일 지켜보며 통제하려 들겠지요. 우리 아이들은 병과 영양실조로 배가 부풀어 오르게 될 거예요. 여자들은 아이를 유산하고 폭삭 늙어 버릴 거예요. 우리는 남자 구실도 못하는 몸이 되겠지요. 그리고 배고픔이 목까지 올라와 생명의 불씨가 꺼져 갈 때쯤 관대하신 백인 주인님들께서 제안하겠지요. 자기네 일꾼이 되어라, 하인이 되어라, 정원사가 되어라! 그렇게 하면 우리 가족을 먹여 살릴 수 있다고 유혹하겠지요. 우리 가족을 굶주리게 만든 게 바로 그들인데 말이지요!'

삼촌은 거기까지 말하고 나서 큰 소리로 웃기 시작했어. 어이가 없어 웃는 쓴웃음이었지. 삼촌은 고개를 저으며 낮은 목소리로 말했어. '형님, 안 돼요. 그런 일이 일어나게 내버려 둬서는 안 돼요. 우리는 맞서 싸워야만 해요. 우리에게 다른 선택은 없어요!'

몇몇 젊은이들이 삼촌의 말에 동의한다고 외쳤어. 하지만 아버지는 고개를 저으며 차분한 어조로 말했어. '이보게, 동생. 지금 맞서 싸운다고 했나? 그들과 어떻게 싸울 생각이지? 우리 군대는 어디에 있나? 우리 무기는 어디에 있지? 백인들의 총에 맞서 싸울 무기는 자네의 큰 고함 소리인가?'

몇몇 노인들이 고개를 끄덕이며 아버지의 말에 동의했지. 삼촌이 아버지를 쳐다봤어. 그렇게 무서운 표정을 짓는 삼촌은 처음 봤다니까. 온몸에 소름이 돋을 정도로 무서웠어.

'형님, 나는 그놈들에게 꼬리를 내리고 슬금슬금 도망치며 수치심을 안고 살기보다는 그들의 총에 맞아 죽는 쪽을 선택하겠어요.' 삼촌은 그렇게 말한 뒤 그곳에서 성큼성큼 걸어 나갔어. 회의장은 찬물을 끼얹은 듯 조용해졌어.

아버지가 우리 모두를 둘러보며 완고한 태도로 말했어. '어찌 되었든 아직은 내가 족장이다. 성급한 젊은이들이 무슨 말을 하든 최종 결정은 내가 내린다.'

그 뒤 우리 젊은이들 중 아무도 아버지의 눈을 쳐다볼 수 없었어. 그리고 회의도 그대로 끝나 버렸지."

나는 목이 메어 울먹였다.

"고마워, 파라이 오빠. 나에게 회의에서 오간 이야기를 전해 줘서 정말 고마워."

그때 어머니가 나를 불렀다. 나는 눈물을 참으며 입술을 깨물었다.

"그리고…… 아버지가 나모에 대해 알아보러 갈 거라고 했지?"

"응, 그렇게 말했어. 나모의 삼촌이랑 아침에 떠날 거라고 했어."

"나모가 어떻게 될지 알 수 있을까?"

"아마 징역형을 선고받을 거야. 정부 관리, 특히 백인을 공격한 경우는 중범죄에 해당하거든. 하지만 아버지가 톰슨 씨한테 부탁해 본다고 했으니까 희망을 가져 보자."

내 눈에서 굵은 눈물이 뚝뚝 떨어졌다. 파라이는 내 볼을 어루만지며 속삭였다.

"넌 강해져야 돼, 타리로. 우리 모두 강해져야 돼."

그리고 그는 자리에서 일어났다.

"이제 슬슬 가 봐야겠다."

"어디 가는데?"

파라이는 내 시선을 피하며 말했다.

"젊은이들 중 몇 명이 삼촌과 이야기를 나누고 싶어 해. 그리고 그 철도 노동자 청년도 백인들에 맞서 싸울 방법이 있을 거라고 했어."

나는 겁이 나서 눈이 휘둥그레졌다.

"파라이 오빠, 아버지의 말을 어기지 마. 우리 아버지가 족장이잖아. 우리는 아버지가 결정을 내릴 때까지 기다려야 해."

파라이는 냉랭한 눈으로 나를 바라보며 차갑게 말했다.

"부족 사람들 모두가 보는 앞에서 우리 아버지가 무기력하게 굴욕을 당한 일을 생각해 봐야 해. 약한 모습을 보이면 이미 모든 게 끝난 거야. 그걸 깨닫지 못하는 사람은 무시당할 수밖에 없어."

나는 긴장해서 침을 꿀꺽 삼키며 말했다.

"파라이 오빠, 지금 무슨 말을 하는 거야?"

나는 그의 팔을 잡으며 다시 물었다.

"지금 뭐라고 한 거야?"

그는 팔을 빼며 대답했다.

"너와는 상관없는 일이야. 이제 정말 가야 해."

그는 나에게 미소를 지으며 덧붙여 말했다.

"나를 위해 행운을 빌어 줄 거지?"

나는 눈물을 참으며 말했다.

"행운을 빌어."

그리고 파라이는 떠났다. 석양이 하늘을 핏빛으로 물들일 때, 그의 모습이 모파인나무 사이로 사라졌다.

울부짖기 시작한 사자들

견디기 힘든 날들이 이어졌다. 집안에는 팽팽한 긴장감이 맴돌았다. 어머니의 침묵, 억눌린 분노, 아버지의 상처 입은 자존심, 아버지를 향한 파라이의 노골적인 경멸로 가득 찬 집안 분위기가 나는 너무나도 싫었다. 아버지는 감독관의 명령대로 이곳을 떠나기로 했다며 짐을 싸라고 지시했다. 하지만 다른 사람들이 그 결정에 반대하면서 아버지의 입지는 점점 좁아졌다.

혼자만의 생각에 잠겨 시무룩하게 앉아 있는 아버지를 보는 횟수가 늘어만 갔다. 파라이와 가리카이가 아버지와 함께 있는 모습은 거의 볼 수 없었다. 삼촌은 이제 우리 집에 오지 않았다. 파라이는 삼촌과 오랜 시간을 보내다가 모닥불이 꺼진 늦은 밤에야 집으로 돌아와 다른 남자아이들과 차가운 바닥에서 잠을 청하는 일이 잦아졌다. 나는 숙녀가 되기 전부터 남자 형제들과는 떨어져 지냈기 때문에 그들이 농장의 자기네 구역에서 무슨 일을 하는지 알 수 없었다.

삼촌과 파라이를 비롯한 젊은이들이 다른 농장에 모여 무슨 이야기를 나누는지에 대해서는 더더욱 아는 게 없었다. 하지만 짐작 가는 부분은 있었다. 파라이가 들려준 이야기가 머릿속에서 맴돌았기 때문이다. 그들은 백인의 명령을 거역할 수 있다고 확신하는 걸까? 만약 그렇게 된다면 어떻게 되는 걸까? 그렇게 되면 아버지는 무슨 말을 하실까? 그리고 파라이가 자신의 뜻을 거스르려 한다는 것을 알면 아버지는 어떻게 하실까? 파라이가 하려는 일은 단순한 반항으로 넘길 수 있는 게 아니었다. 그것은 최악의 배신이었다.

나는 그런 상황을 더 이상 견딜 수가 없었다. 나는 노을이 지기 전에 파라이가 소 떼를 몰고 집으로 돌아오는 옥수수 밭 앞에서 그를 기다렸다. 파라이는 나를 보며 환하게 웃었다. 그는 다른 소년들에게 소 떼를 몰고 먼저 가 있으라는 신호를 보냈다.

"외양간 문 잠그는 거 잊지 마! 요즘 이 근처에 도둑이 든다는 소문이 있어. 어젯밤에는 사자가 울부짖는 소리를 들었다니까. 가까이에서 나는 소리 같았어. 조심하라고!"

나는 지난밤 밤공기를 타고 전해진 사자의 낮은 울음소리와 내 등줄기로 흐르던 얼음처럼 차가운 식은땀을 떠올리며 속삭였다.

"나도 그 소리 들었는데."

하지만 파라이와는 달리 내가 사자의 포효를 듣고 처음 떠올린 것은 아버지의 소가 아니라 나모였다.

나모가 사자와 싸우다가 입은 상처를 생각하자 눈물이 앞을 가렸다. 피투성이가 된 나모의 끔찍한 얼굴이 눈앞에 떠올랐다. 내가 그런 경솔한 행동을 하지 않았다면, 나모는 그 자칼 같은 왓슨을 공격하지 않았을 것이다.

'오, 나모, 나모. 지금 너에게는 얼마나 많은 흉터가 생겼을까?'

그런 생각을 하고 있는데 파라이가 다가왔다.

"너도 사자 울음소리를 들었다고?"

"응, 여기서 동쪽으로 떨어진 곳에서 들려왔어. 대여섯 마리는 되는 거 같았어. 새끼도 몇 마리 있는 거 같았고."

파라이가 미소를 지으며 말했다.

"그러고 보니 너는 덤불이 바스락거리는 소리도 놓치지 않고 알아들었지."

"이젠 아니야. 지금은 밤에 발소리가 들려도 그들이 어디로 가는지 모르겠어. 어둠 속에서 속삭이는 소리가 들려도 무슨 이야기를 하는지 모르겠단 말이야. 변화의 바람이 불고 있다는 건 나도 알아. 하지만 내 마음은 불안하기만 해."

나를 뚫어지게 쳐다보던 파라이가 곧 내 말뜻을 이해한 듯 다정하게 말했다.

"변화는 반드시 일어날 거야. 그게 세상이 돌아가는 이치야. 때로는 변화를 위해 눈물이 필요해. 가끔은 새로운 삶을 위해 희생이 필요할 때도 있어."

하지만 나는 눈물을 참을 수 없었다.

"빙빙 돌려 말하지 마, 오빠! 나도 진실을 알고 싶어. 무슨 일이 일어나고 있는 거지? 매일 밤 어디에 가는 거야? 왜 우리가 떠날 준비를 하는 걸 도와주지 않는 거야? 뭘 계획하고 있는 건데? 아버지는 알고 있어?"

파라이는 내 입술에 손가락을 살짝 대고는 고개를 가로저었다.

"우리 누이동생이 질문이 너무 많군. 그건 네가 걱정할 문제가 아니야. 우리 남자들이 해결해야 할 문제지. 그러니 그 일을 생각하느라 밤잠을 설치지는 마……."

"뭐라고? 어떻게 그런 말을 할 수 있어? 남자들이 내린 결정이, 남자들의 선택이 우리 모두에게 영향을 준다는 걸 몰라? 우리가 남자들의 결정에 아무 책임도 나눠 지지 않을 줄 알아? 남자들이 포기했을 때 우리라고 해서 아무런 고통도, 굴욕도 느끼지 않을 줄 알아? 남자들이 여기 남아 싸우기로 결정하면, 싸우다 죽은 사람들을 땅에 묻어 주는 게 우리라는 걸 모르냐고?"

나는 파라이를 노려보며 말을 이었다.

"우리가 무슨 일이 일어나는지 몰라서 밭을 일구고 아이들을 업어 주며 돌본다고 생각해? 우리가 하루 종일 요리하고 강에서 옷을 빠는 게 남자들이 회의에서 하는 말을 못 알아듣기 때문이라고 생각하는 거야?"

"아니야, 내가 말하고자 한 건 그런 게 아니야. 난 그저……."

"그럼 무슨 일이 벌어지고 있는지 말해 줘! 나는 그것에 대해 알 권리가 있어! 난 이곳을 떠나며 고향에 작별 인사를 해야 할지, 아니면 오빠에게 작별 인사를 해야 할지 알 권리가 있단 말이야."

파라이는 진지한 표정으로 고개를 끄덕이더니 주위를 둘러보았다. 그리고 내 팔을 잡고 숲 속으로 들어갔다. 그의 목소리는 낮고 단호했다.

"타리로, 난 널 믿어…….."

"내가 믿을 만한 사람이라는 건 오빠도 알고 있잖아."

꼭대기가 화강암 바위로 덮인 나지막한 언덕에 도착할 때까지 우리는 아무 말도 하지 않고 걷기만 했다. 파라이는 어렸을 때처럼 내 손을 꼭 잡고 수풀 무성한 오솔길을 따라 언덕을 올라갔다. 정상에 올라 우리는 반들반들한 바위 위에 앉았다. 오후의 따뜻한 햇볕을 받은 바위에는 아직 온기가 남아 있었다. 지평선 바로 위로 주황색으로 빛나는 해가 걸려 있었다. 이 언덕에서는 우리 농장과 외양간의 울타리 그리고 그 모두를 둘러싸고 있는 넓은 들판, 그 들판을 가득 채운 푸른 옥수수, 우리 가족에게 물을 나눠 주고 흘러 내려가 언덕 너머에서 큰 강과 만나는 개울을 모두 내려다볼 수 있었다. 그리고 그보다 멀리, 음사사나무 숲 너머에는 나의 바오바브나무가 우뚝 서 있었고, 더 먼 곳에는 고대 도시 짐바 자 마브웨의 무너져 내린 석조 건축물이 어렴풋이 보였다.

태양의 마지막 숨결이 내 얼굴 위에 내리쬐자 이 땅에 대한, 우리 고향에 대한, 그리고 우리 형제들을 향한 따스하고 달콤한 사랑으로 가슴이 벅차올랐다. 나는 파라이 쪽으로 고개를 돌렸다. 우리 고향을 내려다보는 그의 눈에서 불꽃이 이글거렸다.

"내가 무엇을 보고 있는지 알겠어?"

"뭘 보는데?"

그는 격한 감정을 드러내며 말했다.

"여기는 우리 땅이야, 타리로. 선조들에게서 물려받은 '우리' 땅이라고. 우리는 여기를 떠나지 않고 남아서 싸울 거야."

내가 부드럽게 말했다.

"그런데 파라이 오빠, 아버지는 어떻게 할 건데? 원로들은? 그분들은 이미 결정을 내렸잖아."

"내 앞에서 그 사람들 이야기는 꺼내지도 마!"

파라이의 목소리에서 드러난 경멸감에 나는 움찔했다.

"백인들이 내가 가진 모든 것, 우리가 가진 모든 것을 빼앗아 가도록 내버려 두느니 차라리 죽어 버릴 거야. 타리로, 이 땅은 우리가 태어나기 전부터 우리 것이었어. 이 땅이 없으면 우리에게 남는 건 아무것도 없어."

"하지만 파라이 오빠, 우리 아버지는 족장이야! 아버지는 우리에게 정말 잘해 주었어. 좋은 아버지고 선량한 분인데······."

파라이의 차가운 눈빛에 나는 목소리가 점점 작아졌다.

그가 손가락으로 허공을 가리키며 말했다.

"선량한 마음씨만으로 이 세상을 살아갈 수는 없어. 아버지는 평생 백인들에게 굽실거리느라 등이 굽을 거야. 타리로, 아버지는 자신의 힘과 권위, 위엄을 스스로 백인들에게 갖다 바쳤어. 우리 속담에도 있듯이 코끼리는 자기 엄니를 무거워하지 않아. 너도 너의 책임을 다하기 위해 일어나야 해."

파라이는 깊은 한숨을 내쉬며 덧붙였다.

"아버지는 이제 우리 부족을 이끌기에 적합하지 않아."

나는 심장이 멎는 것 같았다. 그를 빤히 쳐다보았지만 너무나도 큰 충격에 말이 나오지 않았다.

그는 나를 흘낏 보더니 고개를 돌렸다.

"그런 눈으로 보지 마. 너도 내 말이 맞다는 걸 알고 있잖아."

나는 아버지를 사랑하고 마음속 깊이 존경하지만 파라이의 말이 사실이라는 것도 알고 있었다. 그것은 나와 어머니, 그리고 다른 사람들도 이미 알고 있는 사실이었다. 하지만 그 사실을 그렇게 큰 소리로 입 밖에 낼 필요가 있을까? 파라이의 말과 행동은 도를 넘어섰다. 자신의 아버지를 형편없는 사람이라고 말할 수 있는 아들이 이 세상 어디에 있단 말인가?

내가 그런 생각에 잠겨 있을 때 파라이의 목소리가 들렸다.

"타리로, 우리는 백인들이 오면 그들과 맞서 싸울 거야. 나 말고도 많은 사람들이 싸우기로 결심했어. 우리는 젊고 강해. 그리고 조상님들이 우리를 든든히 지켜 주고 계시지. 우리가 백인들에게 처음으로 맞서 싸운 해방전쟁에 대해 삼촌이 들려준 이야기가 기억나지 않니? 투쟁을 이끈 세쿠루 카구비를 벌써 잊었어? 그런 투쟁의 시대가 다시 온 거야."

"하지만 파라이 오빠, 그때는 결국 우리가 졌잖아. 무슨 근거로 이번에는 백인들이 우리를 물리치지 못할 거라고 생각하는데?"

파라이가 고개를 끄덕이며 대답했다.

"우리 중 일부는 피를 흘리겠지. 일부는 목숨을 잃을지도 몰라. 그렇다 해도 우리의 투지는 꺾이지 않아. 우리가 백인들과의 싸움에서 한 번 패배한 건 사실이야. 하지만 이번에는 절대로 지지 않을 거야."

나는 파라이가 자랑스러워 마음이 뿌듯해졌다. 그는 용맹스러운 카랑가 족의 사내, 진정한 남자, 용감한 전사였다. 나는 지금까지 우리가 살아온 사랑하는 땅에 황혼이 내려앉는 것을 바라보았다. 나는 이 땅을 잃고 싶지 않았다. 절대 그럴 수 없었다. 나는 파라이를 쳐다보았다. 그가 새삼 자랑스러웠다. 그리고 그의 생각을 충분히 이해할 수 있었다.

나는 단호하게 말했다.

"나도 힘껏 도울게."

파라이는 눈썹을 치켜세우며 물었다.

"그럼 아버지는 어떻게 할 건데?"

"파라이 오빠, 이건 오빠만의 싸움이 아니야. 나만의 싸움도 아니고 아버지만의 싸움도 아니야. 이건 우리 부족 모두의 싸움이야. 그러니까 결과가 어떻게 되든 내 힘이 닿는 데까지 도울 거야."

파라이는 흡족한 미소를 지으며 팔로 내 어깨를 감쌌다.

"넌 정말 용감해. 용감하고 강해. 너 같은 여자가 더 있으면 좋을 텐데."

나 말고도 나처럼 용감한 여자아이들이 많이 있다고 말하려는 순간 누군가 내 이름을 부르는 소리가 들렸다. 나는 숨이 턱 막혔다. 이미 주위는 어두워져 하늘에는 둥글고 밝은 보름달이 떠 있었다. 어머니가 걱정하고 있을 것이다.

"타리로 누나! 타리로 누나!"

막내 동생 텐다이가 나를 찾고 있었다.

나는 벌떡 일어나 언덕을 내려갔다. 돌과 풀에 발이 걸려 여러 번 넘어질 뻔했지만 그때마다 파라이가 나를 잡아 주었다. 가슴이 쿵쿵 뛰었다. 무슨 일이지? 내가 뭔가 잘못했나? 아버지가 나를 찾는 걸까? 파라이와 내가 무슨 이야기를 나눴는지 의심하는 걸까? 나는 은색으로 반짝이는 나무로 달려오는 텐다이를 향해 서둘러 발길을 옮겼다.

텐다이가 가쁜 숨을 내쉬며 외쳤다.

"타리로 누나! 여기 있었네! 누나를 찾으려고 여기저기 다 돌아다녔어. 집에서 누나를 찾고 있어. 얼른 가야 해!"

나는 그의 팔을 잡고 표정을 살피며 물었다.

"텐다이, 왜 그래? 무슨 일이야? 어머니한테 무슨 일이 있니? 아기가 곧 나올 것 같아?"

텐다이는 눈을 크게 뜨며 고개를 가로저었다.

"아니야, 누나! 나모야! 나모가 돌아왔어!"

응징

나는 깜짝 놀라 심장이 멎을 것 같았다. 말문이 막혀 버렸다.

텐다이가 내 손을 잡아끌며 소리쳤다.

"빨리 가자, 누나. 아버지가 곧장 오라고 했단 말이야. 서둘러야 해!"

텐다이가 재촉하지 않아도 나는 이미 집을 향해 달려가고 있었다. 나뭇가지 사이로 비치는 보름달의 환한 달빛이 나뭇잎과 오솔길을 하얗게 물들였다. 덕분에 우리는 길을 잃지 않고 달릴 수 있었다. 텐다이가 내 앞으로 날아갈 듯 달려갔다.

머릿속에서 여러 가지 생각이 떠올라 혼란스러웠다. 나모가 우리 농장에 있다고? 그렇다면 아버지가 포트빅토리아에서 데려온 것이 틀림없다! 그는 분명 무사할 것이다! 혹시 혼담을 다시 진행하러 온 걸까? 그러나 만약 그런 경우라면, 나모는 이곳에 올 수가 없다! 나를 보러 가겠다고 부탁한 걸까? 내가 그를 그리워한 만큼 그도 나를 그리워했을까? 내가 그를 꿈속에서 봤던 것처럼 그도 나를 꿈속에서 봤을까? 온갖 의문들이 꼬리에 꼬리를 물고 떠올랐다.

농장에 도착했을 때 나는 온몸의 피가 얼어붙는 것 같았다. 뭔가가 잘못되었다. 대단히 잘못되었다.

여자들이 통곡하는 소리가 들려왔다.

나는 발걸음을 재촉하며 생각했다.

'대체 왜 우는 거지? 무슨 일이 일어난 거야?'

가족들이 농장 한가운데 피워 놓은 모닥불 곁에 모여 있었다. 나모와 그의 삼촌은 아버지를 마주 보고 앉아 있었기 때문에 나는 그들의 얼굴을 볼 수 없었다. 나모의 삼촌이 분노로 가득 찬 목소리로 고함을 지르며 팔을 휘둘렀다. 나모의 어머니는 우리 어머니의 팔에 안겨 안절부절못하며 깊은 슬픔과 상실감에 젖은 목소리로 통곡했다. 그녀의 울음소리에 섞여 어머니의 낮고 차분한 목소리가 들려왔다. 대체 무슨 일이 일어난 걸까?

일렁이는 주황색 불빛 속에 아버지의 얼굴이 드러났다. 일그러진 표정에 손은 떨고 있었다. 아버지의 다른 부인들과 아이들도 충격과 슬픔에 눈이 휘둥그레지고 입은 헤벌어져 있었다. 그들은 모두 나모를 보고 있었다.

늘 고개를 꼿꼿이 세우고 다니던 나모가 고개를 숙이고 있었다. 그는 두 팔에 구멍이 뚫리고 길이가 무릎까지 내려오는 서양식 옷을 입고 있었다. 나모는 내가 알고 있던 모습보다 작고 연약해 보였다.

텐다이가 나를 끌고 가며 나모에게 소리쳤다.

"누나를 데려왔어. 타리로 누나를 데려왔어!"

나모가 이쪽으로 돌아섰을 때 불빛에 비친 그의 모습이 드러났다. 부풀어 오른 턱, 부러져서 휘어진 코, 흉터 가득한 목. 그의 한쪽 눈은 초점이 맞지 않아 자꾸 이리저리 움직였고, 다른 쪽 눈은 아예 까뒤집힌 채 흰자위만 보였다. 앞을 볼 수 없게 된 것이었다.

터져 나오려는 울음을 삼키며 나는 작은 소리로 울먹였다. 나를 사랑스럽게 바라보던 나모의 갈색 눈이 멀어 버리다니!

내가 울먹이는 소리를 들은 나모가 살짝 고개를 가로젓더니 곧 모닥불 쪽으로 몸을 돌렸다.

나모의 삼촌이 소리쳤다.

"그놈들이 내 조카한테 무슨 짓을 했는지 똑똑히 보라고! 그놈들은 이 아이를 완전히 망쳐 놓았어! 이 아이의 미래를 앗아 갔다고! 이제 이 아이는 뭘 해야 하지? 내 조카가 할 수 있는 일이 뭐냐고! 나모는 평생 다른 사람의 보살핌을 받아야 해. 이 아이는 사냥을 할 수 없고, 소를 몰고 다닐 수 없고, 심지어 밭을 갈 수도 없어! 나는 내 조카가 정당한 대우를 받기를 원했어. 그런데 어떻게 이럴 수 있냐고!"

나모의 삼촌은 흐느껴 울며 울퉁불퉁하고 주름진 손으로 흐르는 눈물을 닦았다.

나는 나모의 뒷모습에서 눈을 뗄 수 없었다. 그는 고개를 푹 숙인 채 어깨를 가늘게 떨고 있었다. 나는 눈을 감았다. 이것이 현실일 리가 없어. 내가 꿈을 꾸는 게 틀림없어. 하지만 눈을 다시 떠 봐도 달라진 것은 아무것도 없었다. 슬픔에 젖은 무거운 공기가 나를 휘감았다. 여자들은 탄식했고 나모의 삼촌은 울음을 그치지 않았다.

아버지가 한숨을 쉬며 주위를 둘러보았다.

"우리는 함께 톰슨 씨를 찾아갔어. 그는 매우 친절했고 우리를 이해해 주었어. 나모를 재판에 넘기지 말아 달라는 부탁도 들어주겠다고 했어. 그래서 나모는 징역형을 피할 수 있었어."

아버지는 눈을 내리깔며 이마의 땀을 닦았다.

"하지만 이미 왓슨이 나모에게 끔찍한 짓을 한 뒤였어. 톰슨 씨는 자신이 할 수 있는 일이 아무것도 없다며 미안하다고 했어."

나모의 삼촌은 역겨워하며 침을 뱉었다.

"왓슨 녀석! 그 녀석의 목을 졸라 남은 생명을 전부 짜내 버리고 싶어! 내가 그들이 나모를 가둬 놓은 방으로 나모를 데리러 갔을 때 왓슨이 뭐라고 했는지 알아? 조카를 집에 데려가서 땅에 묻어 주라는 거야. 이제 이 아이는 아무짝에도 쓸모가 없다면서 말이야. 그리고 우리 모두 이번 일을 교훈으로 삼아야 한다고 했어!"

그는 화가 나서 목이 메었지만 이야기를 이어 갔다.

"그 녀석이 나한테 그런 말을 했다는 걸 믿을 수 있어? 그런 몹쓸 말을 들어 본 적이 있냐고!"

나모 삼촌의 이야기를 들은 아이들은 코를 훌쩍이며 뒷걸음질 쳤다. 어머니들은 아이들을 진정시켰다.

나 역시 큰 충격을 받았다. 하지만 그때까지는 울지 않았다. 나는 앞으로 한 걸음 나아갔다. 나는 나모에게 다가가 그의 어깨를 감싸 안으며 내가 여전히 그를 사랑한다고 말해 주고 싶었다. 내가 그의 눈이 되어 주겠다고, 마음의 상처가 나을 수 있도록 돕겠다고, 어떤 어려움이 있어도 영원히 사랑할 것이라고 말해 주고 싶었다.

하지만 아버지는 그 자리에 있는 사람들이 모두 떠날 때까지 나에게 말할 기회를 주지 않았다. 그리고 사람들이 모두 돌아가자 아버지는 나에게 더 이상 혼담을 진행시키지 않겠다는 뜻을 밝혔다. 아버지는 나모가 내 신랑감으로 적합하지 않다고 생각했다. 나는 결국 울음을 터뜨렸다.

작별

　나모가 돌아온 뒤 모든 것이 잿빛으로 변했다. 그는 집으로 돌아왔지만 나에게는 돌아오지 않은 것과 마찬가지였다. 아버지가 나와 나모의 혼담을 없었던 일로 한 뒤, 나모의 삼촌과 숙모는 나모를 데리고 그들의 농장으로 돌아갔다. 그들은 집에서 나모의 상처를 치료하며 그가 자신이 처한 상황을 받아들일 수 있도록 도와주었다. 그리고 나모의 가장 어린 조카 중 하나인 타피와에게 나모의 시중을 드는 방법을 가르쳤다. 매우 밝은 성격을 가진 어린 소년 타피와는 나모의 손을 잡고 농장 주변을 돌아다니며 눈앞에 보이는 풍경을 그에게 말해 주었다. 또 나모가 화장실에서 볼일을 볼 때에도, 목욕을 할 때에도, 밥을 먹을 때에도 그리고 잠자리를 준비할 때에도 늘 그의 곁을 지키며 도왔다. 나는 나모에 관한 모든 일을 텐다이를 통해 들을 수밖에 없었다. 나모가 있는 곳에 가까이 가거나 그의 가족과 접촉하는 것이 금지되었기 때문이다.

　어머니가 한숨을 쉬며 말했다.

"타리로, 이렇게 하는 건 사리에 맞지 않아. 나모의 가족에게도 달라진 상황에 적응할 시간을 줘야 하지 않겠니."

하지만 나 역시 달라진 상황에 적응할 수 없었다. 먹구름이 몰려와 내가 사랑하는 모든 것들 위에 그림자를 드리운 것 같았다. 아침에 눈을 떠도 기쁘지 않았고 식사를 하는 즐거움도 사라졌다. 그해 농사는 풍년이었지만 채소의 연한 녹색 잎사귀와 노랗게 여물어 가는 옥수수 알갱이를 봐도 기쁘지 않았다. 텐다이가 장난을 치고 황당한 이야기를 들려줘도 웃지 않았다. 동생들이 재미있는 놀이를 하거나 닭 뒤꽁무니를 쫓아다니는 것을 봐도 예전처럼 아이들에게 활짝 웃어 주지 않았다. 소녀들끼리 강가에 모여 낄낄거리며 놀아도 썰렁하기만 했다. 갑자기 나만 늙은 것 같았다.

나는 건망증이 심해지고 부주의해졌다. 하루는 어머니가 목욕을 하러 집을 비운 사이에 아이들을 돌보았다. 아이들은 소리를 지르며 내 주위를 제멋대로 뛰어다녔다. 시끄럽게 붕붕거리며 춤을 추는 한 떼의 말벌처럼 농장을 마구 뛰어다니는 아이들이 일으킨 먼지 때문에 숨이 막힐 지경이었다. 아버지의 두 번째 부인 탐부드자이 작은어머니가 호통을 치며 아이들의 팔을 붙들고, 귀를 잡아당기고, 불같이 화를 내자 겨우 멈췄다. 작은어머니는 혀를 차며 나에게 사드자를 만들고 있으라고 했다.

나는 부엌으로 가서 불을 지피며 불씨를 살리기 위해 눈물이 날 때까지 후후 불었다. 불길이 충분히 피어오르자 냄비에 물을 부은 다음 적당한 양의 옥수수 가루를 넣었다. 하지만 냄비의 내용물을 휘젓는 동안 나는 마음이 갈팡질팡 어수선해졌다. 요즘 들어 자주 있는 일이었다.

'왜? 어째서?'

머릿속에서는 같은 의문이 끊임없이 떠올랐다.

하지만 나는 끝내 해답을 찾을 수 없었다. 행복으로 가득하던 미래가 얼마나 빨리 사라져 버렸는지를 생각할 때마다 나는 기가 막혀 숨을 쉬기 힘들었다.

내 마음속 어두운 곳에서 희미한 목소리가 들려왔다.

"타리로."

이번에는 좀 더 분명하고 강한 목소리가 나를 불렀다.

"타리로."

목소리의 주인공은 작은어머니였다.

"타리로! 뭐 하는 거니? 사드자가 다 탔잖아!"

나는 현실로 돌아왔다. 사드자를 태운 것이었다. 나 자신에게 화가 났다. 나는 냄비 밑바닥에 검게 눌어붙은 옥수수 죽을 떼어 내면서 쓰디쓴 눈물을 흘렸다. 탄 냄새가 악마의 저주처럼 오두막을 가득 채웠다. 요리를 처음부터 다시 시작해야 했다. 뜨거운 눈물이 냄비로 뚝뚝 떨어졌다.

작은어머니가 내 어깨를 흔들며 소리쳤다.

"타리로! 요즘 대체 왜 그러니?"

내 눈에서 눈물이 계속 쏟아졌다.

그러자 작은어머니의 목소리가 조금 부드러워졌다.

"나모 때문이지? 그렇지?"

나는 고개를 끄덕이며 그녀의 품에 안겨 흐느껴 울었다. 내 등과 머리를 어루만지는 손길이 느껴졌다. 내가 어머니와 떨어져서 잠들지 못하는 어린 시절에 나를 쓰다듬으며 재우던 손길 같았다.

나는 흐느끼며 물었다.

"왜죠, 작은어머니? 어째서죠?"

그녀는 한숨을 쉬었다.

"타리로, 우리도 나모 때문에 눈물을 많이 흘렸어. 네가 아는 것보다 훨씬 더 많은 눈물을 흘렸지."

나는 숨이 막힐 것 같은 목소리로 말했다.

"하지만 아버지는 그러지 않았어요. 아버지는 나모를 위해 눈물 한 방울 흘리지 않았다고요."

작은어머니가 한숨을 쉬며 말했다.

"타리로, 아버지는 너를 위해 최선의 선택을 한 거야. 나도 네가 나모를 사랑한다는 걸 알아. 하지만 이제 그 아이가 너에게 뭘 해 줄 수 있겠니? 그 아이와 결혼해서 어떻게 살려는 거니? 타리로, 나모는 이제 더 이상 앞을 볼 수 없어. 시중을 드는 사람이 없으면 걸어 다닐 수도 없단 말이야! 더 이상 소를 돌볼 수도, 여자들과 함께 밭을 일굴 수도 없는 몸이야. 너도 이제 모든 게 달라졌다는 걸 알잖니?"

내가 발끈해서 소리쳤다.

"아니요! 나모가 앞을 볼 수 없게 되었어도 내가 나모를 사랑한다는 사실과 나모가 나를 사랑한다는 사실은 달라지지 않았어요. 나는 지금도 나모를 사랑하고 있어요. 전보다도 더 사랑하고 있다고요."

작은어머니가 호통을 쳤다.

"오, 타리로! 바보 같은 소리 하지 마! 왜 그 아이에게 너의 모든 것을 던져 버리려는 거니? 그 아이가 처음으로 사랑한 여자가 너라고 생각하는 거니? 그 아이가 다른 여자아이에게 자기와 결혼해 주지 않으면 죽을지도 모른다는 말을 하지 않았을 거 같니? 그리고 그여자아이의 아버지를 찾아가 그녀가 자신의 가슴속에 타오르는 불을 꺼 줘야 한다며 결혼을 허락해 달라고 조른 적이 없을 거라고 장담할 수 있니? 너는 머릿속이 온통 사랑의 말들로 가득 차서 상황을 제대로 파악하지 못하는 거니?"

나는 그 말에 충격을 받아서 작은어머니를 똑바로 쳐다보았다. 작은어머니는 전에 나에게 그런 말을 한 적이 없었다. 작은어머니뿐만 아니라 아무도 그런 적이 없었다. 믿어지지 않는 현실에 나는 말문이 막혀 버렸다.

작은어머니가 이야기를 계속했다.

"타리로, 이건 내가 가족이니까 말해 주는 거야. 그 아이는 그만 잊으렴. 그 아이가 너에게 해 줄 수 있는 건 아무것도 없어. 네 아버지가 나에게 처음으로 청혼한 남자인 줄 아니? 당연히 아니지! 어린 시절에 나는 사랑에 빠졌다고 생각한 적이 있어. 하지만 그 남자아이나 나나 허황된 꿈을 꾸며 겉만 번지르르한 말을 주고받는 어리석은 어린아이에 불과했지. 우리는 꿈을 실현시킬 능력이 없었어."

나는 그 말을 반박하려고 입을 열었다. 어떻게 작은어머니가 어렸을 때 알았던 남자아이와 나모를 비교한단 말인가?

하지만 그녀는 내가 하려는 말을 짐작했는지 내 입술에 손가락을 댔다.

"그래, 나모는 다르다는 걸 나도 알고 있어. 하지만 타리로, 그건 모두 과거의 일이야. 이제 그만 꿈에서 깨어나야 해. 너는 현명해져야 해. 나모와 결혼하면 너는 그 아이의 노예처럼 살게 될 거야. 하나에서 열까지 모든 걸 돌봐 줘야 하니까. 그리고 너희 둘 사이에 태어날 아이들에 대해서도 마찬가지고! 가난에 쪼들리다 보면 결국 나모를 존중하는 마음도 사라지게 될 거야. 그 아이는 네가 족장의 딸로서 누리던 유복한 삶을 유지시켜 줄 수 없거든. 너는 사랑만 있으면 모든 게 해결된다고 생각하겠지만 현실은 그렇지 않아. 내 말을 들어. 배가 고파도 사랑밖에 없다면 사랑은 사라지게 돼. 다른 집 아이들이 새 옷을 입고 새 신발을 신고 학교에 갈 때 네 자식은 맨발에 옷도 없다고 생각해 봐. 병원비도 없어서 아버지에게 돈을 달라고 부탁해야 한다고 생각해 보라고. 그만 꿈에서 깨어나, 타리로! 네 꿈은 이루어질 수 없어. 이제는 현실을 바로 보고 받아들이고 네 삶을 다시 시작해야 할 때야."

나는 멍하니 불꽃을 바라보았다. 작은어머니의 이성적이고 논리적이며 냉정한 말에 반박할 수 없었다.

"그런 건 상관없어요."

나는 그 말밖에 할 수 없었다.

작은어머니가 콧방귀를 뀌며 자리에서 일어났다.

"너처럼 고집 센 여자애는 처음 봤어. 정말로 그 아이를 위해 모든 걸 희생할 생각이니?"

작은어머니는 어깨를 으쓱하더니 이렇게 덧붙였다.

"뭐, 그러는 편이 나을 것 같으면 가서 그 아이를 만나렴. 목이 마르면 물가를 찾아가야 하지 않겠니? 그 아이를 만나고 나면 네 꿈이 얼마나 헛되고 황당한 것인지 깨닫게 될 거야."

작은어머니가 아이들에게 자신은 그만 돌아가니 얌전히 있으라는 뜻으로 손뼉을 치고 밖으로 나갔다.

나는 작은어머니의 뒷모습을 보며 속으로 계획을 세웠다. 목이 마르면 물가를 찾아가야 하니까.

"제발, 텐다이. 부탁이야!"

나는 소 떼를 돌보고 있던 텐다이를 숲으로 끌고 갔다.

텐다이가 징징거렸다.

"아, 누나, 안 돼! 아버지한테 혼난단 말이야."

나는 초조해져서 다급하게 말했다.

"텐다이, 소는 형들이 대신 돌봐 줄 거야. 이건 굉장히 중요한 일이야."

나는 걸음을 멈추고 말했다.

"추워지면 내 담요를 덮고 자도 돼."

그 말에 텐다이의 얼굴이 밝아졌다.

"누나의 담요? 삼촌이 준 그 담요 말이야? 정말이야?"

텐다이는 남자아이들 가운데 처음으로 자신의 담요가 생겼다는 사실에 흥분을 감추지 못하고 활짝 웃으며 껑충껑충 뛰어다녔다. 방 안으로 냉기가 스며드는 겨울의 한밤중에도 포근한 담요를 덮고 따뜻하게 지낼 수 있으니 그럴 만도 했다.

나는 미소를 지으며 대답했다.

"응, 정말이야, 약속할게."

"나한테 부탁할 일이 뭔데?"

"지금 당장 나모네 집에 가서 나모에게 전해 줘. 나랑 만나자고……"

텐다이는 눈을 크게 뜨며 장난스럽게 미소를 지었다.

"타리로 누나, 아버지는 알고 계셔?"

나는 눈살을 찌푸리며 대답했다.

"아니, 당연히 모르지. 너도 아버지한테 말하면 안 돼. 아무한테도 말하지 마."

나는 텐다이의 어깨를 흔들며 다시 한번 다짐했다.

"알았지?"

그는 웃으며 말했다.

"알았어, 알았어. 아무한테도 알리지 않고 비밀을 지킬 거야."

"그래, 나도 그럴 줄 알았어. 너를 믿으니까 이런 부탁도 할 수 있고 아끼는 담요도 준다고 했지!"

텐다이가 의기양양한 표정으로 키득거렸다. 그러고는 두 손을 마주 비비며 춤을 추기 시작했다.

나는 텐다이에게 내 계획을 구체적으로 설명했다.

"좋아, 이제 그만 진정하고 내 말 잘 들어. 타피와한테 나모를 데리고 언덕 너머에 있는 바오바브나무로 오라고 해. 우리 농장 사이에 있는 나무 말이야. 어딘지 알지?"

텐다이가 고개를 끄덕였다.

"알아."

"해가 반쯤 떨어졌을 때 거기서 나랑 만나자고 전해 줘. 남자아이들이 소 떼를 몰고 집으로 돌아가기 전에 말이야. 너는 돌아와서 나모가 뭐라고 했는지 나한테 전해 주면 돼."

"알았어."

텐다이가 손을 흔들며 들판을 가로질러 뛰어갔다.

내가 소리쳤다.

"그리고 텐다이, 남의 눈에 띄지 않게 조심해!"

텐다이가 다시 손을 흔들었다. 그리고 잠시 후 그의 모습이 시야에서 사라졌다.

이제 내가 할 수 있는 것은 기다리는 일밖에 없었다.

나는 약속 시간보다 조금 일찍 바오바브나무로 갔다. 아지랑이가 피어오르는 대지 위로 펼쳐진 하늘은 구름 한 점 없이 맑고 푸르렀다. 나는 바오바브나무의 거대한 줄기에 등을 기대고 앉았다. 등 뒤에서 느껴지는 단단하고 거칠거칠한 나무의 촉감이 기분 좋았다. 흥분해서 불안한 나는 똑바로 서 있을 자신이 없었다.

곧 덤불을 헤치며 누군가 다가오는 발소리가 들렸다. 벌떡 일어나 나무 뒤에 숨었다. 만약 지금 온 사람이 나모가 아니면 어떡하지? 그 사람이 이 일을 아버지에게 알리면 어떡하지?

그때 그들이 모습을 드러냈다. 키가 크고 어깨가 넓은 소년이 지팡이를 짚고 있는 모습이 보였다. 소년은 머리를 빡빡 민 아이의 안내를 받고 있었다. 나모와 타피와였다. 나는 낮은 휘파람 소리를 냈다. 그 휘파람 소리는 나모와 내가 남의 눈을 피해 몰래 만날 때 자신이 숨어 있는 위치를 상대에게 알려 주기 위한 비밀 신호였다.

휘파람 소리를 듣자 나모가 얼굴을 치켜들었다. 시력을 잃은 그의 눈이 보였다. 순간 오싹한 느낌이 들었지만 마음을 굳게 먹고 나무 뒤에서 나와 나모 쪽으로 발걸음을 옮겼다. 한 발짝 걸을 때마다 마른 풀을 자박자박 밟는 소리가 났다. 나모는 보이지 않는 눈으로 자신을 향해 다가오는 나의 발소리를 쫓고 있었다. 나모는 전부터 청각이 매우 뛰어난 편이었다. 나는 바오바브나무 아래 공터에 서 있는 그의 앞에 설 때까지 아무 말도 하지 않았다. 그리고 손가락을 입술로 가져가 타피와에게 아무 말도 하지 말라고 일렀다. 그런 뒤 그에게 저쪽으로 가서 망을 보라는 신호를 보냈다. 타피와는 내가 시키는 대로 곧 나무들 사이로 사라졌다.

타피와가 자신을 두고 간 것을 알아차린 나모는 머뭇머뭇 주위를 둘러보며 그의 이름을 불렀다. 하지만 곧 나모는 입을 다물고 귀를 기울였다. 마치 두근거리는 내 심장 소리를 듣고 있는 것 같았다. 나모가 내 쪽으로 팔을 뻗었다. 손가락이 내 쇄골에 닿자 깜짝 놀란 나모가 믿어지지 않는다는 듯 쉰 목소리로 속삭였다.

"타리로?"

내가 그의 손을 잡으며 대답했다.

"내가 왔어, 나모. 내가 왔어."

나모는 떨리는 손가락으로 내 목과 턱의 윤곽을 더듬다가 입술 위에서 멈췄다.

그는 같은 말을 몇 번이나 반복했다.

"내 사랑, 내 심장, 나의 타리로……."

나는 눈을 감고 속삭였다.

"내가 왔어, 나모. 내가 왔어."

시간이 흘렀다. 우리는 눈을 감고 서로 손을 마주 잡은 채 한참 동안 서 있었다. 시간이 영원히 멈춘 것 같았다. 우리는 말을 하지 않아도, 눈으로 보지 않아도 서로를 느낄 수 있었다. 나모의 고통과 분노와 굴욕을 나 자신의 감정처럼 생생하게 느낄 수 있었다. 나모도 내 슬픔과 회한 그리고 그를 향한 사랑을 느끼고 있었다. 우리는 마주 잡은 손을 통해 서로의 감정을 교감했다. 나는 이 순간이 영원하기를 마음속 깊이 바라며 그가 가 버리지 못하게 손을 꽉 잡았다.

하지만 나모는 마주 잡은 내 손을 놓았다. 그리고 갈라진 목소리로 말했다.

"너는 여기에 있으면 안 돼."

내가 웃으며 대답했다.

"아니야, 나모. 네가 틀렸어. 내가 있어야 할 곳은 바로 여기야, 네 옆. 모르겠어? 내가 네 눈이 되어 줄게. 우리 둘이 함께 이 시련을 이겨 내는 거야."

하지만 나모는 얼굴을 찡그리며 돌아섰다.

"안 돼, 타리로. 난 도저히 그런 부탁을 할 수 없어. 너는 이렇게 된 나보다 더 좋은 사람을 만나야 해. 당연히 그래야 해."

"이렇게 된 너?"

나는 간신히 그의 말을 되뇌었다. 어떻게 그는 내가 그의 마음, 나를 향한 그의 사랑, 그의 겸손함, 상냥함, 신의를 모를 거라고 생각할까? 그렇지 않다. 그는 아무것도 달라진 게 없었다.

나는 그의 손을 다정하게 잡으며 물었다.

"나모, 아직도 날 사랑하니?"

그가 대답했다.

"지금까지 내가 사랑했던 그 누구보다도, 앞으로 네가 만나게 될 그 누구보다도 더 너를 사랑해. 나는 너와 결혼해서 가정을 꾸려 너를 행복하게 해 주고 싶었어. 네가 내 자식들을 낳아 그 아이들의 어머니가 되고, 우리 어머니가 너를 며느리라고 부르는 걸 듣고 싶었어."

그의 말을 듣자 나는 기뻐서 하늘을 날아오를 것 같았다.

나모가 다시 한 번 내 손을 놓았다.

"하지만 그럴 수 없어. 나는 너한테 어울리는 남자가 아니야. 타리로, 너는 나를 잊어야 해. 그리고 너의 삶을 살아! 어서 가!"

나모의 뺨으로 눈물이 흘러내렸다. 그가 뒷걸음질을 치며 나에게서 멀어지려 했다. 그리고 주위를 파악하기 위해 팔을 뻗는 순간 그의 다리가 휘청거렸다.

나는 눈물이 그렁그렁해져서 그에게 다가갔다. 내가 다가가는 것을 알아차린 그는 손을 들어 나를 막았다.

"안 돼, 타리로! 넌 지금 당장 돌아가야 해."

나모는 눈물을 닦고 목청을 가다듬었다.

"타피와! 이리 와!"

조금 전과는 다른 거친 목소리였다.

"타리로, 넌 지금 집으로 돌아가야 해. 너는 여기에 오지 말았어야 했어. 네 아버지가 싫어하실 거야."

그 말에 나는 돌아서서 흐느껴 울었다. 나모가 팔을 뻗어 내 팔을 잡았다. 그리고 나를 자기 쪽으로 잡아끌더니 내 귓가에 대고 속삭였다.

"타리로, 나를 잊어 줘. 나라는 존재를 네 기억 속에서 지워 줘. 이제 난 너에게 아무것도 해 줄 수 없어."

나모는 눈물이 나서 더 이상 말을 잇지 못했다. 그때 타피와가 나타나 놀란 표정으로 우리를 바라보았다. 나모는 나를 거의 밀쳐 내다시피 하고는 타피와 쪽으로 걸어갔다.

"타피와, 가자."

타피와가 나모의 손을 잡아 자신의 가냘픈 어깨에 올려 주었다. 그러고는 작별 인사로 나에게 살짝 손을 흔든 뒤 숲으로 천천히 걸어갔다. 나모도 그를 따라 절뚝거리며 걷기 시작했다.

나는 소리쳤다.

"나모! 기다려!"

하지만 그는 돌아보지 않았다.

나는 온몸에 맥이 풀려 땅바닥에 주저앉고 말았다. 나모의 모습이 나무 사이로 사라지자 작은 소리로 속삭였다.

"이러지 마……."

나는 얼굴을 손에 파묻고 울기 시작했다. 눈물이 마른 잎을 적시고 흙으로 스며들었다.

어린 소녀가 자신이 태어난 바오바브나무 아래에서 무릎을 꿇고 누군가의 죽음을 애도하는 것처럼 비통하게 운다고 해서 이 대지가 해 줄 수 있는 게 있을까?

마음의 변화

내가 집으로 돌아왔을 때 이미 주위는 어두워져 있었다.

어머니가 나를 보자 큰 소리로 외쳤다.

"타리로! 어디 갔던 거니? 걱정했잖아!"

어머니는 불빛에 비친 나의 퉁퉁 부은 얼굴과 붉어진 눈을 보았다.

"오, 우리 아가……."

나는 어머니에게 달려들어 안겼다. 하지만 너무 많이 울어서 더 이상 눈물이 나지 않았다. 작은어머니 말이 옳았다. 이제 나는 현실을 바로 보고 받아들여야 했다.

어머니가 속삭였다.

"괜찮니, 타리로? 안 좋은 일이라도 있니?"

나는 고개를 가로저었다.

"아니에요, 엄마. 아무 일도 없어요. 이제 괜찮아요."

어머니는 잠시 나를 바라보았다. 나는 어머니를 안심시키기 위해 담담한 표정을 지으며 나무 주걱을 빼앗아 들었다. 한숨을 쉬며 요리를 계속하던 어머니가 지친 몸을 쉴 수 있도록.

나는 무리오를 자르며 어머니의 얼굴을 가까이에서 바라보았다. 양쪽 입가에는 주름이 깊게 패여 있고, 눈 밑은 검었다. 갑자기 어머니가 너무도 작고 약한 존재처럼 느껴졌다. 어째서 지금까지 알아차리지 못했던 걸까? 나는 내 문제로 속을 태우느라 어머니가 얼마나 나를 필요로 하는지 잊어버리고 있었다.

"좀 어때요, 엄마?"

나는 어머니에게 이렇게 물어본 게 너무도 오래되었다는 사실을 깨달았다.

어머니는 얼굴을 찡그리며 이제 곧 태어날 아기가 들어 있는 불룩한 배에 손을 얹었다.

"아기가 아직도 많이 움직여. 가끔 잠을 이루지 못할 때도 있단다. 어찌나 발차기를 해 대는지, 원."

"엄마, 아기는 나중에 훌륭한 전사가 될 거예요. 이제 조금만 기다리면 만날 수 있겠지요……."

어머니가 나를 올려다보며 말했다.

"언니를 닮아서 말이지?"

나는 고개를 끄덕이며 어머니에게 미소를 지었다.

"아기를 위해서라도 잘 드셔야 해요. 또 충분히 쉬어야 하고요. 이제 내가 엄마 곁에 있을게요. 다시는 엄마 곁을 떠나지 않을게요."

어머니가 나에게 일러 주었다.

"아버지가 저녁을 드시러 여기로 오실 거야. 무리오를 너무 익히

지 마. 아버지는 푹 익힌 걸 싫어하시잖아. 너도 알고 있지?"

나는 물론 그 사실을 알고 있었다. 하지만 무리오를 좀 더 불 위에 올려놓고 푹 익혔다. 파라이와 어머니가 부드럽고 연하며 짭짤한 채소를 좋아한다는 것을 알고 있었기 때문이다.

나는 아버지의 식사 시중을 들기가 껄끄러웠다.

어머니가 나를 타일렀다.

"아버지를 계속 피할 수는 없잖니. 그분이 네 아버지라는 사실은 영원히 변하지 않을 거야."

나는 어쩔 수 없이 아버지가 저녁 식사를 기다리고 있는 집 안으로 들어가 무릎을 굽혀 공손히 인사를 올렸다. 아버지도 나에게 인사를 했다. 마치 일상에서 벗어난 일은 전혀 없었던 것 같은 평온한 분위기였다. 나는 아버지 앞에 손 씻을 물이 든 그릇과 물기를 닦을 수건을 놓았다. 그리고 손을 닦고 있는 아버지 앞에 김이 모락모락 나는 요리를 가져와 내려놓았다.

아버지는 나에게 고맙다는 인사를 하고 식사를 시작했다. 그는 오른손으로 사드자를 집어 들어 어머니가 만든 닭고기 국물에 찍었다. 그리고 음식을 입에 넣고 천천히 씹으며 맛을 음미했다.

나는 곁눈질로 아버지를 쳐다보았다. 평상시와 다름없이 차분히 식사를 하는 아버지를 나로서는 도저히 이해할 수 없었다. 내게 말로 할 수 없을 만큼 큰 상처를 주었다는 사실을 전혀 모르는 것처럼 평온했다. 아버지는 원래 그런 분이었다. 인간적인 감정이라는 게 거의 없었다. 그런 그에게 열네 살 소녀의 감정을 이해해 달라는 기대는 애초에 무리였다. 설령 그 소녀가 아버지의 친딸이라고 해도 말이다.

나는 일어나서 나가려고 했다.

"타리로."

아버지의 목소리에 깜짝 놀라서 고개를 돌렸다.

"네, 아버지."

"그 아이에 대한 소식을 들은 게 있니? 나모 말이다."

나는 아버지를 쳐다보았다. 일렁이는 불빛 때문에 아버지의 얼굴에 그림자가 져서 표정을 읽을 수가 없었다. 나는 속으로 걱정했다. 아버지가 나를 떠 보는 걸까? 내가 아까 나모를 만났다는 걸 알고 있는 걸까? 내가 당신의 뜻에 따르지 않았다는 사실을 알면 어떻게 하려는 걸까? 그것에 대한 답은 이미 알고 있었다. 아버지는 복종하지 않는 아이들에게는 가차 없이 채찍질을 했다.

나는 긴장해서 침을 꿀꺽 삼키며 말했다.

"잘 지내고 있다고 들었어요. 그 아이의 조카 타피와가 곁에서 잘 돌봐 주고 있대요."

"네가 그걸 어떻게 아니? 그 아이 집에 갔었니?"

나는 솔직하게 말했다.

"아니에요, 아버지. 텐다이가 말해 줬어요. 텐다이와 타피와는 친구 사이거든요."

내 대답이 만족스러운 듯 아버지는 천천히 고개를 끄덕였다. 그러고 나서 고개를 돌렸다. 나는 그때 처음으로 아버지의 양미간에 깊게 팬 주름과 슬퍼 보이는 표정을 보았다.

아버지가 부드러운 목소리로 말했다.

"미안하구나, 타리로."

마음에서 우러나오는 솔직함이 담긴 그 말 한마디에 나는 눈물을 흘리기 시작했다. 더 이상 울지 않겠다고 맹세했건만 눈물이 펑펑 쏟아졌다.

"그 아이는 좋은 청년이었어. 그 아이가 그런 일을 당한 것에 대해서는 정말로 미안하게 생각하고 있어."

아버지가 그 일에 대해 말한 것은 그것이 전부였다. 짧게 언급한 것이었지만 나에게는 그것으로 충분했다.

그날 밤, 삼촌이 아버지와 이야기를 하려고 찾아왔다. 삼촌 혼자온 게 아니었다. 그의 곁에는 파라이를 비롯한 청년들과 몇몇 어른들도 함께 있었다. 나는 내 방 문가에 서서 불빛에 비친 그들의 심각한 얼굴을 보았다.

삼촌이 강경하고 결단력 있는 태도로 말하는 모습이 보였다. 삼촌의 목소리가 어두운 밤하늘에 울려 퍼졌다.

"형님, 다른 사람들도 백인들과 맞서 싸웠어요. 우리도 그렇게 할수 있어요. 우리가 백인들에게 맞서 싸우지 않으면 우리와 우리 가족 모두 사형선고를 받는 거나 다름없어요. 그렇게 되면 형님은 양심의 가책을 느끼지 않을 수 있겠어요?"

아버지는 사람들을 설득하려 했지만 모두들 한목소리로 보호구역으로 옮기기로 한 결정을 바꾸라고 아버지를 몰아붙였다. 그들은 한참 동안 이야기를 나눴다. 마침내 아버지는 머리를 가로저으며 뜻을 굽혔다. 우리의 운명이 어디로 흘러가든 아버지도 부족민들과 운명을 함께하기로 한 것이었다.

다음 날, 아버지는 부족 사람들을 대표하여 맞서 싸우겠다는 뜻을 백인들에게 전했다.

'우리는 어떤 상황에서도 우리 조상님들이 물려주신 이 땅에서 한 발짝도 물러서지 않겠다.'

그날 밤, 우리는 축제를 벌였다. 승리를 기원하는 북소리가 둥둥 울려 퍼지는 가운데 발을 구르고 빙빙 돌며 힘차게 춤을 추었다. 그러자 붉은 흙먼지가 자욱하게 일었다.

내 가슴속에 기쁨이 충만했다. 이렇게 활짝 웃어 보는 게 얼마 만인지 모르겠다. 나는 우리 것을 지키기 위해 우리 모두 하나가 되어 맞서 싸우기로 했다는 것, 우리가 백인들의 지시를 따르기를 거부했다는 사실이 무척 자랑스러웠다. 내일은 농작물의 수확을 시작하는 날이다. 우리가 몇 달 동안 땀 흘리며 노력한 결실을 드디어 맛보게 된 것이다.

철거

다음 날 아침, 우리는 눈을 뜨자마자 충격에 휩싸였다.

지난밤의 축제로 지친 아이들은 입을 헤벌린 채 널브러져 자고 있었다. 아이들의 얼굴은 붉은 흙먼지로 얼룩지고, 밤새 흘린 땀과 아침의 열기로 끈적끈적해진 팔다리는 바닥에 깔린 갈대 돗자리 위에서 한데 뒤얽혀 있었다. 깊은 잠에 빠져 있던 우리를 깨운 것은 수탉의 울음소리가 아니었다. 시끄러운 엔진 소리와 쇠가 잔가지에 긁히는 소리, 나뭇가지가 탁 하고 부러지는 소리였다.

우리는 혼란에 휩싸여 벌떡 일어났다. 가슴이 마구 방망이질을 쳐댔다. 농장에 울려 퍼지는 낯선 소리에 놀란 사람들이 옷을 주섬주섬 챙겨 입고 허겁지겁 밖으로 뛰쳐나갔다. 집 밖에는 카키색 제복을 입은 아프리카인 경찰관들이 몽둥이와 잠보크, 총으로 무장하고 한 줄로 서 있었다. 그들 뒤에는 짐칸이 달린 트럭 세 대가 있었다. 우리는 당황한 눈초리로 그들을 바라보았다.

그들 한가운데에는 부감독관 이안 왓슨이 서 있었다.

나는 공포에 휩싸여 집 안쪽의 벽 뒤로 물러나 웅크리고 있었다.

다행스럽게도 왓슨은 내 쪽으로 고개를 돌리지 않았다. 그는 귀에 거슬리는 거친 목소리로 외쳤다.

"당신들은 법을 어겼다. 이 땅은 이제 더 이상 당신들 소유가 아니다. 나는 분명히 당신들에게 이곳을 떠나라고 사전에 경고했다. 하지만 당신들은 명령을 따르지 않기로 결정했다. 당신들은 솔즈베리에서 직접 내려온 명령을 어겼다. 법을 어긴 범죄자들은 필히 벌을 받는다. 그러므로 당신들도 벌을 받게 될 것이다."

그는 자신의 양쪽에 서 있는 아프리카인 경찰관들에게 전진하라고 큰 소리로 명령했다.

그리고 지금까지 살아오면서 본 적이 없는, 가장 야만스러운 탄압이 시작되었다.

나는 지금도 그 광경을 똑똑히 기억하고 있다. 몸을 더듬는 남자들의 거친 손아귀에서 벗어나려는 여자들의 공포에 가득 찬 비명, 사자처럼 쫓아오는 경찰관들로부터 도망치기 위해 어머니의 품이나 숲을 향해 필사적으로 달려가는 아이들의 날카로운 울음소리가 울려 퍼지던 그곳은 그야말로 아수라장이었다.

나는 제일 먼저 어머니를 찾았다. 하지만 어머니의 모습이 보이지 않았다. 집 안으로 되돌아갔을 것이라고 짐작하고 돌아서는 순간 잠보크를 든 경찰관이 내 앞을 가로막았다. 나는 몸을 비틀며 그에게서 벗어나려고 했다. 그러자 아프리카인 경찰관이 노려보며 내 다리에 채찍질을 해댔다. 종아리에서 타는 듯한 고통이 느껴졌다. 나는 야생동물이 울부짖는 듯한 소리를 내며 그의 손을 힘껏 물어뜯었다. 그는 분노로 눈이 붉게 변하며 자칼의 이빨처럼 날카로운 이를 드러냈다. 그가 채찍을 휘두르기 전에 나는 다리를 들어 그의 배를 힘껏 걷어찼다. 예기치 못한 기습에 놀란 그는 나를 놓아주고는 손으로 배를 움켜쥐었다. 그의 입에서 고통스러운 신음 소리가 새어나왔다.

그때 파라이가 나타나 경찰관을 땅바닥으로 밀쳐 내고는 나를 숲 쪽으로 끌고 가려고 했다. 하지만 나는 반대 방향으로 몸을 움직였다.

"안 돼, 파라이 오빠. 돌아가서 엄마를 찾아야 해!"

"남자들이 무기를 가지러 갔어! 너는 가서 어머니를 찾아! 그리고 어머니와 함께 기다려. 곧 돌아올게!"

파라이가 숲으로 달려가자 경찰관 몇 명이 그를 잡으려고 나무 사이로 달려갔다.

나는 농장 쪽으로 돌아섰다. 수확을 앞두고 비어 있는 곡물 창고가 불타는 광경이 보였다. 굶주린 불꽃이 초가지붕의 마른 풀을 향해 게걸스럽게 혀를 날름거렸다. 무시무시한 주황색 불길 위로 검은 연기가 피어올랐다.

불은 곧 곡물 창고 옆에 있는 오두막으로 옮겨 붙었다. 우지직우지직, 탁탁 소리를 내며 맹렬하게 타오르는 불길이 비명 소리와 신음 소리, 경찰관들이 내뱉는 욕설과 한데 뒤섞여 농장은 순식간에 생지옥으로 변했다. 경찰관들은 아버지의 부인 몇 명을 질질 끌고 나와 흙먼지가 날리는 땅바닥에서 마구 걷어찬 뒤 트럭에 강제로 태웠다. 몇몇 경찰관들은 날카로운 비명을 지르는 아이들을 무자비하게 붙잡아 비어 있는 트럭 짐칸에 태웠다. 아이들이 어머니를 찾으며 울었다.

그때 아들을 끌고 가려는 경찰관을 할퀴며 들고양이처럼 울부짖고 악을 쓰는 작은어머니의 모습이 보였다. 그녀는 경찰관의 등에 올라타 그의 얼굴을 마구 할퀴었다. 마침내 경찰관은 몸의 균형을 잃고 비틀거리다가 잡고 있던 아이의 팔을 놓아주었다. 하지만 작은어머니가 아이를 품에 안자마자 다른 경찰관이 나타나 뒤통수를 후려쳤다. 작은어머니는 비명도 지르지 못하고 땅바닥에 쓰러졌다. 경찰관 두 명이 작은어머니의 팔을 잡고 트럭으로 질질 끌고 갔다.

어머니가 나를 부르는 소리가 들렸다. 그러나 매캐한 연기와 뛰어다니는 사람들의 무리 속에서 어머니를 찾기는 쉽지 않았다. 그때 요란한 함성과 공격을 알리는 고함 소리와 함께 거친 발소리가 들려왔다. 연기 속에서 남자들의 모습이 어렴풋이 보였다. 그들은 햇빛을 받아 반짝이는 칼과 곤봉, 몽둥이를 들고 있었다. 무기를 가지러 간 부족 남자들이 마침내 돌아온 것이었다.

싸움은 빠르고 격렬하게 진행되었다. 연기 때문에 양쪽 모두 잘 보이지 않았다. 그들이 맞붙어 싸우는 모습은 소용돌이치는 연기 속을 들락거리며 춤추는 유령을 연상케 했다. 칼에 베이고 총에 맞은 남자들이 피를 흘리며 쓰러지자 경찰관들의 발길질이 이어졌다. 부족 남자들 몇 명이 트럭 짐칸에 실려 있던 사람들을 풀어 주려다가 경찰관의 곤봉을 맞고 쓰러졌다.

그때 먼 곳에서 엔진 소리가 들려왔다. 밭이 있는 곳이었다. 나무들 사이로 뭔가 반짝이는 것이 보였다. 시커멓고 매캐한 연기 때문에 기침이 나고 숨이 막혔다. 나는 그곳으로 달려갔다.

그리고 끔찍한 광경을 목격했다.

그들이 끌고 온 기계들 중 한 대가 우리 밭에 서 있었다. 나는 심장이 얼어붙는 것 같았다. 그곳에서 자란 식물들이 뿌리째 뽑혀 있었다. 옥수수와 내가 심은 땅콩, 호박이 모두 엉망이었다. 잎사귀들은 떨어져 땅에 쌓여 갔고, 뚝 소리를 내며 부러진 줄기는 검은 흙 속에 묻혀 영원히 침묵을 지키게 되었다. 우리 밭을 완전히 파괴한 기계는 옆에 있는 다른 밭으로 옮겨 가 또다시 갈아엎기 시작했다. 푸른 밭은 순식간에 갈색으로 변했다. 초록색 잎사귀와 옥수수 알갱이가 피를 흘리며 바닥에 떨어졌다.

어느새 어머니가 내 곁으로 다가와 팔을 꽉 잡았다. 나는 수확을 앞둔 농작물이 완전히 망가진 참상을 보고 그 자리에 돌처럼 서 있었다. 너무나도 기가 막혀서 울음도 나오지 않았다.

외양간에서 소의 울음소리와 함께 총소리가 들렸다. 어린 텐다이가 눈물을 뚝뚝 흘리며 달려왔다.

텐다이가 울부짖었다.

"아버지! 어머니! 그들이 우리 소를 죽이고 있어요!"

부족 남자들이 고함을 지르며 외양간 쪽으로 달려갔다. 아직 트럭 짐칸에 실리지 않은 사람들은 경찰관들에게 둘러싸여 몽둥이와 채찍에 맞고 있었다. 하지만 경찰관들은 아직 우리를 이동시키지는 않앗다. 우리에게 끔찍한 악몽이 현실이 되어 가는 장면을 보여 주려는 고약한 심보였다.

외양간에서 고함 소리와 욕설이 들려왔다. 그리고 또 한 번의 총성이 울려 퍼졌다. 잠시 후, 우리는 총으로 무장한 경찰관들이 소들을 트럭으로 끌고가는 것을 보았다.

부족 남자들도 경찰관들에게 둘러싸인 채 뒤따라갔다. 그들 중 몇몇의 손에는 수갑이 채워져 있었다. 아버지와 삼촌은 파라이를 부축하고 걸었다. 나는 어째서 파라이가 그들에게 부축받고 있는지, 어째서 그의 얼굴이 금방이라도 죽을 사람처럼 창백한지 알 수 없었다. 그들이 가까이 다가오자 나는 내가 가장 두려워하던 일이 실제로 벌어졌다는 사실을 알 수 있었다. 파라이의 팔에서 검붉은 피가 흐르고 있었다. 몸에서는 화약 냄새가 풍겨 왔다. 그의 입에서 고통을 호소하는 신음 소리가 흘러나왔다.

그들이 내 오빠를 쏜 것이었다.

곧 상황이 종료되었다. 그들은 우리를 빙 둘러싸더니 대기하고 있던 트럭의 짐칸으로 끌고 갔다. 그리고 불도저를 우리 집 쪽으로 몰고 가 모든 것을 부수기 시작했다. 얼마 지나지 않아 집은 완전히 무너지고 진흙 벽돌 더미만 남았다. 하지만 그들은 그것만으로는 부족한지 초가지붕에 불을 붙여 태웠다.

시뻘건 불길이 우리가 지금까지 일구어 온 삶의 모든 것을 집어삼켰다. 트럭 짐칸에서 그 광경을 지켜보던 부족 사람들은 슬퍼하며 통곡했다. 몇몇 사람들이 더 이상 그 장면을 못 보겠다는 듯 고개를 돌렸다. 아이들은 트럭 바닥에 옹기종기 모여 앉아 손으로 얼굴을 가리고 울었다.

나는 한때 우리 집이었던 곳을 멍하니 바라보던 아버지의 얼굴을 영원히 잊지 못할 것이다. 눈물 한 방울이 아버지의 볼을 타고 흘러내렸다.

그날 우리 마을은 완전히 철거되었다.

철거 작업은 우리 부족 마을 전역에서 빠른 속도로 진행되었다. 그들이 휩쓸고 지나간 자리에는 아무것도 남지 않았다. 나모와 루도를 포함한 부족 사람들 모두 트럭에 강제로 태워져 원주민 보호구역의 새 집으로 끌려갔다. 모두 믿기지 않는 현실에 아파했다. 몇몇은 우리처럼 용기를 내어 저항했지만, 많은 사람들이 그래 봐야 소용없다는 것을 알고 있었다. 그들은 백인들에게 저항하는 대신 가족을 보호하고 재산을 지키려 했다.

우리는 조상들이 물려준 땅에서 쫓겨났다. 그 땅은 조상들의 뼈와 아이들의 탯줄이 묻혀 있는 성지이자, 우리가 땀 흘려 가꾸어 온 꿈으로 가득 찬 삶의 터전이었다. 부족 사람들은 통곡했다.

몇몇은 직접 세운 농장을 생각하며 통곡했고, 다른 몇몇은 잃어버린 소들을 생각하며 통곡했다. 또 몇몇은 곧 수확할 예정이던 농작물을 생각하며 통곡했다. 나는 다른 사람들처럼 그런 생각을 하며 울지 않았다. 땅콩과 호박이 자라던 나의 작은 밭을 생각하며 통곡

한 것도 아니다.

나는 어린 시절의 추억을 잃어버리고, 당연히 그곳에 있던 우리 집과 그곳에서 마음속 깊이 느꼈던 든든함을 잃어버리고, 그 모든 것을 더 이상 느낄 수 없게 된 현실에 통곡했다.

나는 어머니의 얇은 옷 속에서 전해지는 동생의 움직임을 느끼며 울고 또 울었다.

굶주림

나는 손으로 흙을 한 움큼 쥐었다. 모래가 섞인 흙은 건조하고 황폐했다. 이곳의 땅은 우리 고향의 기름진 땅과는 달랐다. 전혀 비옥하지 않았다. 길가의 마른 풀과 옥수수의 바싹 마른 껍질만 봐도 알수 있었다.

원주민 보호구역은 원주민 토지 관리법에 따라 농작물을 경작하는 구역과 소를 방목하는 구역으로 나뉘었다. 하지만 우리는 지금까지 그런 식으로 농사를 지어 본 적이 없었다. 이번 해에 농작물을 경작했다면 다음 해에는 그곳에 소를 방목하는 식으로 한 해씩 경작과 방목을 번갈아 했다. 그것이 우리의 방식이었다. 농사를 계속 지어 땅이 황폐해지면 다른 곳으로 옮겨 농사를 지으면서 그곳이 자연스럽게 회복되기를 기다렸다.

하지만 지금의 로디지아는 어떤가! 이곳에서는 땅이 황폐해져서 더 이상 농사를 지을 수 없게 되어도 다른 땅으로 옮겨 갈 수가 없다. 대부분의 비옥한 땅은 우리 것이 아니다. 백인들은 자기네 마음대로 지도를 다시 그리고 우리 땅을 분할했다. 극심한 가뭄에 뜨겁고 건조해서 풀 한 포기 자라지 않는 황무지가 우리 몫의 땅이었다. 우리의 새로운 보금자리는 체체파리가 날아다니고 굶주림으로 서서히 죽음을 맞게 되는 곳에 자리 잡고 있었다.

우리는 보호구역에 도착하자마자 이곳이 죽음의 땅이라는 사실을 알아차렸다. 그것은 농장에서 무기력하게 어슬렁거리는 남자들을 본 순간 알 수 있었다. 그들은 다닥다닥 붙어 있는 엉성한 집 앞에 앉아서 누더기를 걸친 어깨를 이웃들과 맞부딪쳐 가며 더 넓은 자리를 차지하기 위해 서로를 밀쳐 냈다. 우리를 바라보던 그들의 눈빛에는 강렬한 적대감이 가득했다. 우리가 이곳에 오는 바람에 한 사람당 경작할 수 있는 땅의 면적이 줄어들었기 때문이다.

빠른 발걸음으로 줄지어 걸어가는 우리를 경계의 눈길로 쳐다보던 여자들의 눈 밑에는 짙은 그늘이 드리워져 있었다. 그들이 입고 있는 옷은 해지고 더러웠고, 머리는 오랫동안 손질을 하지 않은 듯 지저분했다. 여자들의 등에 업혀 눈을 반쯤 감고 있는 아이들 주위로 파리들이 붕붕거리며 날아다녔다.

아이들의 머리카락은 붉은빛을 띠었다. 그들의 배는 불룩 튀어나왔고 꼬챙이처럼 가늘고 흰 다리에는 피부병이 있었다.

굶주림과 질병, 죽음의 냄새가 사방에 퍼져 있었다. 우리도 서서히 그들처럼 될 것이었다.

어머니가 가장 먼저 기미를 보였다. 광대뼈가 튀어나오고 눈이 푹 꺼진 어머니는 귀신에 홀린 것처럼 보였다. 잠을 제대로 이루지 못했고 가끔 주체할 수 없을 정도로 손을 떨기도 했다. 나는 무서웠다. 어머니에게 무슨 일이라도 생기면 어떡하지?

어머니가 점점 더 여위고 약해지고 있다는 사실을 알아차린 사람은 나뿐만이 아니었다. 어머니는 배 속에 있는 아이의 무게를 감당할 수 없을 정도로 수척해졌다. 우리는 어머니가 편히 쉴 수 있도록 신경을 썼다. 아버지는 날마다 어머니를 찾아왔다. 그리고 어머니의 상태가 좋지 않은 것을 배려해서 밤에는 다른 집에서 지냈다.

파라이의 총상은 다행스럽게도 많이 회복되었다. 조금 더 지나면 다른 남자들과 함께 새 집을 짓는 일을 할 수 있을 것 같았다. 우리는 주위를 돌아다니며 초가지붕을 엮을 마른 풀을 구했다.

가리카이를 비롯해 아버지의 다른 부인들이 낳은 이복형제들이 적어도 하루에 한 번은 어머니를 찾아왔다. 그들은 어머니의 건강을 살피고 어머니를 위해 그들이 할 수 있는 일이 있는지 물었다. 형제들이 찾아오자 어머니는 기운이 나는 것 같았다. 특히 탐부드자이 작은어머니의 어린아이들이 찾아오면 어머니의 얼굴에서 미소가 떠나지 않았다.

어머니의 가장 친한 친구인 나모의 어머니도 루도를 데리고 우리 집을 찾아왔다. 나모에 대한 이야기를 직접적으로 하지는 않았지만, 그들은 이곳에서 몇 킬로미터 떨어진 다른 보호구역으로 옮겨갔다고 했다. 고향 땅을 떠나지 않겠다며 격렬하게 저항했지만 결국 끌려오고 만 것이었다. 그들의 상황도 우리 못지않게 암울해 보였다. 나중에 나는 루도와 산책을 나갔다. 나는 그 틈을 이용해 이곳에 도착한 뒤 오랫동안 내 머릿속을 지배하던 질문을 했다.

"루도, 나모는 좀 어때?"

그의 이름을 말하면 아직도 내 가슴이 두근거린다는 사실이 조금 놀라웠다. 물론 나는 종종 꿈속에서 나모와 만나곤 했다. 꿈속에서나마 그를 보면 다시금 희망을 갖게 되었다. 하지만 아침이 되어 잠에서 깨면 그의 모습이 사라져 우울하고 마음이 무거워져서 축 처진 어깨로 그날 쓸 물을 길으러 가곤 했다.

나는 많은 것이 후회되었다. 하지만 내가 후회하는 순간에도 삶은 현재진행형으로 계속 이어지고 있었다. 그리고 사랑이 결코 꽃필 수 없을 것 같은 이곳에서 어린 시절의 연인을 추억할 만한 시간은 거의 없었다. 어머니를 제외하고 내가 나모에 대한 이야기를 할 수 있는 유일한 사람이 루도였다. 그래서 루도에게 큰 소리로 나모의 이름을 말하자 안도감과 긴장감이 동시에 밀려왔다.

"나모는 잘 지내고 있어. 새로운 환경에 적응하는 데 시간이 좀 걸리긴 했지만, 지금은 지팡이를 짚고 혼자 걸어 다닐 수도 있지. 나모는 다른 사람들에게 부담을 주고 싶지 않다고 했어. 그래서 혼자서 많은 일을 하려고 노력하고 있어."

"잘됐네."

나는 캄캄한 암흑 속에서 목욕하고, 식사하고, 손을 씻고 있을 나모를 생각하며 한숨을 쉬었다. 그러자 내 마음 깊은 곳에서 죄책감과 수치심이 부글부글 끓어올랐다.

"혹시 나모가……."

루도는 길게 말하지 않아도 알아들었다는 듯 미소를 지었다. 그리고 나를 다정하게 바라보며 말했다.

"물론이지. 늘 네 얘기를 해. 하지만 너한테는 절대 말하지 말라고 했으니까 모르는 척해야 돼. 알겠지?"

나는 고개를 끄덕이고는 주위를 둘러보았다. 막 지어진 새 오두막과 헐벗은 들판이 시야에 들어왔다.

내가 조용히 말했다.

"나모는 운이 좋다고 생각해."

루도는 내 말뜻을 알아듣지 못해 되물었다.

"운이 좋다고? 무슨 뜻이야?"

"나모는 앞이 보이지 않으니까 이곳이 우리 고향과는 완전히 다른 끔찍한 곳이라는 사실을 모를 거 아니야. 그는 마음의 눈을 통해 영원히 우리의 아름다운 진짜 고향만 볼 수 있어. 추하고 더러운 새로운 정착지를 안 봐도 된단 말이지. 하지만 우리에게는…… 쉽지 않은 일이야."

"고향? 우리 모두 머지않아 고향이 어떤 곳인지 잊고 말 거야."

루도의 눈에 눈물이 그렁그렁 고였다.

내가 물었다.

"너는 고향에 대해 더 이상 생각하지 않는 거야? 조상님들의 뼈가 묻혀 있고 네 탯줄이 묻혀 있는 고향이 네 마음속에 영원히 자리 잡고 있을 거라고 생각하지 않니?"

나는 터져 나오려는 눈물을 참으려고 눈을 질끈 감고 이야기를 계속했다.

"내가 고향이라고 부를 수 있는 곳은 이 세상에 한 곳밖에 없어. 내가 뿌리를 내리고 살아갈 수 있는 곳은 그곳밖에 없어……."

마침내 루도도 내 마음을 이해하고 고개를 끄덕였다.

우리는 뼈와 가죽만 남은 닭들이 먹을 것이라고는 아무것도 없는 굳은 땅을 쪼고 있는 광경을 비참한 심정으로 바라보았다.

"아버지가 그러시는데, 톰슨 씨가 이곳 형편도 지금보다 나아질 거라고 약속했대. 먹을 것도 더 많아지고, 물도 더 많아지고, 약도 더 많이 지급될 거라고 했대."

내 목소리는 점점 작아졌다. 아버지는 이미 그가 통솔해야 할 부족 사람들에게서 신용을 잃었다. 아버지의 말을 믿어 줄 사람이 어디에 있을까.

하지만 착한 루도는 그것에 대해 아무 말도 하지 않았다. 그녀는 말없이 어깨를 으쓱하고는 일어나서 빛바랜 보라색 옷에 묻은 먼지를 털어 냈다.

"열매를 먹게 되면 꽃이 피었다는 걸 믿을 수 있겠지."

그렇게 하루하루가 지나갔다. 우리는 땅을 분배받았고, 가축을 방목하기로 정해져 있는 풀밭에 소를 방목하라는 지시를 받았다. 고향을 떠나 이곳으로 옮겨올 때 많은 소를 잃었지만, 새 땅은 줄어든 소들을 방목하기에도 턱없이 좁았다. 새 밭도 전에 우리가 고향에서 일구던 밭보다 훨씬 좁았다. 하지만 어쩔 수 없었다. 우리는 모래가 섞인 땅에 괭이질을 했다. 표면의 모래층 밑에 있는 기름진 검은 흙이 드러날 때까지 계속해서 땅을 팠다.

아무리 파도 기름진 흙은 나오지 않았다.

그래서 하는 수 없이 톰슨의 부하들이 주고 간 씨앗을 심었다. 그들은 우리에게 비료를 사용하는 방법을 설명해 주었고 개울가에 씨앗을 심지 말라고 경고했다. 우리는 아무도 개울 기슭에 씨앗을 뿌리려 하지 않았다. 이곳에 오자마자 수상한 남자들에 대한 소문을 들었기 때문이다. 그 남자들이 누구인지, 어디에서 왔는지는 아무도 몰랐다. 어쨌든 수상한 남자들이 자주 개울가에 나타나 소녀들이 물을 긷거나 빨래를 하러 오기를 기다린다는 소문이었다. 그들은 소녀들이 목욕하는 모습을 훔쳐보았고, 소녀들이 그들의 구애를 받아 주지 않으면 강제로 욕구를 채운다고 했다.

어머니가 걱정스러운 목소리로 나에게 주의를 주었다.

"타리로, 너 혼자서는 개울가 근처에 얼씬도 하지 마라. 개울에 갈 때는 반드시 남자아이들이나 작은어머니와 함께 가야 한다."

나는 어머니를 안심시켰다.

"알겠어요, 엄마. 당연하죠."

그때 어머니는 오두막 안에서만 지내며 바깥출입은 하지 않았다. 출산일이 다가오면서 점점 더 몸 상태가 나빠졌기 때문이다. 우리는 어머니가 아기를 낳을 때까지 편히 쉴 수 있도록 도왔다. 나는 어렸을 때처럼 어머니 곁에서 함께 잤다.

하루는 밤에 잠을 자려고 누웠는데 어머니가 담요 위로 손을 뻗어 내 손을 잡았다. 어머니의 손은 너무도 작았다. 앙상하게 마른 손가락은 가늘고 연약해서 처음에는 어머니 손인지 몰랐다.

어머니가 부드러운 목소리로 속삭였다.

"타리로, 네가 태어난 날에 대한 이야기를 들려준 적이 있니?"

나는 혼자 빙긋 웃었다. 바오바브나무 아래에서 내가 이 세상과 처음 만난 이야기를 마지막으로 들은 지 꽤 오래되었다. 나는 어머니에게 여러 번 들은 그 이야기를 다시 한 번 듣고 싶다고 했다. 그 이야기를 들으면 안전하고 평화로웠던 그 시절로 되돌아갈 수 있을 것 같았기 때문이다.

어머니가 이야기를 시작했다. 어머니는 나를 잉태해 몸이 무거웠지만 바오바브나무 열매를 먹고 싶어서 나무 아래로 갔다. 그런데 그때 아기가 나오려는 진통이 시작되는 바람에 다른 사람의 도움을 받을 수 없어서 결국 집으로 돌아가지 않고 바오바브나무 아래에서 나를 낳았다.

"그때 혼자만의 힘으로 너를 낳은 것이 조상님들의 뜻이라는 걸 깨달았어. 내 인생에서 그때만큼 강하고 용감하다고 느낀 적은 없을 거야. 내 딸, 유일하게 나를 두고 먼저 떠나지 않은 내 딸…… 세상에 하나뿐인 내 딸……."

어머니도 울고 나도 울었다. 속눈썹에 맺힌 눈물이 볼을 타고 흘러내려 귓속으로 들어갔다. 어머니가 무거운 몸을 기울여 나를 안아주었다. 불룩한 배 때문에 어색한 자세였지만, 그런 건 상관없었다.

내가 속삭였다.

"왜 그러세요, 엄마? 왜 그 이야기를 지금 들려주시는 거예요?"

"우리 마음속에 이 이야기를 새겨 두기 위해서란다, 타리로. 우리의 역사가 영원히 기억될 수 있도록 말이야. 언젠가 너에게 딸이 생기면 네가 바오바브나무 아래에서 태어난 이야기를 들려주렴. 그래서 그 아이가 고향이 어디인지 알게 되고 자신의 뿌리를 찾을 수 있으면 좋겠어."

어머니는 나에게 부드럽고 달콤한 노래를 불러 주었다. 어머니의 등에 업혀서 지내던 어린 시절을 떠올리게 해 주는 노래였다. 나는 어머니의 노래를 들으며 잠이 들었다. 몇 달 만에 처음 맛보는 깊고 평화로운 단잠이었다.

나는 어머니의 신음 소리에 깜짝 놀라 잠에서 깨어났다. 처음에는 끙끙거리는 정도였다가 고통의 강도가 커지면서 소리도 점점 커져 갔다.

"엄마?"

나는 옆에 누워 있던 어머니를 찾아보았다. 어머니의 자리는 비어 있었다.

"타리로……."

등이 오싹했다.

"엄마."

나는 무릎을 바닥에 대고 엉금엉금 기어 다니며 어머니를 찾았다. 어머니는 원래 누워 있던 자리보다 조금 옆쪽에 누워 있었다. 따뜻한 밤이었음에도 어머니는 이를 맞부딪치며 덜덜 떨었다. 얼마나 오랫동안 그러고 있었던 걸까? 칠흑 같은 암흑에 덮여 있어 날이 언제 밝을지 알 수 없었다.

어머니는 앙상한 손가락으로 내 어깨를 잡았다. 나는 어머니를 진정시키기 위해 팔로 감싸 안았다.

"왜 그러세요, 엄마? 아기 때문에 그래요?"

거칠게 숨을 내쉬던 어머니의 근육이 긴장되는 것을 느낄 수 있었다. 나는 어머니가 진통 때문에 고통스러워한다는 것을 깨달았다. 아기가 나오려는 것이다! 나는 일어나서 작은어머니와 산파를 불러 오려 했다. 하지만 어머니는 나를 못 가게 잡았다.

어머니가 거친 목소리로 말했다.

"타리로, 너한테는 내 꿈을 이야기하지 않으려 했어. 너한테 걱정을 끼치고 싶지 않았거든. 하지만 이제는 너에게 말해 줘야만 할 것 같구나. 너에게 미리 알려 줘야 하니까."

그 말에 나는 온몸의 피가 얼어붙는 것 같았다. 어머니의 꿈은 늘 잘 들어맞았다. 어머니는 혼령들과 잘 통해서 밤이면 그들로부터 기쁜 소식이나 곧 닥칠 재앙을 전해 듣는다는 소문이 있을 정도였다.

어머니가 숨을 헐떡이며 말했다.

"타리로, 내 배 속에 있는 아이는 태어나도 살지 못할 거야. 이 아이는 지금껏 땅에 묻어 주었던 다른 아이들처럼 살아서 이 세상을 보지 못할 거야. 꿈속에서 내가 봤어. 아주 똑똑히 봤어. 개울이, 피로 붉게 물든 개울이 있었어. 아이는 유령처럼 하얀 피부에 파란, 새

파란 눈을 가지고 있었어. 그리고 나는 붉은 개울 한가운데에 서 있었지. 나에게 다가오던 아이가 개울물에 휩쓸려서 떠내려가는 게 보였어. 타리로, 붉은 개울물이 그 아이를 집어삼켰어. 그래도 피는 계속 넘쳐흘렀어. 타리로, 결국 나도 그 아이와 함께 핏물에 떠내려가 버렸어……."

어머니는 흐느끼느라 목소리가 잠겼다. 꿈 이야기에 충격을 받은 나는 어머니를 바라보았다.

그리고 엄습해 오는 공포를 숨기며 큰 소리로 말했다.

"아니에요, 엄마. 이 아이는 살아날 거예요! 피가 넘쳐흐르는 개울은 어디에도 없어요. 그냥 아기가 세상으로 나오려는 것뿐이에요. 마음을 굳게 먹어야 해요. 엄마, 제발 그런 끔찍한 꿈은 그만 잊어버리세요. 아무 의미도 없는 꿈이에요."

하지만 내가 듣기에도 공허한 말이었다. 누군가 도와줄 사람을 불러와야 했다.

신음 소리는 점점 커졌다. 몸속 깊은 곳에서부터 올라오는 어머니의 신음 소리는 평상시 목소리와는 완전히 딴판이었다. 어머니는 뭔가에 홀린 것처럼 보였다.

나는 더럭 겁이 나서 어머니에게 조금만 참으라고 말한 뒤에 작은어머니의 오두막으로 달려갔다.

그리고 겁에 질린 목소리로 외쳤다.

"작은어머니! 작은어머니! 빨리 나와 보세요! 어머니가 진통을 시작했어요! 지금 당장 산파를 데려와야 해요! 아기가 나오려고 해요!"

잠시 후 머릿수건과 앞치마를 단단히 차려입고 촛불을 든 작은어머니가 밖으로 나왔다. 작은어머니는 곧장 아버지를 깨워 산파를 데려오라고 한 뒤 어머니의 울음소리가 들려오는 오두막으로 뛰어 들어갔다. 어머니는 극도의 공포 속에서 울부짖고 있었다. 방 안에 촛불을 비추자 고통을 이기지 못해 바닥을 기어 다니는 어머니의 모습이 보였다. 고통으로 일그러진 얼굴에는 식은땀이 번들거렸다. 입술은 터지고 눈은 빨갰다.

작은어머니는 곧바로 어머니의 곁으로 다가가 말을 건네며 달래주었다. 그리고 흐트러진 옷매무새를 가다듬고 어머니를 편하게 해주려고 노력했다. 하지만 어머니의 배가 뻣뻣해진 것을 느낀 순간 작은어머니의 눈가에 근심이 어리는 것이 보였다.

작은어머니가 나를 돌아보며 말했다.

"타리로, 가서 양동이에 물을 떠 와. 많이 떠 와야 해."

"작은어머니, 저도 여기에 있고 싶은데……."

작은어머니가 소리쳤다.

"어서 가, 타리로!"

그녀의 목소리는 무엇 때문인지 모르지만 날이 서 있었다. 그것이 초조함 때문인지, 분노 때문인지, 아니면 공포 때문인지 나로서는 알 수가 없었다.

나는 눈물이 그렁그렁했지만 고개를 끄덕이고는 비틀거리며 밖으로 나왔다. 작은어머니는 늘 부엌에 여분의 물을 한 통 놓아두고 있었다. 그 사실을 기억해 낸 나는 작은어머니의 부엌으로 발걸음을 옮겼다. 부엌은 어두컴컴했다. 나는 성냥불을 켜고 더듬더듬 양동이를 찾았다.

내가 물 한 동이를 가지고 돌아왔을 때에도 아직 산파의 모습은 보이지 않았다.

작은어머니는 어머니의 곁에 쪼그리고 앉아 있었다. 그녀의 이마와 콧등에 땀방울이 가득했다.

작은어머니는 어머니에게 계속 말을 걸었다.

"자, 힘내요! 조금만 더!"

작은어머니의 한 손은 어머니의 배 위에, 그리고 다른 손은 어머니의 다리 사이에 있었다.

어머니는 얼굴을 찡그린 채 얕은 숨을 계속 뱉어 냈다. 그 모습은 마치 모든 것을 포기한 사람처럼 보였다.

작은어머니가 소리쳤다.

"힘을 줘요, 파라이 엄마! 힘을 주지 않으면 아이를 잃게 될 거예요!"

그것은 어머니에게 꼭 필요한 한마디였다. 어머니는 배 속의 아이가 나올 수 있도록 마지막 안간힘을 썼다. 그 순간 어머니 몸에서 소름 끼치는 울음소리가 터져 나왔다.

작은어머니는 힘껏 아기를 당겼다. 아기가 이 세상에 나오고 있었다. 응애응애 우는 아기는 생명의 온기로 따뜻했다. 작은어머니가 지친 한숨을 내쉬며 활짝 웃었다. 그러더니 아기를 나에게 넘겨 담요로 몸을 감싸게 했다.

작은어머니가 미소를 지으며 어머니에게 부드럽게 말했다.

"잘했어요, 파라이 엄마. 축하해요. 딸이에요."

나도 미소를 지었다. 기뻐서 심장이 터질 것 같았다. 나는 여동생의 얼굴을 들여다보았다. 갓 태어난 여동생이 젖을 빨고 싶다는 듯 작고 예쁜 입을 오물거렸다. 나는 기뻐서 하늘을 날아오를 것 같았다. 창밖으로 나가 하늘에 있는 별들과 춤을 추고 싶었다. 이렇게 아름다운 존재는 내가 살아오면서 지금까지 한 번도 본 적이 없었다. 오랫동안 기다려 온 여동생을 드디어 만난 것이었다. 그 순간, 한 가지 생각이 떠올랐다. 이번에는 어머니의 꿈이 틀렸다. 조상님들이 동생을 데려가지 않은 것이다.

나는 어머니에게 아기를 보여 주기 위해 돌아앉으며 환하게 미소 지었다. 나는 어머니가 눈을 반짝이며 아기를 향해 웃는 모습을 보고 싶었다. 출산의 고통을 잊고 아기에게 젖을 물리는 모습을 보고 싶었다.

하지만 내가 본 것은 영원히 잊지 못할 악몽 같은 광경이었다.

빛이 비치는 쪽으로 얼굴을 돌리고 돌아누워 있는 어머니의 피부는 잿빛으로 변해 있었다. 입은 뭔가에 놀란 듯 벌어지고 눈은 굳게 감겨 있었다. 나는 내 눈을 의심하며 작은어머니 쪽으로 고개를 돌렸다. 작은어머니도 두려움에 가득 찬 눈으로 방바닥을 내려다보았다.

피, 어머니의 피였다.

아, 어머니의 피가 멈추지 않고 흐르고 있었다. 지저분한 바닥의 갈라진 틈으로 흐르는 붉은 피는 어머니가 꿈속에서 보았다던 붉은 개울을 연상시켰다.

나는 목구멍까지 차오르는 울음을 꾹꾹 삼키며 이미 뻣뻣해진 어머니의 몸에 달려들어 어깨를 잡고 흔들었다. 어머니가 정신을 차리고 일어나 앉아 아기를 볼 수 있게 하고 싶었다. 아니, 어머니가 눈을 뜨기만 해도 더 이상 바랄 것이 없었다.

"엄마, 좀 일어나 봐요!"

나는 그렇게 외치고 또 외쳤다. 얼굴이 눈물로 범벅이 된 작은어머니가 나를 끌어냈다. 작은어머니의 옷과 손 그리고 그녀가 들고 있던 천까지 모두 어머니의 피로 붉게 물들어 있었다.

작은어머니는 울음이 복받쳐 목소리도 제대로 나오지 않았다.

"그만해, 타리로. 어머니는 이미 돌아가셨어……."

나는 너무나도 고통스러워 온몸이 갈기갈기 찢어지는 것 같았다. 너무나도 큰 슬픔에 가슴이 미어지는 것 같았다. 안 돼! 안 돼! 절대로 안 돼!

어머니, 어머니…….

나는 여동생을 가까이에서 보고 싶어 안아 보았다. 그러자 억눌렀던 울음이 가느다란 흐느낌으로 터져 나왔다.

"엄마……."

나는 여동생의 얼굴을 다시 한 번 보려고 아기의 몸을 살짝 들어 올렸다. 하지만 아기의 눈은 평온하게 감겨 있었다. 작은 몸도 축 쳐져 있었다.

아기도 어머니와 함께 머나먼 하늘나라로 떠난 것이었다.

어머니는 오랫동안 기다리던 딸과 마침내 영원히 함께 있게 되었다.

고통과 슬픔으로 가득 찬 내 울음소리를 듣고 다른 가족들도 어머니의 오두막으로 뛰어 들어왔다.

상처

발밑에서 풀이 부스럭거리는 소리가 났다. 나는 잿빛 풀로 덮인 언덕을 지나 골짜기 사이에 있는 개울가로 내려갔다. 비가 많이 내리지 않는 이곳의 개울물은 주로 붉은 흙탕물이었다. 이곳에서 깨끗한 물을 구하기란 쉬운 일이 아니라는 사실을 나도 잘 알고 있었다.

그래도 깨끗한 물을 구해야만 했다. 텐다이가 고열로 쓰러졌기 때문이다.

어머니와 동생이 죽은 지 세 달이 지났지만 그 일은 아직도 우리를 괴롭히고 있었다. 우리는 어머니와 아기를 함께 묻고 장례식을 치렀다.

어머니의 부재는 나에게 큰 고통을 안겨 주었다. 나는 어머니가 무척 그리웠다. 지금도 뒤를 돌아보면 어머니가 음식을 만들기 위해 말린 옥수수를 빻거나 닭 털을 뽑고 있을 것만 같았다. 밭에서 일하다가도 무심코 내가 호박을 심으려 한다는 것을, 어린 남자아이가 놓친 염소가 우리 옥수수를 뜯어 먹었다는 것을 어머니에게 말한 적도 있다.

하지만 나는 어머니가 곁에 없다는 것을 기억하고는 이내 입을 다물었다. 어머니의 부재를 다시금 의식하면 내 안에서 솟아나던 희망과 기쁨은 사라지고 온 세상이 슬픈 기억과 통곡으로 가득 찬 끔찍한 곳으로 변했다.

내가 하고 싶은 것은 잠을 자고 꿈을 꾸는 것밖에 없었다. 어머니의 혼령이 나를 찾아온 날이면 꿈속에서 어머니를 만날 수 있었기 때문이다.

꿈속에서 어머니는 아무 말도 하지 않았다.

그저 서 있을 뿐이었다.

하지만 그것으로 충분했다.

나는 텐다이가 아프다는 사실을 기억해 내고 몽상에서 깨어났다. 아버지와 오빠들은 텐다이에게 먹일 약을 구하러 시내로 나가고 없었다. 작은어머니는 집에 남아 텐다이를 돌봐 주었다. 나는 작은어머니 대신 텐다이를 위해 물을 길어 오는 일을 맡았다.

작은어머니는 어머니의 장례를 치르는 동안 최선을 다해 우리를 돌봐 주었다. 그녀도 힘에 부치는 것 같았다.

나는 항아리를 머리에 이고 몸의 균형을 잡았다. 그리고 혹시라도 수상한 소리가 들리나 귀를 기울이며 될 수 있는 대로 빨리 걸었다. 다행히 먹이를 노리는 물수리의 소리와 멀리서 들리는 소의 울음소리밖에 들리지 않았다.

개울가에 도착한 나는 얼굴을 찡그렸다. 개울물은 고여 있었다. 모기가 알을 낳기에 딱 좋은 환경이었다. 나는 지난 몇 달 동안 물을 길어 온 적이 없었다. 물이 이것밖에 없을까? 이 물을 길어다 주면 텐다이의 열이 내리기는커녕 상태를 악화시킬 게 분명했다. 상류 쪽으로 올라가면 보다 좋은 물을 구할 수 있을 것 같았다.

나는 물의 빛깔을 보며 상류 쪽으로 발걸음을 옮겼다. 개울물은 위로 올라갈수록 조금씩 깨끗해지는 것 같았다. 물이 솟아나는 수원지 쪽으로 더 올라가면 텐다이에게 줄 시원하고 깨끗한 물을 구할 수 있을 것 같았다.

이윽고 나는 물을 길을 만한 장소를 발견했다. 음사사나무 그늘 아래 바위틈에서 쪼르르 흘러나오는 맑은 물이 옹달샘을 이루고 있었다. 어찌나 맑고 투명한지 모래 바닥이 나뭇잎 사이로 어룽거리는 햇빛을 받아 반짝반짝 빛났다.

나는 쪼그리고 앉아 오므린 손에 물을 떠서 한 모금 마시며 안도의 숨을 내쉬었다. 깨끗한 물이었다. 고개를 들어 하늘에 떠 있는 해를 바라보았다. 해는 내가 집을 떠났을 때보다도 훨씬 내려와 있었다. 서둘러 항아리에 물을 채우고 그것을 다시 머리에 이었다. 해가 지기 전에 집으로 돌아가려면 서둘러야 했다. 너무 늦게 돌아가면 작은어머니가 걱정할 것이다. 나는 한 손으로 항아리를 잡고 개울을 따라 하류 쪽으로 서둘러 내려갔다.

개울이 구부러지는 곳에 막 도착했을 때 뭔가 딱 하고 부러지는 소리가 들렸다. 누군가 나무의 가지를 밟아 부러뜨린 것 같았다. 나는 재빨리 소리가 난 쪽으로 고개를 돌렸다. 하지만 그곳에는 아무도 없었다. 잘못 들은 걸까? 나는 더 이상 환청이 들리지 않도록 귀를 한번 잡아당기고는 다시 걷기 시작했다.

그때 또다시 소리가 들렸다.

나는 두리번거리며 사방을 둘러보다가 개울 건너편의 울창한 나무들 사이를 주의 깊게 살펴보았다. 그곳에서 들려오는 소리가 분명했다. 그러나 아무도 보이지 않았다. 나는 다시 고개를 돌렸다. 그 순간, 나무 사이에서 사람 그림자가 보였다. 누군가 있는 게 분명했다.

나는 숨어 있는 사람을 불렀다.

"거기 누구세요?"

파라이나 가리카이가 나를 겁주려고 짓궂은 장난을 치는 것이라 생각했다. 하지만 그들은 아버지와 함께 시내로 가고 없었다. 부족 사람들이 들려준 개울가의 수상한 남자들 이야기가 퍼뜩 떠올랐다. 나는 부들부들 떨며 앞으로 한 걸음 나아갔다. 그때, 처음 보는 남자 셋이 강 건너편 음사사나무 뒤에서 걸어 나왔다.

그들은 얼룩진 카키색 반바지를 입고 신발은 신지 않고 있었다. 그들 중 두 명은 셔츠도 입지 않았다. 땀에 젖어 번들거리는 그들의 가슴은 고불고불한 시커먼 털로 덮여 있었다. 나머지 한 사람은 카키색 셔츠를 입고 등에 어린 사슴을 둘러메고 있었다. 사슴의 몸에서는 아직 피가 흘렀다. 남자의 셔츠 어깨 부분은 피로 붉게 물들어 있었다. 남자들은 모두 그 자리에 서서 나를 쳐다보았다. 그들의 얼굴을 본 순간 내 심장 박동이 빨라졌다. 본능적으로 위험을 감지한

것이었다. 순간 움찔했지만 설령 모르는 사람이더라도 어른과 마주
쳤을 때에는 반드시 인사를 하라는 가르침을 기억해 내고는 그들에
게 인사를 건넸다. 하지만 그들은 내 인사에 답하지 않고 가만히 쳐
다보기만 했다. 그들의 눈에서 불꽃이 이글이글 타올랐다. 주위를
둘러싼 공기가 긴장감으로 팽팽해졌다. 나는 침을 꿀꺽 삼키며 가던
길을 계속 가려고 돌아섰다.

그 순간, 말 한 마리가 숲 속에서 나타났다. 말은 누군가를 등에
태우고 있었다. 어깨에 총을 메고, 손에 잠보크를 들고, 안장 위에
느슨한 자세로 앉아 있는 사람은 부감독관 이안 왓슨이었다.

왓슨의 붉은 피부와 나모에게 맞아 휜 코, 나를 위아래로 훑어보
는 싸늘한 파란 눈을 보자 나는 그 자리에 얼어붙어 버렸다. 그는 내
얼굴을 뚫어지게 쳐다보더니 이윽고 생각났다는 듯 징그러운 미소
를 지었다. 그의 끔찍한 미소를 피해 재빨리 시선을 돌렸다. 온몸에
소름이 돋았다.

왓슨은 말을 천천히 몰아 개울가에 서더니 나를 향해 소리쳤다.

"잘 있었니!"

그는 가지런하고 새하얀 이를 드러내며 웃었다. 그의 미소는 몇
달 전 그때처럼 물속으로 끌고 들어갈 먹잇감이 다가오기를 기다리
는 악어를 연상시켰다.

나는 아무 말도 하지 않고 그 자리에 못 박힌 것처럼 서 있었다.

왓슨이 태연스레 말했다.

"이렇게 다시 만나게 됐구나. 혼자 어디 가는 거니? 동행이 필요

하지 않니?"

나는 영어를 알아듣지 못했다. 하지만 말투로 미루어 그가 나에게 질문을 했다고 짐작하고는 고개를 가로저었다. 이번에는 감히 그를 쳐다볼 수가 없었다. 나는 떨리는 손으로 머리 위에 이고 있던 항아리를 잡고 개울가를 따라 걷기 시작했다. 곁눈질로 왓슨이 있는 개울 건너편을 보았다. 그는 나와 보조를 맞춰 말을 몰았다.

왓슨은 엉터리 쇼나 어로 내 이름을 물었다. 그는 최대한 부드럽고 다정한 목소리로 말하려고 노력했다. 겁에 질려 외양간에서 나오지 않으려는 송아지를 어르고 달래는 것 같은 목소리였다. 나는 혼자 집으로 가겠다는 굳은 의지의 표시로 발걸음을 멈추지 않았다. 하지만 날이 이미 어두워지기 시작했기 때문에 주위의 모든 것이 올 때와는 달라 보여서 집으로 돌아가는 길을 찾을 수가 없었다. 뒤쪽에서 철벅거리며 흙탕물을 건너오는 남자들의 발소리가 들렸다. 그들은 어느새 개울을 건너 내가 있는 쪽에 와 있었다. 남자들은 그들의 주인이 명령을 내리기를 기다리며 천천히 나를 따라왔다.

왓슨이 말을 세우더니 아까와는 완전히 딴판인 목소리로 내게 소리쳤다.

"어이, 거기 너!"

내가 익히 알고 있던 냉혹한 목소리였다.

"내가 지금 너한테 말하고 있잖아."

왓슨은 몸을 꼿꼿이 세우고 안장 위에 똑바로 앉아서 나에게 명령했다.

"이리 와."

그의 목소리는 거만하고 고압적이었다. 내가 흑인이기 때문에 백인인 자신의 명령을 즉시 따르는 것이 당연하다고 여기는 것 같았다.

마음속 한구석에 자리 잡고 있던 공포와 비통함, 아직도 생생하게 떠오르는 내 얼굴을 강타한 그의 주먹이 내 몸을 멋대로 움직여 그의 명령에 복종하게 하려 했다. 하지만 가슴속에서 꺼지지 않고 타오르는 작은 불꽃, 존엄성과 명예를 지키려는 불꽃이 그에게 다가가려는 나를 마지막 순간에 제지했다. 나는 용기를 잃은 겁쟁이가 되지는 않을 것이다. 자진해서 수치스러운 행동을 하는 일은 없을 것이다. 그가 나모에게 저지른 끔찍한 일들을 떠올렸다. 아픈 동생에게 물을 빨리 가져다주어야 했다. 나는 고개를 똑바로 쳐들고 내 마음이 알려 주는 길을 따라 집을 향해 걷기 시작했다.

왓슨은 그런 나를 보고 분노한 듯 소리쳤다.

"이리 오라고 했잖아, 젠장!"

나는 뛰기 시작했다.

머리 위의 물이 쏟아지지 않게 조심하며 엉성한 자세로 뛰었다. 뛰는 동안 항아리 물이 넘쳐서 팔을 적셨다. 내가 뛰기 시작하자 왓슨이 이를 갈면서 말한테 욕을 퍼붓는 소리가 들렸다. 그는 내 뒤에 있던 남자들에게 큰 소리로 명령을 내리고 말 등에 잠보크를 휘둘렀다. 그러자 말이 앞다리를 들어 울부짖고는 개울가의 땅을 박차고 빠르게 달리기 시작했다. 내 뒤에서 남자들이 개울가의 무른 땅을 딛고 뛰어오고 있었다. 그들의 육중한 발소리와 거친 숨소리가 점점 가까워졌다.

　내 앞에서 달리던 왓슨이 말의 고삐를 세게 당겨 개울을 건너왔다. 그리고 우리 집으로 가는 길을 가로막고 섰다. 나는 어쩔 수 없이 반쯤 빈 물 항아리를 버리고 숲 속으로 달리기 시작했다.

　다음 순간, 눈앞이 희미해졌다. 해는 이미 져서 주위는 어둑어둑했다. 그래도 나는 쉬지 않고 달렸다. 입술 사이로 낮은 울음소리가 터져 나왔다. 키가 큰 나무는 피하고 키가 작은 덤불은 훌쩍 뛰어넘었다. 달리는 동안 나뭇가지에 걸려 살갗과 옷이 찢어졌다. 하지만 달리는 것을 멈출 수는 없었다. 덫에 걸려 난폭해진 야생동물처럼 심장이 거세게 마구 뛰었다. 핏줄을 통해 심장 박동이 귓속으로 전해졌다.

　먹먹해진 내 귀로 왓슨이 부하들을 부르는 소리와 그들이 마른 잎사귀 위를 달리는 소리가 들려왔다. 그들은 나를 잡기 위해 서로에게 소리를 질러 댔다. 하지만 나는 멈추지 않았다. 죽을힘을 다해 달렸다. 숨이 차서 폐가 터질 것 같고 머릿속이 하얘졌지만 멈추지 않았다. 지난 세 달 동안 제대로 식사를 하지 않은 나의 체력은 곧 바닥이 났다. 그래도 멈추지 않았다.

　순간, 내 앞에 갑자기 나무가 나타났다. 그것을 미처 보지 못해 그만 나뭇가지에 부딪치고 말았다. 그 충격으로 뒤로 넘어졌다.

　그들은 순식간에 나를 덮쳤다. 이름은 모르지만 같은 조상의 피가 흐르는 남자 셋은 내 삼촌일 수도 있고 큰오빠일 수도 있다. 그들은 햇빛에 검게 그을린 억센 손으로 내 팔과 다리를 잡았다. 나는 겁에 질려 미칠 것 같았다. 마른 침을 삼키며 그들과 눈을 맞추려 했다. 우리 말로 어머니들과 조상들의 이름을 부르며 그들에게 살려 달라고 간청했다. 나는 울먹이며 땅속에서 온천이 터져 나오듯 빠르게 말을 쏟아냈다.

"제발요. 우리는 같은 핏줄이잖아요."

나는 그들에게 간청했다. 내 팔다리를 꽉 붙잡고 있는 그들의 손아귀에서 벗어나려고 몸부림칠 때마다 볼을 타고 눈물이 뚝뚝 떨어졌다.

"제발 놓아주세요! 제발요! 이러지 마세요!"

하지만 그들은 나를 쳐다보지도 않았다. 나를 뒤에서 잡고 있던 피 묻은 셔츠를 입은 남자가 내게 닥치라고 했다.

나는 미칠 것 같아서 소리를 질러 댔다.

어머니와 아버지, 형제들의 이름을 큰 소리로 외쳤다. 내가 느끼고 있는 깊은 공포와 나약함이 드러나는 격렬하고 비통한 비명이었다. 하지만 피 묻은 셔츠를 입은 남자가 내 입을 틀어막자 밖으로 나가지 못한 비명은 내 머릿속에서 울려 퍼졌다. 그의 손에서는 땀과 쇠, 피 맛이 났다.

황혼에 물든 나무들 사이로 왓슨이 나타났다. 그의 총이 달빛을 받아 반짝였다. 왓슨의 눈은 파랗게, 아주 새파랗게 빛났다. 그가 다가와 팔을 뻗자 나는 눈을 질끈 감았다. 그는 손가락으로 내 턱을 더듬었다.

그가 낮은 목소리로 중얼거렸다.

"그래, 착하지. 아까보다 훨씬 낫잖아. 널 해치지 않는다고 그렇게 말했는데…….”

나를 잡고 있는 남자들에게서 벗어나려고 몸부림쳤다. 왓슨에게서 될 수 있는 대로 멀리 떨어지기 위해 발로 땅을 마구 찼다.

왓슨은 빙그레 웃었다. 자기 자신에게 보내는 미소 같았다.

"그래, 넌 쉽게 굴복하지 않는 계집이었지. 너를 처음 봤을 때부터 알고 있었어. 아주 좋아.”

그리고 그는 총을 내려놓았다.

그가 이제부터 무슨 짓을 하려는지 깨닫자 나는 겁에 질려 눈이 휘둥그레졌다. 나는 죽을 때까지 싸울 각오로 다시 한번 몸부림을 쳤다. 하지만 내 팔은 굶주림으로 약해졌고 다리는 너무나도 큰 슬픔에 뻣뻣해졌다. 그가 나의 오른쪽 관자놀이를 주먹으로 때렸다. 약해진 내 몸은 그 충격을 견디지 못하고 고꾸라졌다. 마침내 나는 깊은 절망에 빠졌다.

"너희는 밀리를 데리고 개울가에서 기다리고 있어. 지금 당장 가!”

세 남자는 말을 끌고 어둠 속으로 사라졌다.

왓슨이 내 어깨를 움켜쥐더니 거칠게 땅바닥으로 밀쳤다. 거친 숨을 내쉬는 그의 땀이 내 몸 위로 떨어졌다. 그는 내 얼굴을 모래흙에 처박고 어린 시절의 연인인 나모를 위해 지켜 왔던 나의 소중한 것을 무참히 빼앗았다.

그가 떠난 뒤에도 나는 어둠 속에 누워 있었다. 내 몸은 여기저기

부러지고 피가 났다. 귀가 먹먹할 정도로 시끄러운 귀뚜라미와 올빼미의 울음소리에 둘러싸인 채 나는 그곳에 그대로 누워 있었다. 얼굴을 땅속에 묻어 버리고 다시는, 다시는 햇빛을 보고 싶지 않았다.

속박

파라이는 다음 날에야 나를 발견했다. 밤새 나를 찾아다닌 모양이었다. 나는 파라이가 먼 곳에서 부르는 소리를 들었지만 바짝바짝 타는 목과 터진 입술, 잠긴 목소리 때문에 대답할 수 없었다. 파라이는 내가 흐느끼는 소리를 듣고 나를 발견했다.

이슬이 맺힌 덤불 속에 누워 있던 나를 본 파라이는 충격과 공포로 눈이 휘둥그레졌다. 그는 내 옆에 무릎을 꿇고 앉아 손을 내밀었다. 내가 일어나도록 도와주려 했지만 어디를 어떻게 잡아 줘야 할지 몰라서 곤란해했다. 파라이는 왓슨에게 맞아 멍들고 피딱지가 앉은 나의 오른쪽 관자놀이로 시선을 옮겼다.

"누, 누, 누가 이런 짓을 한 거야, 타리로?"

파라이는 말을 더듬었다. 그의 목소리에는 비통함이 배어 있었다. 나는 부어오른 눈꺼풀 아래로 새어 나온 눈물을 감추기 위해 고개를 돌리려 했지만 목이 잘 돌아가지 않았다. 추운 밤공기와 아침의 습기가 뼛속까지 스며들어 내 몸은 시체처럼 뻣뻣했다. 온몸이 쿡쿡 쑤시고 아파서 목에서 마른 신음 소리가 터져 나왔다. 파라이는 눈물을 감추려고 고개를 숙였다.

나는 끙끙거리며 말했다.

"나를 내버려 둬. 여기서 죽을 수 있게 내버려 둬, 파라이 오빠."

하지만 파라이는 비명을 지르는 나를 일으켜 세웠다. 그리고 메마른 언덕을 지나 흙먼지가 풀풀 날리는 집으로 데려갔다.

파라이는 울음을 삼키느라 잠긴 목소리로 작은어머니를 불렀다.

"작은어머니! 빨리 와 보세요!"

작은어머니는 허겁지겁 달려오느라 등에 업은 아기가 허리춤까지 내려와 있었다. 내 팔다리 여기저기에 푸르스름한 멍과 부어오른 얼굴, 옷에 묻은 피를 발견하자 작은어머니는 아기가 옆으로 미끄러져 바닥에 떨어져도 개의치 않고 내 앞에 무릎을 꿇고 앉았다. 그녀의 얼굴은 슬픔으로 일그러졌다. 작은어머니는 통곡했다. 찢어지는 듯한 날카로운 비명을 들은 사람들은 이번에는 어떤 새로운 비극이 우리 가족을 덮쳤는지 보려고 오두막으로 몰려들었다.

"아이고!"

작은어머니가 소리를 지르고 또 질렀다. 그녀는 머릿수건을 거칠게 잡아당겨 벗고는 얼굴을 감싸고 몸을 앞뒤로 흔들며 오열했다.

"사랑스러운 우리 딸! 어쩌면 좋아! 그놈들이 우리 아이를 죽였어! 그 쳐 죽일 놈들이 우리 아이를 죽였다고! 파라이 아버지, 이리 와서 보세요! 이리 와서 그놈들이 당신 딸에게 무슨 짓을 했는지 보라고요!"

믿어지지 않을 만큼 충격적인 광경에 분노한 사람들의 격렬한 비난이 여기저기서 터져 나왔다. 아이들의 울음소리와 그것을 달래는 어머니들의 목소리도 들렸다. 사람들이 나를 빙 둘러싸고 빽빽하게 모여 있는 것이 느껴졌다. 이곳의 공기는 많은 사람들이 허둥지둥 달려오는 바람에 일어난 흙먼지 냄새, 이른 아침의 냄새 그리고 말로 표현할 수 없는 충격으로 가득 차 있었다. 누군가 나에게 담요를 덮어 주었다. 나를 끌어당기는 파라이의 손에서 분노와 슬픔이 전해졌다.

마침내 아버지가 떨리는 목소리로 침울하게 말했다.

"네 누이를 데리고 안으로 들어가라, 파라이. 다들 돌아가시오, 돌아가…….. 지금 저 아이에게 필요한 건 휴식이야. 저 아이는 푹 쉬어야 해……."

그 말에 작은어머니는 자리를 박차고 일어났다. 나는 눈을 치켜뜬 작은어머니가 아버지의 빛바랜 작업복을 움켜잡는 모습을 잘 떠지지 않는 눈으로 지켜보았다.

"그놈들이 당신 아이한테 무슨 짓을 했는지 좀 보라고요!"

신경질적으로 말하는 작은어머니의 목에 핏줄이 불거져 나왔다.

"이 아이가 어떤 일을 당했는지 알아요? 그놈들은 멈추지 않을 거예요! 절대 멈추지 않을 거예요! 그놈들이 우리 땅을 빼앗았을 때부터 이런 일은 이미 시작된 거예요. 그리고 앞으로도 끊임없이 일어날 거라고요!"

아버지는 아무 말 없이 얼굴을 찡그린 채 작은어머니를 바라보기만 했다. 작은어머니는 자제심을 잃었다. 아버지가 멱살을 잡은 그녀의 손을 뿌리치려 했지만 아버지의 손이 닿기 전에 먼저 작은어머니가 아버지를 밀쳐냈다.

작은어머니는 아버지에게 손가락질하며 뒷걸음질 쳤다.

"당신은 그자들이 나모의 모든 것을 짓밟았을 때에도 맞서 싸우자는 부족 사람들의 뜻을 받아들이지 않았어요. 그놈들이 우리 땅을 빼앗으러 왔을 때에도 맞서 싸우자는 부족 사람들의 뜻을 받아들이지 않았고요. 이제 그자들이 당신 딸의 명예와 순결을 앗아 갔는데도 당신은 뒷짐 지고 서서 평온한 목소리로 그 아이를 푹 쉬게 하라는 소리나 지껄이는 건가요? 말도 안 돼! 어떻게 그럴 수 있어요?"

작은어머니는 날카로운 목소리로 아버지를 향해 신랄한 비판을 계속했다.

"천 번이고 만 번이고 절대 안 돼요! 이제 더 이상 참을 수 없어요! 이번에야말로 복수를 위해 일어서야 해요!"

아버지는 자신과 자신의 아내를 바라보는 가족들의 시선을 의식하고 주춤한 듯했다. 그는 작은어머니에게 경고의 눈빛을 보내고 주먹을 꽉 쥐며 낮은 목소리로 말했다.

"치티 엄마, 말이 너무 지나치군."

작은어머니는 울음과 웃음이 뒤섞인 목소리로 아버지를 대놓고 조롱했다.

"지나치다니요? 나는 아직 하고 싶은 말을 다 하지 못했어요! 무서워서 백인으로부터 가족의 명예도 지키지 못하다니, 내가 사람이랑 결혼한 건지 아니면 쥐랑 결혼한 건지 모르겠어요. 당신은 도대체 어떤 사람이에요? 어떤 사람이냐고요!"

아버지가 작은어머니의 뺨을 때렸다. 작은어머니는 흙먼지가 날리는 바닥에 쓰러졌다. 우리 가족은 물론 통곡 소리를 듣고 무슨 일인지 알아보려고 달려온 부족 사람들 모두 탄식했다.

아버지는 작은어머니를 내려다보며 분노로 부르르 몸을 떨었다. 그리고 이를 꽉 깨물고 나지막하게 말했다.

"두 번 다시 그런 말을 입 밖에 내지 마. 앞으로 나한테 또 그런 말을 지껄이면 당신이 어머니 배 속에서 나온 날을 후회하게 만들어 줄 거야!"

아버지는 그렇게 내뱉고는 돌아서서 당당한 자세로 걸어갔다. 내 옆을 지나갈 때에는 파라이에게 나를 안으로 데려가라고 호통쳤다. 그리고 가리카이에게는 다른 아이와 함께 내 목욕물을 준비하라고 소리쳤다.

개울물을 모두 써도 내 몸을 깨끗하게 씻을 수는 없었다. 내 몸의 상처와 머리에 묻은 풀과 흙먼지, 모래알 그리고 손톱 밑에 굳은 피 딱지는 물로 씻어 낼 수 있었지만, 이미 더럽혀진 몸은 세이브 강의 물을 전부 쓰더라도 깨끗해질 수 없었다.

나는 예전처럼 순수해질 수 없었다. 내가 세상에서 가장 증오하는 남자, 내가 세상 그 누구보다 사랑하는 연인을 앗아 간 그 남자로부터 최악의 폭력을 당했다. 사람들은 시간이 모든 것을 치유해 줄 것이라고 말한다. 하지만 나는 그의 파란 눈과 잔인한 미소, 나를 꽉 움켜잡던 손의 감촉 그리고 나를 조롱하던 목소리를 죽어도 잊지 못할 것이다.

밤마다 꿈속에서 말을 탄 그가 먹잇감을 쫓는 표범처럼 나무 사이로 도망치는 나를 쫓아왔다. 그는 나를 자신의 것이라고 주장했다. 그럴 때 누가 나를 지켜 줄 수 있을까? 누가 나를 안전하게 보호해 줄 수 있을까?

그렇게 해 줄 사람은 아무도 없었다. 그 사실이 나를 가장 슬프게 했다.

시간이 흐를수록 나는 더 많은 눈물을 흘리게 되었다. 수탉의 울음소리에 잠에서 깨어난 어느 날 아침 문득 구역질이 났다. 배가 점점 불러 왔고 나는 악몽이 아직 끝나지 않았다는 사실을 깨달았다. 왓슨은 나에게 육체의 멍과 상처, 악몽 같은 그날의 사건보다 더 큰 것을 남겼다. 내 몸속에서 그의 아이가 자라고 있었다. 나는 배 속에서 아이가 움직일 때마다 그의 새파란 눈을 떠올리며 내가 잉태할 생명을 위해 눈물을 흘리는 것 외에는 아무것도 할 수 없었다.

나는 폭력과 증오의 씨로 생긴 아기를 위해 우는 것 말고는 아무것도 할 수가 없었다.

수치스러운 일로 생긴 아기에게 아무것도 해 줄 수 없었다.

예언

    내 바람과는 달리 왓슨의 아이는 무럭무럭 자랐다. 내 의지와는 달리 내 몸은 그 아이에게 양분을 공급해 하루하루 키워 나갔다. 그 아이는 나와 함께 호흡했고, 나의 모든 움직임을 지켜보았다. 아이가 처음으로 내 몸속에서 움직였을 때, 내 뜻과는 달리 아이는 내 마음을 사로잡았고, 내 마음은 경이로움으로 가득 찼다. 그때 나는 이 아이가 어떤 아이든 사랑하게 될 것이라고 직감했다. 아이의 몸속에는 내 피가 흐르고 있었고, 아이는 내 영혼을 나눠 가졌다. 아이는 나의 일부분이었다.

    그리고 나는 아이가 딸이라고 확신했다.

    하지만 아무도 나의 그런 마음을 이해하려 하지 않았다. 나는 아비 없는 아이를 가진 여자라는 수치 속에 살아가야만 했다. 강가에서 함께 빨래를 하며 알게 된 여자아이들도 뒤에서 수군거리며 손가락질했다.

    아버지는 묵묵히 굴욕을 견뎌 냈다. 아버지의 소리 없는 위엄이 이토록 든든하게 느껴진 것은 처음이었다. 아버지는 굴욕적인 말을 내뱉는 마을 사람들 앞에서 절대 고개를 숙이지 않았다. 그리고 삼촌과 함께 포트빅토리아에 가서 톰슨을 만나 왓슨이 나에게 한 짓과 내가 왓슨의 아이를 가졌다는 사실을 밝히기로 했다.

나도 그들과 함께 갔다. 물론 그들은 나를 말렸다.

아버지가 물었다.

"너 자신을 더 괴롭게 해서 어쩌겠다는 거냐?"

하지만 삼촌은 나를 이해해 주었다.

"때로는 마음의 평온을 얻을 수 있는 유일한 방법이 자신의 적과 용감하게 맞서는 것일 수도 있지."

그때 나는 처음으로 도시에 갔다. 나는 몸을 단장하고 삼촌이 사준 분홍색 원피스를 입었다. 하지만 그 옷은 부풀어 오른 배를 고통스럽게 조여 왔다. 나는 복대를 차서 될 수 있는 대로 배가 안 나와 보이도록 했다. 우리는 도시로 가는 버스에 올라탔다. 버스 안에는 울어 대는 아이들과 짜증을 내는 승객들, 농부들이 데리고 탄 염소들로 발 디딜 틈이 없었다.

포트빅토리아는 무서운 곳이었다. 나는 그렇게 많은 사람들과 많은 자동차, 많은 백인들이 모여 있는 곳을 본 적이 없었다. 거리를 거닐거나 차를 운전하는 백인들은 자신감이 넘쳐 보였고 왠지 쌀쌀맞아 보였다. 그들 뒤에는 흑인 하인들이 주인의 가방을 들고 쫓아가고 있었다. 이 도시에서는 흑인들에게 자리를 내주지 않았고 음식도 주지 않았다. 삼촌은 '백인 전용'이라는 표지판의 뜻을 설명해 주었다.

우리는 한 가게 앞을 지나갔다. 그때 트럭 옆에 서 있던 백인 가족이 눈에 띄었다. 챙이 넓은 모자를 쓴 남자의 반바지 아래로 보이는 다리에는 털이 북슬북슬했다. 여자는 꽃무늬 원피스 위에 벨트를 하고 있었다. 흑인 일꾼들은 커다란 곡물 자루와 짐들을 트럭 짐칸에 실었다. 아이들은 손에 든 막대기에 붙어 있는 하얀 것을 핥아먹었다. 손가락과 턱에 솜처럼 하얀 것이 잔뜩 묻어 있었다. 그들은 행복해 보였고 잘 먹어서 얼굴색이 좋았다.

삼촌이 그들을 보며 말했다.

"농장 주인들이야. 수많은 백인 농장주들이 우리에게 빼앗은 땅에서 많은 돈을 벌고 있지."

나는 그들을 흘낏 쳐다보았다. 그들과 같은 백인 가족이 우리 땅에서 농사를 짓고 있다고 생각하자 피가 끓어올랐다.

삼촌이 깔끔한 정장과 재킷을 입고 무릎까지 오는 양말을 신은 한 무리의 아이들을 가리키며 말했다.

"저 아이들 좀 봐. 특별히 백인만 다닐 수 있는 학교에 다니는 애들이야. 흑인들은 돈이 있어도 저 학교에 못 보내."

나중에 흑인 아이들이 다니는 학교를 보게 되었다. 길고 낮은 함석지붕 건물에 운동장에는 흙먼지가 풀풀 날렸고 주변은 축 늘어진 철조망 울타리가 쳐져 있었다. 그 학교에 다니는 아이들의 표정은 즐거워 보였지만 그들이 입은 색 바랜 교복은 여기저기 기운 자국이 있었다. 그들 중 대다수는 맨발이었다.

그 모습을 보자 불공정한 처사에 대한 분노가 가슴속에서 불타올랐다.

우리는 감독관 사무실에 도착한 뒤에도 톰슨을 보기까지 한참을 기다려야만 했다. 나는 발이 아프고 목이 말라서 참을 수가 없었다. 마침 옆쪽 책상에 물병과 컵이 놓여 있는 것을 발견하고 톰슨의 비서에게 물을 마셔도 되는지 물었다. 그러자 그녀는 나를 빤히 쳐다보며 눈썹을 치켜세우더니 손가락을 들어 바깥을 가리켰다.

밖으로 나와 보니 정원사가 정원에 물을 줄 때 사용하는 기다란 호스가 달린 수도꼭지가 있었다. 톰슨의 비서의 생각에 나는 그곳에서 물을 마셔야만 했다. 말도 안 되는 불공정한 처사에 마음이 아팠지만 타오르는 갈증을 참을 수 없어 호스에 입을 대고 물을 마셨다.

비서는 사무실로 돌아온 나를 역겹다는 듯 쳐다보았다. 하지만 나는 신경 쓰지 않았다.

우리는 오랜 기다림 끝에 간신히 톰슨을 만나 지금까지의 일들을 이야기할 수 있었다. 물론 톰슨은 얼굴을 붉히며 부감독관이 저지른 만행에 대한 유감을 표했다. 그렇다, 그는 그런 일들이 계속해서 일어나고 있다는 것을 알고 있었다. 그가 왓슨에게 이 일을 전하겠지만 왓슨이 죗값을 치르는 일은 없을 것이다. 목격자도 없거니와, 식민지 정부의 평판이 나빠질 우려가 있다는 등의 이유로 그는 법의 심판을 피하게 될 것이다.

톰슨이 덧붙였다.

"어쨌든 그는 지금의 자리에서 물러날 겁니다. 그리고 이곳에서 얼마 떨어지지 않은 곳에 땅을 구해서 살게 될 겁니다. 결혼도 하겠지요. 그럼 그도 안정될 겁니다. 더 이상 그에 대해 걱정하지 않아도 됩니다."

하지만 삼촌은 톰슨을 노려보며 큰 소리로 항의했다. 그러자 톰슨이 우리에게 약간의 보상금을 주겠다고 제안했다. 많지 않은 그 돈은 아기에게 필요한 약을 사고 학교를 보내는 데 조금이나마 보탬이 될 것 같았다.

나는 톰슨의 사무실에서 나오다가 왓슨을 보았다.

그는 차를 세우고 있었다. 그의 곁에는 금발 머리에 입술이 빨간 젊은 여자가 있었다. 그가 장난을 치자 여자가 웃음을 터뜨렸다. 사랑에 빠진 여자의 웃음이었다. 나는 길 쪽으로 걸어가는 삼촌과 아버지를 내버려 두고 자동차로 다가갔다. 그리고 왓슨이 나를 볼 때까지 자동차 창문 옆에 서 있었다.

마침내 그가 나를 알아보았다. 그리고 나의 부른 배를 보았다. 그의 파란 눈이 휘둥그레졌다. 나는 그가 새빨개진 얼굴로 우물쭈물하다가 여자 쪽으로 얼굴을 돌리는 것을 지켜보았다. 아버지가 나를 부르는 소리가 들렸다. 나는 계속 그곳에 서서 저주와 비난으로 이글거리는 눈길로 왓슨을 쳐다보았다.

백인 여자가 나를 보며 말했다.

"저 깜둥이 여자랑 아는 사이예요? 계속 이쪽을 쳐다보는데……."

왓슨은 나를 쳐다보지 않고 낮은 목소리로 으르렁거리듯 말했다.

"아니, 당연히 모르지."

'오, 하지만 나는 당신을 알고 있다. 아주 잘 알고 있다.'

나는 그 자리에서 맹세했다. 내가 죽기 전에 다시 한 번 왓슨의 얼굴을 보게 되면 그때는 침묵을 지키지 않을 것이라고.

그해 기나긴 가뭄이 끝나던 날, 나는 딸을 낳았다. 그동안 간절히 바라고 기도해 온 빗방울이 떨어지기 시작했을 때 나는 자궁이 수축되는 것을 느꼈다. 하지만 메마른 대지를 적시는 단비에 대기가 춤을 추자 진통도 잦아들었다. 오랫동안 메마른 채 꼼짝 않고 있던 대기는 비가 쏟아지자 기쁨의 숨을 내쉬며 떨림을 전해 왔다. 그토록 기다리던 단비가 내리며 건기가 끝났다.

나는 작은어머니가 지켜보는 가운데 아이를 낳았다. 고통에 몸부림치는 나의 울음소리는 바깥에서 들려오는 비와 천둥소리에 묻혀 잘 들리지 않았다. 거센 빗줄기는 농장의 흙먼지를 진흙으로 바꿨고 바싹 말라 붉은 흙바닥을 드러낸 개울에 활기를 불어 넣었다. 개울물은 순식간에 불어나 제방을 무너뜨리고 넘쳐흘렀다.

아기는 이 세상에 나와 처음으로 나무 냄새가 나는 대기를 들이마시고는 울음을 터뜨렸다. 산파가 아기를 건네주었다. 나는 따뜻하고 꼼지락거리는 아기의 작은 몸을 품에 안았다. 몸이 떨려 왔다. 내 얼굴은 눈물과 땀으로 뒤범벅되었다. 이 아이가 내 몸에서 나온 생명이라는 사실에 나는 감탄했다.

그때 아기가 눈을 뜨고 나를 바라보았다.

순간 나는 움찔했다.

아기의 눈이 파랬다. 자기 아빠를 닮아 새파랬다.

만약 내가 지난 아홉 달 동안 아기를 마음속 깊이 사랑하지 않았다면, 그때 나는 고개를 돌리며 산파에게 아기를 다시 넘겨주었을 것이다. 그리고 충격을 받은 산파가 눈이 휘둥그레져서 손을 입가로 가져가는 것을 보았을 것이다. 내가 아기를 진심으로 사랑하지 않았다면 말이다.

하지만 나는 아기의 파란 눈을 그윽하게 바라보았다. 어머니의 따뜻함과 강인함이 나를 비춰 주는 것 같았다. 아기의 눈은 죽은 어머니의 눈처럼 현명하고 온화해 보였다. 나는 조약돌같이 매끄러운 아기의 볼을 살짝 어루만지고 나를 찾는 것처럼 오물거리는 짙은 색 입술에 새끼손가락을 살포시 올려놓았다. 눈물이 쏟아졌다. 뜨거운 감정이 가슴속에 차올랐다. 나는 아기를 꼭 안은 채 울음을 터뜨렸다. 어머니를 추억하며 계속 울었다.

'이 아기가 손녀딸이에요, 어머니. 어머니가 그렇게 바라던 예쁜 딸이에요.'

나는 아기에게 '우리는 보았다'라는 뜻의 '타와나'라는 이름을 지어 주었다. 미래를 알려 주는 어머니의 예지몽의 목격자라는 뜻이자 우리가 겪은 수많은 일들을 기리는 뜻을 담은 이름이었다.

나의 어린 딸, 타와나는 원주민 보호구역에 있는 아버지의 농장 흙먼지 속에서 자라났다. 나는 아이를 업고 메마른 밭에서 일하고 강에서 물을 길어 왔다. 그렇게 우리는 한 해 한 해를 끈질기게 살아

갔다. 아이는 늘 내 곁에 있었다. 그것은 쉬운 일은 아니었다.

누구나 타와나의 아버지가 백인이라는 사실을 알 수 있었다. 그게 어떤 것인지 상상할 수 있겠는가? 원주민 보호구역의 우리 마을에 사는 사람들은 피부색이 모두 새까만 커피콩 색이거나 마룰라 열매처럼 갈색이다. 짧고 곱슬곱슬한 까만 머리는 끈과 함께 땋거나 두건을 쓰고 묶었다. 그런 마을 사람들 사이에서, 새끼 사자 같은 피부색에 빛을 받으면 금빛으로 빛나는 곱슬머리를 등허리까지 치렁치렁 늘어뜨린 아이는 눈에 띄었다.

타와나는 아이들에게 신기하면서도 이상한 존재였다. 아이들은 기분이 좋을 때면 타와나의 머리를 땋아 주거나 진흙을 잔뜩 칠해 자신과 같은 머리색으로 만들며 놀았다. 그것은 타와나가 가장 좋아하는 놀이였다. 하지만 별것 아닌 심술과 질투심으로 놀이가 엉망이 되면 타와나는 희생양이 되었다. 아이들에게 타와나는 이단자였다. 아이들은 '숲에서 태어난 아이, 수풀 속에서 태어난 아이'라는 노래를 부르며 타와나를 놀려댔다.

나는 아이들이 그 노래를 부를 때마다 주의를 주었다.

"애들아, 사이좋게 놀아야지."

그리고 속으로는 울음을 삼켰다.

'어떻게 내 아이에게 숲에서 태어난 아이, 수풀 속에서 태어난 아이라고 할 수 있지? 그건 이 아이의 잘못이 아니야. 결코 이 아이의 잘못이 아니란 말이야.'

보호구역에서의 삶은 고난의 연속이었다. 하지만 타와나는 나에게 기쁨을 가져다주었다. 나는 아이가 웃는 모습을 보기 위해 하루하루를 살아갔다. 수탉의 첫 울음소리를 듣고 일어나 새근새근 자고 있는 타와나의 구릿빛 얼굴을 보면 당장 그 아이를 깨워서 내 마음을 어루만져 주는 웃는 얼굴을 보고 싶은 충동에 휩싸였다. 나는 아이에게 노래를 불러 주었고, 내가 어릴 때 들었던 토끼와 원숭이 이야기를 들려주었다. 그리고 나무와 꽃 이름을 알려 주었고, 먹을 수 있는 식물과 그렇지 않은 식물을 구분하는 방법을 알려 주었다. 괭이를 드는 방법과 밭을 일구는 방법, 작물을 줄 맞춰 심는 방법, 씨앗이 자리를 잡도록 밭을 돌보는 방법, 물을 주는 방법 등을 가르쳐 주었다. 물론 나에게 그 모든 것을 가르쳐 준 그녀의 할머니이자 나의 어머니에 대해서도 이야기해 주었다. 타와나는 할머니와 바오바브나무 근처에 있던 우리 집 이야기를 몇 번이나 들었다. 하지만 한 번도 지루해하지 않았다.

"그 바오바브나무는 네가 지금까지 본 그 어떤 나무보다 크단다. 파라이 삼촌보다 훨씬, 훨씬 더 크단다!"

내 말에 타와나는 눈이 휘둥그레졌다. 아이에게 파라이 삼촌은 이 세상에서 가장 크고 가장 강한 남자였기 때문이다. 파라이의 키는 이미 아버지를 넘어서 삼촌의 눈높이까지 다다랐다. 삼촌은 호리호리한 체격이어서 파라이보다 작아 보였다. 그런 파라이 삼촌보다 큰 나무가 있다니, 타와나에게는 있을 수 없는 일이었다!

"그래, 타와나. 삼촌보다 크단다. 그리고 아주 굵어. 네가 그 나무 주위를 걸어서 원래 있던 자리로 돌아오려면 한참을 걷고 또 걸어야 할 거야. 그리고 그 나무의 가지와 잎은 여기에 있는 나무들과는 달라."

타와나가 고개를 갸우뚱거리며 왜 바오바브나무의 가지가 이곳에 있는 나무들과는 다른지 물었다.

나는 강가의 진흙 속에서 자라던 바오바브나무를 머릿속으로 그리며 말했다.

"그건 말이지, 신이 이 세상을 처음 만들었을 때 바오바브나무의 뿌리가 하늘을 향하도록 거꾸로 던졌기 때문이란다. 그래서 바오바브나무의 가지는 다른 나무의 뿌리처럼 보이는 거야."

그 말에 타와나가 까르르 웃었다. 지금까지 그렇게 이상하게 생긴 나무를 본 적이 없었기 때문이다.

나는 타와나를 안아 올렸다. 그리고 그녀의 머리카락에 내 얼굴을 파묻으며 말했다.

"할머니는 그 나무를 무척이나 좋아하셨단다. 그리고 그 나무 밑에서 내가 태어났어. 언젠가 너도 그 나무를 보게 될 거야."

타와나는 내 품에 좀 더 안겨 있다가 개울가에서 물장구치는 다른 아이들과 함께 놀겠다고 보챘다.

나는 한숨을 쉬었다. 언젠가 내 딸은 알게 될 것이다. 그녀가 로디지아에서 성공하고 싶다면, 특히 솔즈베리나 불라와요 같은 큰 도시에서 변화의 바람이 불기 시작한 지금 같은 때에는 자신의 뿌리를 제대로 알 필요가 있다는 사실을 말이다.

언제부터인가 우리 부족 사람들은 굳이 시내에 있는 열악한 환경의 학교와 기독교 계통 학교에서 아이들을 교육시킬 필요가 없다는 생각을 하게 되었다. 그들은 '네, 주인님'이라는 말이 들어가지 않는 새로운 어휘를 구사하기 시작했다.

그들은 가나, 케냐, 탄자니아, 남아프리카공화국에서 불고 있는 독립, 억압의 종식, 동등한 기회 부여, 백인 우월주의 종결, 원주민 보호구역 폐지에 관한 주장을 우리에게 전해 주었다. 그런 주장을 펼치는 새로운 이름들이 입에서 입으로 퍼져 나갔고, 사람들 사이에서 추앙받기 시작했으며, 나중에는 구호가 되었다. 그들은 바로 크와메 은크루마*, 마우마우단*, 아프리카 민족 회의*였다.

그렇다. 시대가 변하기 시작한 것이었다. 우리 모두 그 변화를 느낄 수 있었다. 그리고 우리는 오랫동안 잊고 있던 우리 조상의 땅, 우리의 존엄성, 우리의 자존감을 그 무엇보다도 열망했다.

그래서 우리는 대담해졌다.

타와나가 학교에 다니기 시작한 해에 있었던 일이다. 우리는 새롭게 씨앗을 심기 위해 밭을 정리하고 있었다. 쟁기를 들고 밭을 살펴보던 나는 우리 땅의 동쪽에 있는, 나무가 울창한 땅에 시선이 멈췄다. 가슴속에서 분노가 부글부글 끓어올랐다. 이곳의 황폐한 땅에서 농사를 지어 거두어들인 농작물로는 도시에 내다 팔기는커녕 우리 가족이 먹고살기에도 부족했다.

삼촌이 한 말이 떠올랐다.

"그게 바로 원주민 토지 관리법의 핵심이야. 우리 아프리카인들이 백인 농장주들과 경쟁할 수 있는 길을 막아 버린 거지."

---

*크와메 은크루마(1909년~1972년) 아프리카 독립운동의 아버지라 불리는 가나의 정치가
*마우마우단 케냐의 원주민 키쿠유 족이 영국으로부터 독립을 이루기 위해 조직한 비밀 테러 집단
*아프리카 민족 회의 남아프리카공화국 백인 정권의 인종차별 정책에 대항해 온 흑인 해방운동 조직

작년에 우리 가족은 굶주림에 시달렸다. 비가 터무니없이 적게 와서 땅이 메말랐기 때문이다. 우리에게는 더 많은 땅이 필요했다. 하지만 감독관에게 건의해도 그는 솔즈베리에서 내려온 명령을 지킬 수밖에 없기 때문에 더 이상 땅을 배분할 수 없다고 말할 뿐이었다. 우리 가족은 솔즈베리에서 정한 법 때문에 또다시 한 해를 굶주림에 시달려야만 했다.

나는 파라이와 아버지가 서 있는 곳으로 다가가 파라이가 들고 있는 도끼를 가로채 메마른 땅과 울창한 숲의 경계로 걸어갔다. 그리고 말없이 가장 가까이 있는 나무 밑동에 도끼질을 했다. 도끼를 휘두르는 감촉이 주는 강렬한 쾌감에 나는 다시 한 번 도끼를 들어올렸다.

아버지가 소리쳤다.

"타리로, 무슨 짓을 하는 거니?"

나는 아버지의 말에 대꾸도 하지 않고 나무에 도끼질을 계속했다. 도끼를 내리칠 때마다 나무의 베인 자국이 깊어졌다. 나뭇조각들이 다리로 튀었다.

내 행동을 처음으로 이해해 준 사람은 파라이와 작은어머니였다.

그들은 말없이 도끼를 집어 들더니 내 옆에서 나무를 베기 시작했다. 다른 사람들도 우리와 함께 나무를 베는 데 동참했다. 곧 농장 안은 나무를 베어 내는 소리와 나무줄기가 쓰러질 때 나는 소리로 가득 찼다.

아버지는 옆에 서서 우리를 한참 동안 바라보았다. 나는 눈가에 흐르는 땀을 닦아 내며 아버지를 쳐다보았다. 나는 그때 본 아버지의 표정을 영원히 잊지 못할 것이다. 아버지의 얼굴에는 불안과 두려움 그리고 자랑스러움과 우리에 대한 이해심이 한데 뒤섞여 있었다. 아버지가 우리에게 나무를 베어 내는 것이 법에 어긋나는 행동이라고 주의를 주고 싶었다면 그렇게 했겠지만, 결코 그렇게 하지 않았다. 아버지가 우리에게 정부로부터 분배받은 땅보다 더 많은 땅을 차지하면 잡혀 갈 수 있다고 주의를 주고 싶었다면 그렇게 했겠지만, 결코 그렇게 하지 않았다. 아버지가 우리에게 이곳 로디지아에서 우리 같은 '깜둥이'는 마음대로 행동할 수 있는 권리를 갖고 있지 않다고 주의를 주고 싶었다면 그렇게 했겠지만, 결코 그렇게 하지 않았다.

마침내 아버지도 도끼를 집어 들고 옆에 있는 나무를 베어 내기 시작했다.

우리의 행동은 아주 사소한 것이었다. 그것은 새로운 정당도, 집회나 시위도, 정부로 보낼 대표도 아니었다. 그것은 그저 '그 정도 했으면 충분하니 그만 좀 해!'라는 말을 우리 방식으로 전하는 것이었다.

나중에 우리는 도시에서 시작된 투쟁의 바람이 우리가 사는 시골까지 영향을 끼쳤다는 것을 깨달았다.

해방전쟁

흑인 해방운동을 벌이는 민족주의자들이 시골 변두리에 다다랐을 때 우리 아프리카인들은 그들을 열렬히 환영했다. 우리는 백인들이 만든 법을 아무 문제 제기도 못하고 받아들여야 하는 것에 지쳤고, 그 법을 만든 자들에게 따지거나 근거를 묻는 목소리를 낼 수 없는 것에 지쳤다.

많은 공동체들이 우리와 마찬가지로 '자유 의용군'이 되었다. 그들은 괭이와 도끼를 손에 들고 목소리를 높여 자기주장을 펼치거나, 그들의 것으로 분배받지 않은 땅을 개간하며 원주민 토지 관리법에 맞서 싸우기 시작했다. 백인 농장에 농작물을 심거나 정부가 정해 놓은 토지 경계선을 파괴하는 사람들도 있었다. 또 어떤 사람들은 저항의 의미로 백인 농장의 소를 도살하거나 살충제와 물로 목욕시키는 목욕장에 데려가지 않았다.

저항과 반란의 물결이 시골에 퍼져 나가는 동안 도시에 있는 형제 자매들은 정당을 만들어 우리의 의견을 밖으로 표출했다. 은다바닝기 시톨레＊, 허버트 치테포＊, 조슈아 은코모＊ 등이 그런 정치 단체를 이끄는 지도자들이었다. 그들의 이름만 들어도 우리는 자부심으로 가슴이 벅차올랐다. 그들의 활약에 결국 영국 여왕도 다수 지배하의 독립이라는 원칙을 언급하기 시작했다. 변화가 다가오고 있었다.

하지만 그때, 백인 정권의 일방적인 독립선언이라는 예기치 못한 사건이 일어났다. 1965년 이언 스미스＊가 영국의 지배에서 벗어나 로디지아 독립을 선언한 것이었다. 그리고 자신이 살아 있는 한, 다수 지배하의 독립이라는 원칙은 있을 수 없다고 단언했다.

우리는 평화적인 합의와 교섭에 최선을 다했지만 협상은 결렬되었다. 우리가 할 수 있는 일은 무기를 들고 그들과 맞서 싸우는 것뿐이었다.

그러자 수많은 젊은 남녀가 수풀 속에 몸을 숨겨 가며 초원 지대를 지나 모잠비크로 건너가 훈련을 받았다. 그리고 나중에 돌아와서 두 번째 해방전쟁의 전사가 되어 억압받는 우리 아프리카인들을 해방시키고자 했다. 그들은 혼자가 아니었다. 네한다와 카구비의 영혼이 조상의 허락을 받은 이 운명과도 같은 투쟁을 해 나가는 전사들에게 용기를 불어넣었다. 그들은 우리의 땅, 우리 조상의 땅을 되찾기 위한 싸움을 시작했다.

이것은 한밤중에 우리 마을을 방문한 짐바브웨 아프리카 민족 동맹의 동지들에게 들은 이야기이다. 그들은 우리에게 불침번과 정찰을 부탁하며 먹을 것과 옷을 나눠 달라고 했다. 그리고 로디지아 군

＊은다바닝기 시톨레(1920년~2000년) 독립을 위해 과격한 투쟁을 요구한 짐바브웨 아프리카 민족 동맹의 당수
＊허버트 치테포(1923년~1975년) 짐바브웨 아프리카 민족 동맹을 이끈 독립투사
＊조슈아 은코모(1917년~1999년) 아프리카 민족 회의 의장으로 활동하고 짐바브웨 아프리카민 동맹의 지도자로 활동하는 등 적극적으로 백인 정부에 대한 반대 운동을 펼쳤다.

이 그들을 잡으러 오면 피신할 수 있도록 경고해 달라고 했다. 우리가 어떻게 그들의 부탁을 거절할 수 있었겠는가? 그들은 우리와 같은 피를 가진 형제자매였다. 우리 마을 사람들이 강물이라면 그들은 물고기였다. 강물에서 헤엄치는 물고기처럼 그들은 우리들 사이로 자연스럽게 스며들었다. 그리고 밤이 되면 로디지아 병사들을 습격하고, 군용차가 지나다니는 길에 지뢰를 설치하고, 흑인 일꾼들을 학대한 백인 농장주들에게 복수하기 위해 수풀 속에 매복하는 생활을 계속했다.

파라이가 그들과 합류하기로 했다.

파라이는 우리에게 독립 투쟁에 대해 이야기해 준 동지들과 함께 떠났다. 수염을 텁수룩하게 길러 얼굴을 알아보기 힘든 청년이 다가올 독립과 무장투쟁의 필요성에 대해 감동적인 어조로 이야기할 때 파라이의 눈은 반짝반짝 빛났다.

아침에 파라이는 떠났다.

그리고 1975년, 허버트 치테포가 암살당하고 로버트 무가베가 아프리카 민족 동맹의 새로운 지도자가 된 그해에 나는 작은어머니에게 타와나를 부탁하고 우리 전사들과 형제들 곁에서 함께 싸우기 위해 떠났다.

하늘에 여명이 밝아 오고 있었다. 지난밤은 조용했다. 폭탄이 터지는 소리도, 지뢰가 터지는 소리도, 머리 위를 지나가는 시끄러운 비행기 소리도 들리지 않았다.

---

* **이언 스미스(1919년~2007년)** 영국에서 이주한 농민의 아들로 태어나 자치 정부 총리를 지낸 그는 1965년 영국이 주장하는 다수 지배하의 독립을 거부하고 소수 백인이 지배하는 독립을 주장했다.

나는 오빠를 위해 눈물을 흘렸다.

나는 용기를 잃지 않을 힘을 얻고 싶었다.

나는 우리 동지들의 승리를 원했다.

나는 내 딸, 타와나가 보고 싶었다.

나는 자유로운 독립 국가 짐바브웨에서 내 딸과 다시 한집에서 함께 살고 싶었다.

나는 타와나의 손을 잡고 우리의 바오바브나무가 있는 곳으로 갈 것이다. 그리고 그녀에게 엄청나게 굵은 나무줄기와 거꾸로 세워 놓은 나무의 뿌리처럼 보이는 가지를 보여 줄 것이다. 그리고 나는 내가 태어난 때의 이야기를 들려줄 것이다.

자신이 누구이고, 자신이 어디에서 왔는지 알게 된 타와나의 파란 눈은 밤하늘의 별처럼 빛날 것이다.

타와나는 그제야 내가 왜 그녀를 두고 떠났는지, 내가 왜 싸웠는지, 내가 왜 이 전쟁이 끝날 때까지 살게 해 달라고 기도해 왔는지 알게 될 것이다. 나는 독립의 벅찬 기쁨을 내 딸과 함께 맛보고 싶었다. 독립이라는 열매는 시큼한 바오바브나무의 열매와는 달리 달콤해서 쓰라린 기억을 깨끗이 잊게 해 줄 것이었다.

케이티

2000년, 짐바브웨

농장주의 딸

나는 농장주의 딸이다. 나는 마스빙고에서 조금 벗어난 곳에 있는 우리 아빠가 소유한 농장의 흙먼지와 열기 속에서 자랐다. 그곳은 계절의 변화가 뚜렷하고, 밤이면 개가 짖는 소리와 모기가 앵앵거리는 소리, 귀뚜라미의 울음소리가 요란했다.

나는 열네 살 이전에는 외부와 단절된 작은 세계에서 살았다. 뉴스나 신문은 전혀 보지 않았다. 정치 단체나 선거, 경제, 에이즈, 콩고에서 일어난 전쟁 따위는 나와 상관없는 다른 세계의 일이었다. 나는 우리 집 하녀 페이션스가 일하면서 왜 그렇게 라디오 뉴스를 열심히 듣는지 이해할 수 없었다. 그녀는 뉴스에 나오는 모든 것들을 알고 싶어 했다. 뉴스는 그녀와 같은 흑인들에 대한 소식이 주를 이루었다. 지역 TV나 라디오에 나 같은 백인 짐바브웨인이 나오는 경우는 드물었다.

우리의 세계는 그들의 세계와 달랐다. 우리의 세계는 우리 농장을 중심으로 돌아갔다. 외국에서 휴가를 보내고 외화를 벌어들이기 위해 목화와 담배, 오렌지, 차나무를 심은 수백 헥타르에 이르는 농장이 우리의 세계였다.

우리 같은 백인 농장주들은 대부분 한적한 교외에 집을 가지고 있었다. 집에는 수영장과 테니스 코트, 바비큐 파티장이 있었고 조용하고 순종적인 흑인 하인이 시중을 들었다. 우리는 스포츠센터에 등록했다. 그곳에서 크리켓을 즐기거나 경기를 관전했고 하키와 럭비를 즐기기도 했다. 노인들은 풀밭에서 하는 볼링인 론 볼링을 즐겼다. 우리는 최고의 전통을 자랑하는 영국 공립학교에 다녔다. 그곳에서는 교복과 모자를 착용해야 했다. 학교 건물에는 우리의 역사를 기리기 위해 이 지역을 탐험하고 식민지로 개척한 로즈, 셀루스, 리빙스턴, 모팻의 이름이 적혀 있었다. 그리고 우리는 선조들의 개척 정신을 기리는 교가를 불렀다. 부모님은 백인 정권의 독립선언 기념품으로 벽을 장식한 바에서 술을 마셨다. 그곳에서는 흑인에게 잘 대해 주는 백인을 '흑인의 형제'라고 말하며 비웃어도 보복을 두려워하지 않아도 된다.

백인 농장주의 딸인 나는 집과 학교를 오가며 행복한 삶을 살았다. 걱정거리라고 해 봐야 지극히 개인적인 것들이 전부였다. 이를테면 아빠와의 관계, 엄마와 쌍둥이 동생들에 대한 감정 같은 것들 말이다. 극적인 일이나 엄청난 사건은 전혀 없었고, 견딜 수 없을 정도의 상실감도 없는 삶이었다. 그저 백인으로서, 중산층 가족으로서, 생계를 꾸리기 위해 일을 하는 농장주의 가족으로서 갖게 되는 약간의 불안이 있을 뿐이었다.

하지만 내가 열네 살이 되던 해에 모든 것이 변했다.

내가 학교에 다니기 전의 일은 오래되어 빛바랜 사진처럼 어렴풋이 기억난다. 나는 우리 농장을 마음대로 돌아다녔다. 늘 집 안에 머물거나 기껏해야 울타리 친 정원에나 나와 보던 엄마는 그 시절 내가 어디에 있었는지 절대 모를 것이다. 나의 유모 그레이스가 늘 나를 감시하려고 했지만 그녀를 따돌리는 일은 식은 죽 먹기였다. 나는 쉬지 않고 탐험하고 새로운 놀이터를 찾아다녔다. 밟으면 뽀드득 소리가 나는 새로운 개미탑을 찾거나, 새로운 딱정벌레를 잡고, 내 손과 발을 자줏빛으로 물들이는 오디를 찾고 싶었다. 그리고 아빠를 찾고 싶었다.

젊었을 때 로디지아 식민지 관리국에서 복무를 마친 뒤 농장 일을 시작한 아빠는 소를 몰고 다니며 풀을 뜯게 하고, 낙인을 찍고, 살충액에 목욕을 시키는 등 농장 일을 감독하며 하루하루를 보냈다. 우리는 소 목장을 운영하며 땅을 이용한 다른 농업은 하지 않았다.

아빠는 쉰 살이 넘었지만 카키색 반바지에 장화를 신고 일하는 모습을 보면 여전히 키가 크고 건장했다. 아빠는 뜨거운 햇빛 아래에서 농장 일꾼들에게 큰 소리로 명령을 내렸다. 갈색으로 탄 피부에는 주근깨가 조금 있었다. 넓은 챙이 달린 모자를 머리 뒤로 넘긴 아빠는 눈을 가늘게 뜨고 하늘을 바라보았다. 비가 내릴 징조를 찾는 아빠의 눈가에는 주름이 자글자글했다.

나는 늘 아빠를 사랑했다. 말로 표현할 수 없을 정도로, 아빠가 생각하는 것보다도 훨씬 더 아빠를 사랑했다. 참을성이 없고 퉁명스러운 아빠는 일꾼들 사이에서 '가혹한 주인님'이라 불렸지만 나에게는 늘 다정했다.

내가 맨발로 길게 자란 바싹 마른 풀을 헤치며 다가갈 때마다 아빠는 활짝 웃으며 나를 반겨 주었다.

아빠가 나를 안으려고 팔을 뻗으며 외쳤다.

"케이티! 우리 아가씨, 오늘은 기분이 어때?"

나는 활짝 웃으며 아빠의 품속으로 뛰어들었다. 까끌까끌한 풀과 참나무 가지가 몸에 달라붙었지만 신경 쓰지 않았다. 아빠는 나를 안아 어깨 위에 올리고 걷기 시작했다. 나는 아빠의 높은 어깨 위에서 우리 농장의 땅에 대해 알아 갔다.

우리는 몇 시간을 그렇게 걸었다. 때로는 아무 말도 하지 않고, 때로는 이런저런 것들에 대해 이야기를 나누며 걸었다. 우리는 동물들과 농장, 점심으로 먹고 싶은 음식, 새의 울음소리, 꼬투리가 터져 씨를 흩뿌리는 나무 등 별의별 것들에 대해 이야기를 나눴다.

우리는 키가 큰 바오바브나무가 나올 때까지 함께 걸어갔다. 바오바브나무의 줄기는 굵고 거대했으며, 제멋대로 뻗은 앙상한 가지는 마치 나무의 뿌리처럼 보였다. 그래서 나는 그 나무를 '거꾸로 선 나무'라고 불렀다.

우리는 그 나무 아래에 앉아 쉬곤 했다. 그곳에 앉아 엄마가 아빠를 위해 간밤에 꽁꽁 얼려 둔 얼음을 먹으며 더위를 식혔다.

주위에서 들려오는 소리라고는 파리의 붕붕거리는 게으른 날갯짓

소리와 방아깨비의 찌르찌르 하는 울음소리 그리고 먼 곳에서 들려오는 소의 울음소리뿐이었다.

그것들이 내가 어린 시절에 듣던 소리였다. 그 소리들이 한데 어울려 만들어 내는 화음은 내가 처음으로 학교에 갈 때까지 귓가에 울려 퍼졌다. 늘 맨발로 돌아다니던 나는 발에 꽉 끼는 새 구두를 신고 학교에 가게 되었다. 체크무늬 원피스와 재킷을 입고 근처 학교에 간 첫날, 나는 울음을 터뜨렸다. 선생님이 무섭고 아이들이 주근깨를 놀려대서가 아니었다. 더 이상 아빠와 함께 우리 농장을 걸어 다닐 수 없다는 사실이 나를 울게 만들었다.

하지만 그건 모두 옛날 일이다. 아침 조회 시간이면 즐겁게 찬송가를 부르고, 점심시간에는 다른 아이들과 샌드위치를 나눠 먹고, 오후에는 시간표대로 수업을 받고, 겨울에는 하키를 하고, 여름에는 수영을 하는 학교생활에 나는 이미 오래전에 완벽하게 적응했다. 우리 학교는 나와 같은 농장주의 자녀들이 다니는 학교였다. 집으로 돌아가면 수백 헥타르의 농장과 집안일을 해 줄 하녀와 짐을 들어주고 구두를 닦아 줄 하인이 있는 우리는 모두 각자에게 맞는 길을 개척해 나갔다.

나는 기숙학교에 다녔다. 오랫동안 명성을 쌓아 온 세인트폴 기숙학교는 집에서 수백 킬로미터 떨어진 이 나라의 반대편에 있었다. 하지만 그곳이 가장 좋은 학교였고, 엄마는 최고의 교육만 고집했기 때문에 나는 세인트폴에 다니게 되었다.

엄마가 제니 이모, 매니 이모부와 함께 내 교육에 대해 의논하고 있을 때였다.

"이안, 그 학교는 백인 교사를 고수하는 몇 안 되는 학교 중 하나 예요. 농장주의 자녀들은 모두 거기에 다니고 있어요."

엄마가 그렇게 말하자 제니 이모가 거들었다.

"돈을 낼 수 있는 사람 한정이지만."

금으로 된 커프스 버튼과 은색 메르세데스 벤츠를 소유한 매니 이모부가 위스키 잔에 들어 있는 얼음을 흔들며 아빠를 향해 부드러운 미소를 지었다.

"돈이 문제라면 우리가 마련할 수도 있습니다만……."

그 말에 아빠는 발끈해서 매니 이모부를 노려보며 대답했다.

"돈이 문제가 아니네, 매니. 다행스럽게도 우리는 지금까지 돈 걱정은 해 본 적이 없어. 나는 다만 그렇게 먼 기숙학교에 보내는 게 케이티를 위해 잘하는 일인지, 그게 확신이 서지 않아."

제니 이모가 끼어들었다.

"아니, 그럼 근처에 있는 학교에 보내겠다는 거예요? 집 근처에 있는 학교는 흑인들이 바글거리잖아요! 그래선 안 되죠! 여기 꼬락 서니를 좀 보세요. 백인 교사들은 전부 떠나 버렸어요. 흑인 교사들은 자기들이 뭘 하고 있는지도 모르죠. 정말이지 엉망이에요. 케이티를 멀리 보내더라도 더 좋은 교육을 받게 하는 게 낫지 않겠어요? 우리가 예전에 받은 것과 같은 그런 교육 말이에요."

몇 주 후에 우리는 자동차를 타고 세인트폴로 갔다. 학교는 넓은 초원 위에 자리 잡고 있었다. 한쪽에서는 남학생들이 하늘을 찌를

듯 우렁찬 함성을 지르며 럭비와 크리켓을 하면서 애교심을 키우고 있었다.

도로의 맞은편에 있는 여학교는 인상적인 식민지 시대의 건축물로, 보랏빛 꽃이 활짝 핀 자카란다나무 그늘 밑에 자리 잡고 있었다. 학교의 한쪽 벽은 빼어난 솜씨를 자랑하는 미술과 학생들의 작품들로 장식되어 있었다.

"따님이 이 학교를 집처럼 편하게 느끼며 잘 지낼 거라고 확신합니다."

여자 교장이 콧소리가 섞인 딱 부러지는 억양으로 말했다. 좋은 교육을 받은 백인이라는 느낌이 드는 사람이었다.

"우리는 모든 여학생을 친딸처럼 돌보고 있습니다. 오랜 세월 동안 많은 농장주들이 전통 깊은 명문 기숙학교인 우리 학교에 귀중한 따님들을 맡겼습니다."

엄마와 아빠는 곧바로 나를 이 학교 학생으로 등록했다.

루도

나는 세인트폴 학교에서 놀라운 경험을 했다. 이 학교에서는 필수 교육과정 외에 다양한 스포츠와 클럽 활동을 원하는 대로 선택해서 할 수 있었는데, 사진이나 양재, 천문학, 발레, 합창, 웅변이나 악기 등을 배울 수 있었다.

나는 노래에 재능이 있다는 사실을 발견했다. 일주일에 두 번 합창단 연습에 참가하며 보스터 선생님의 개인 지도를 받게 되었다. 나는 그녀의 지도를 받아 가며 올해 말 하라레에서 열리는 아이스테드바드 대회를 준비했다. 대회를 위해 연습한 곡은 엄마가 가장 좋아하는 뮤지컬 〈레미제라블〉에 나오는 '나는 꿈을 꾸었다'라는 곡이었다.

그것 말고도 또 다른 경험을 하게 되었다. 태어나서 처음으로 개인적인 공간을 흑인 아이와 함께 쓰게 된 것이었다.

놀랍게도 이 학교에는 흑인 여학생들이 꽤 많았다. 전혀 예상하지 못한 일이었다. 흑인들은 이곳의 학비를 부담할 수 있을 만큼 부유하지 않을 것이라 생각했기 때문이다. 또는 우리 백인들이 그렇듯이 그들도 피부색이 같은 친구들과 학교를 다니는 것을 더 선호할 것이라 생각했다.

엄마가 설명해 주었다.

"너도 알다시피 몇몇 흑인들은 굉장히 부유하단다. 특히 정부에서 일하는 사람들은 더욱 그렇지. 우리와 마찬가지로 그 사람들도 자식에게 가장 좋은 것만 주고 싶어 하지. 그리고 그 사람들도 세인트폴 같은 학교가 자신의 아이들에게 최선의 선택이라는 사실을 알고 있어. 어쨌든 넌 공부만 잘하면 돼. 알았지? 그 아이들도 너랑 같은 학교에 다닐 정도로 부유하긴 하지. 하지만 그렇다고 해도 결국 깜둥이에 지나지 않아. 너와는 절대 같아질 수 없는 아이들이야."

나는 같은 반의 루도라는 흑인 여학생과 기숙사 룸메이트가 되었을 때 두려움을 느꼈다.

루도는 나처럼 학교 합창단에서 활동했다. 루도의 목소리는 힘 있는 알토였다. 그 아이는 화음을 맞추는 데 놀라운 재능을 가지고 있었다. 깔끔하게 땋은 머리와 커피색 피부, 사립학교 특유의 억양, 제인 오스틴의 작품을 비롯한 고전문학 작품을 지칠 줄 모르고 탐독하는 루도는 우리 집에서 본 흑인들과는 전혀 다른 세계에서 사는 것처럼 보였다.

애초에 루도한테서는 보통 흑인들과는 다른 냄새가 났다. 나는 흑인들이 먼지와 땀, 식용유, 구호품 비누 냄새가 뒤섞인 이상한 냄새를 풍긴다고 생각했다. 하지만 루도에게서는 십 대들이 좋아하는 풍선껌 향 입술 보호제와 엄마가 사용하는 것과 같은 방취제 향이 났다. 루도는 음식을 손으로 집어먹지 않았고, L 발음과 R 발음을 혼동하지 않았다. 그 아이는 우리 부모님들이 말하는 '깜둥이'가 아니었다.

무엇보다 루도가 나를 대하는 태도는 다른 흑인들이 나를 대하는 것과 완전히 달랐다. 그 아이는 어린 '귀부인' 같은 분위기를 풍겼다. 나와 이야기를 나눌 때의 말투 또한 농장에서 흑인들이 사용하는 말투와는 전혀 달랐다. 그 아이와 대화를 나누다 보면 백인 소녀와 흑인 소녀가 친구가 되는 것이 이 세상에서 가장 자연스러운 일인 것처럼 느껴졌다. 우리가 처음 만난 날, 루도는 나에게 곧장 다가와 자기소개를 했다. 놀랍게도 그 아이는 내게 가족과 농장, 심지어 남자 친구가 있는지 물어보았다. 나는 얼굴을 붉히며 기어 들어가는 목소리로 대답했다. 하지만 루도는 그냥 깔깔 웃더니 한가로운 발걸음으로 도서관으로 향했다.

나는 나중에야 루도의 아버지가 정부 장관이라는 사실을 알게 되었다. 루도의 가족이 이스턴하이랜즈에 넓은 땅을 소유하고 있다는 사실도 알게 되었다. 그 아이의 아버지는 독립을 선언하기 전, 세인트폴이 흑인을 받아 주는 몇 안 되는 사립학교 가운데 하나였던 시절에 이 학교를 다녔다. 그는 이 학교의 선배이자 유력 인사였다.

루도는 자랑스럽게 이야기했다.

"아버지는 최초의 흑인 로즈 장학생 중 한 명이야. 그리고 옥스퍼드 대학에서 학위를 받았어. 그런 건 아무나 할 수 없는 거겠지?"

나는 루도의 이야기를 머릿속에 집어넣으려고 애쓰며 고개를 끄덕였다. 우리 부모님은 옥스퍼드는커녕 대학에 다닌 적도 없다. 부모님 주변에 흑인이라고는 농장에서 일하는 일꾼들밖에 없었다. 내가 아는 한 우리 집 책장에 꽂혀 있는 책 중에서 저자가 흑인이거나 흑인에 관한 내용을 다룬 책은 단 한 권도 없었다.

'존경할 만한 가치가 있거나 중요한 일 중에서 흑인이 한 것은 하나도 없다.'

이 말은 내가 어릴 때부터 믿고 있던 절대로 변하지 않는 진리 중 하나였다. 그런데 처음으로 루도가 그 말에 의문을 품게 만들었다.

루도는 내가 세면대에서 속옷을 빨고 있을 때 웃음을 터뜨리며 말했다.

"와! 나는 우리 흑인들만 밤에 속옷을 빠는 줄 알았는데!"

나는 방어적인 태도로 대답했다.

"아니야, 우리 집 유모가 속옷은 매일 밤 자기 손으로 빨아야 하는 거라고 했어. 그래서 아홉 살 때부터 이렇게 하고 있어."

루도가 은근슬쩍 뼈 있는 한마디를 했다.

"훌륭하군!"

나는 용기를 내어 말했다.

"왜? 우리가 청결하지 않은 줄 알았어?"

나는 그때까지 우리가 생각하는 우리의 모습과 다른 사람들이 보는 우리의 모습이 다를 것이라고 생각한 적이 없었다.

루도는 고개를 갸우뚱거리며 말했다.

"글쎄, 너처럼 로디지아에 사는 백인들의 문화나 가정교육에 대해서는 잘 알려져 있지 않으니까……. 그리고 백인 여자아이들이 씻기 싫어하는 건 잘 알려진 사실이잖아? 씻는 대신에 향수를 사용하지!"

"그렇지 않아! 말도 안 돼. 너는 우리에 대해 아무것도 모르잖아."

내 말은 내가 듣기에도 너무나도 위선적이었다.

나는 루도와 친구가 되었다. 하지만 마음속에는 여전히 망설임이 조금 남아 있었다. 내가 흑인 여자아이와 친하게 지내는 것을 보면 부모님이 어떤 표정을 지을지 눈에 선했기 때문이다.

봄방학이 되자 학생들은 집으로 돌아가기 위해 짐을 싸고 주소를 교환하며 잠시 동안의 이별에 눈물을 흘렸다. 그리고 우리를 데리러 오는 부모님과 친척들, 보호자들을 기다렸다. 학생들의 집은 사방에 흩어져 있었다. 로디지아의 하라레와 불라와요를 비롯해 이웃 나라 모잠비크와 잠비아 그리고 그보다 더 멀리 떨어진 탄자니아에 집이 있는 아이들도 있었다.

루도와 나는 방학 동안 무엇을 할지 이야기를 나눴다.

"음, 나는 초등학교 친구들을 전부 모아서 놀 거야. 걔네들이랑 못 만난 지 벌써 몇 년은 지난 것 같아! 내 친구 중에 신가이라는 애가 있는데 이번 방학에 파티를 연대. 아마 걔가 주인공이 되어 여는 첫 파티일 거야. DJ도 부른다고 했어. 엄청 재미있을 것 같아!"

나는 눈이 휘둥그레졌다.

"정말? 진짜 대단하겠는데? 난 제니 이모가 우리를 초대해서 보로

데일에 있는 이모네 집에 일주일쯤 머물 것 같아.”

루도가 열을 내며 말했다.

“흠, 보로데일? 거기 쇼핑하기에는 별로일 것 같은데?”

내가 웃으며 말했다.

“아, 완전 동감! 일주일 내내 수영하고, 선탠하고, 테니스 치고, 하라레에서 가장 좋은…….”

루도가 갑자기 내 팔을 찰싹 때렸다.

“아, 맞다! 우리 오빠를 잊어버릴 뻔했어! 요즘 너한테 푹 빠져 있잖아. 날마다 네 얘기만 하는 거 있지?”

나는 얼굴을 찡그리며 말했다.

“야, 그만해!”

루도의 오빠 맥스를 생각하자 나도 모르게 몸이 부르르 떨렸다. 세인트폴 럭비 팀의 에이스이자 토론 클럽 회장인 그는 루도처럼 흑인이었다. 흑인 남자 친구? 말도 안 된다.

루도가 말했다.

“뭐, 그건 그렇고 드디어 너희 부모님을 만나게 되는구나. 그리고 쌍둥이 동생인 루크랑 제시도! 내가 이 순간을 얼마나 기다렸는지 아니? 너한테서 그분들에 대한 이야기를 하도 많이 들어서 벌써 만난 적이 있는 것 같다니까!”

그때 엄마와 아빠가 기숙사 안으로 들어왔다. 루크와 제시는 부모님의 손을 잡고 사람들 속에서 나를 찾고 있었다. 그들은 나를 발견하자마자 환하게 웃었다. 그리고 내 이름을 부르며 달려왔다.

나도 동생들에게 달려가 재회의 포옹을 했다. 우리는 농장과 말들, 학교 그리고 페이션스가 집으로 돌아올 나를 위해 구운 생강 케이크를 화제로 즐겁게 이야기를 나눴다. 부모님도 미소를 지으며 우리를 향해 걸어왔다.

루도가 내 이름을 부르자 엄마는 나와 함께 있던 친구가 누군지 보려고 목을 길게 뺐다. 순간, 엄마의 눈썹이 살짝 올라가고 콧구멍이 조금 벌어지는 것을 보았다. 아빠 역시 얼굴을 찡그리며 나에게 뭔가 묻고 싶다는 눈빛을 보냈다.

무엇이 잘못된 것인지 나는 잘 알고 있었다. 그리고 이 상황에서 내가 어떻게 해야 하는지도 잘 알고 있었다.

"엄마! 아빠!"

나는 입이 귀에 걸릴 정도로 활짝 웃으며 부모님을 껴안았다. 그들의 시선을 다른 곳으로 돌리기 위해서였다.

"왜 이렇게 오래 걸리셨어요?"

우리는 기숙사 현관 쪽으로 걸어갔다.

"케이티, 저기서 네 이름을 부르던 흑인 여자애는 누구니?"

"아, 그냥 같은 반 애예요."

우리가 현관 앞에 다다랐을 때 나는 루도가 있는 쪽을 돌아보았다. 루도는 뺨을 맞은 것처럼 어리벙벙한 표정으로 그 자리에 그대로 앉아 있었다. 나는 그녀를 향해 살짝 손을 흔들어 인사를 했다.

하지만 루도는 나에게 손을 흔들어 주지 않았다.

다시 집으로

방문객 주차장의 화단에서 풍기는 치자나무 향기가 코를 자극했다. 4월의 화창한 날이었다. 비가 자주 내린 덕분에 학교 주변의 잔디밭과 울타리, 꽃밭이 싱그러운 자태를 뽐내고 있었다. 이른 아침에 맺혔던 이슬은 오전의 위풍당당한 태양의 기세에 말라 버린 지 오래였다.

아빠는 내 가방을 받아 들더니 트럭 뒤쪽으로 던졌다. 루크와 제시, 나는 신이 나서 트럭에 올라탔다. 이 모든 순간의 익숙한 즐거움 속에서 나는 사립학교 학생이 아닌 농장주의 딸로 돌아왔다.

루도와의 일은 될 수 있는 대로 생각하지 않기로 했다. 이런 문제가 생겼을 때 내가 할 수 있는 것은 아무것도 없었다. 루도는 모를수 있지만 그것이 우리의 규칙이었다.

제시가 나의 두꺼운 재킷을 만지작거리며 말했다.

"언니, 교복을 입고 있으니까 똑똑해 보이네."

나는 웃으며 제시의 머리카락을 헝클어뜨렸다.

"고마워, 제시. 너는 볼 때마다 더 귀여워지는 것 같아."

나는 그렇게 말하며 다시 한 번 제시를 꼭 껴안았다.

루크는 자신만 소외된 것 같았던지 우리 사이에 끼어들었다.

"나는 어때, 케이티 누나? 나는 좀 더 큰 것 같지 않아? 아빠처럼 튼튼해진 것 같지? 안 그래?"

"그야 물어보나 마나지! 이리 와. 알통 좀 만져 보자!"

루크가 고사리손으로 주먹을 꽉 쥐어 근육을 만들어 보였다. 아주 작은 이두박근이었다.

"아, 그리고 셰바가 새끼 낳은 거 알지? 무지무지 귀여워!"

셰바는 내가 가장 좋아하는 개였다. 우리 집에는 셰바 말고도 개를 여덟 마리나 키웠다. 개들은 크기도 각양각색이고 종도 다양했다. 작고 억센 털을 가진 폭스테리어에서 긴 다리로 겅중겅중 뛰는 그레이트데인까지 많은 개들이 있었다. 그중에서도 코커스패니얼인 셰바는 나에게 특별한 애완견이었다. 내 이불이 셰바의 털로 뒤덮인 적도 있었다. 셰바가 내 책을 모조리 씹어 놓은 일도 있었다. 그때마다 내 방에는 셰바의 냄새가 코를 찔렀다. 셰바가 낳은 강아지를 얼른 보고 싶었다. 나는 더할 나위 없이 행복해졌다. 방학 때 집에서 즐거운 시간을 보내는 것보다 더 좋은 일이 어디 있을까!

집으로 가는 차 안에서 우리는 잠시도 쉬지 않고 떠들었다. 차창 밖으로 시골 풍경이 휙휙 지나갔다. 뜨거운 바람이 불어와 머리를 마구 헝클어 놓았다.

커다란 바오바브나무 아래의 갓길에 잠시 차를 댔다. 위를 올려다 보니 하늘로 치솟은 굵은 나무줄기와 그 꼭대기에서 여기저기로 뻗어 나간 나뭇가지들이 보였다. 마치 거인의 거대한 팔이 땅에서 솟아나 하늘을 움켜쥐려는 것처럼 보였다.

나는 아빠에게 물었다.

"아빠, 우리 집에 있는 바오바브나무는 어떻게 되었어요? 그 나무는 이 나무보다 크지 않나요?"

"음, 그렇구나. 우리 집에 있는 나무가 이 나무의 두 배는 될 것 같구나."

아빠와 나 사이에는 바오바브나무가 있었다. 학교에 다니기 전에도, 그 후에도, 우리는 농장을 돌아다니다가 곧잘 바오바브나무 아래에서 발걸음을 멈추곤 했다. 그리고 아빠는 그 나무에 대해 설명해 주었다.

아빠는 거대한 나무줄기에 손을 얹고 말했다.

"바오바브나무가 얼마나 많은 물을 저장할 수 있는 줄 아니? 무려 12만 리터란다! 엄청나지 않니?"

바오바브나무가 25미터 넘게 자랄 수 있다는 사실을 알려 준 것도, 수천 년을 살 수 있다는 사실을 알려 준 것도 아빠였다. 그때마다 나는 거대한 나무를 감탄스럽게 올려다보며 이 나무가 지금까지 살면서 무엇을 목격했을지 궁금했다.

하지만 엄마는 우리와 달리 바오바브나무를 비롯한 농장의 다른 식물이나 동물을 보면서 즐거워하거나 관심을 보이지 않았다.

엄마는 바오바브나무를 보면 늘 역겹다는 듯 눈살을 찌푸리고 이렇게 말했다.

"어휴, 이게 도대체 뭐니? 저 나무는 하느님께서 창조한 피조물 중에 가장 역겹게 생긴 나무일 거야! 이곳의 나무들은 다 그래! 어쩜 저렇게 못생길 수 있는지, 원. 이 주위를 좀 보렴!"

엄마는 가느다란 팔을 들어 손가락질을 해 댔다. 그때마다 엄마의 팔찌가 쨍그랑거렸다. 돌산과 금빛으로 물든 초원, 내가 좋아하는 글로리오사를 가리키는 엄마의 빨간 손톱은 마치 파란 하늘에 흩뿌려진 핏방울 같았다.

"우리가 외국에서 들여온 나무나 꽃을 안 심었으면 어떻게 되었겠니? 아마 이곳은 세상에서 가장 끔찍한 지옥으로 남았을 거야!"

아빠는 아무 말도 하지 않고 듣기만 했다. 엄마가 그런 식으로 말할 때마다 아빠는 아무런 대꾸도 하지 않았다.

아빠와 내가 둘만의 세계로부터 현실로 돌아오면 나의 존재감은 희미해졌다. 나는 엄마와 아빠 사이에서 펼쳐지는 드라마 같은 상황을 가만히 바라보는 것만으로 만족해야 했다. 아빠는 스무 살 아래인 엄마에게 한눈에 반했다. 아빠는 전 부인과 이혼하고 곧바로 엄마와 결혼했다. 그래서 몇몇 친척들은 아직도 아빠를 용서할 수 없다고 했다. 나는 부모님의 서로를 향한 집착의 결과물이었다. 아니, 그보다는 엄마를 향한 아빠의 집착의 결과물이었다.

아빠는 엄마를 진심으로 사랑했다. 그것은 의심할 여지가 없는 사실이었다. 엄마가 아빠의 무릎에 다리를 올려놓고 웃고 놀리는 모습을 지켜보는 것이 아빠에게는 삶의 즐거움이었다. 아빠는 늘 이 세상에서 가장 예쁘고 매력적인 여자가 자신의 아내라는 사실이 믿기지 않는다는 눈빛으로 엄마를 바라보곤 했다.

하지만 엄마는 예쁘지만 가시가 돋친 장미 같았다. 엄마의 기분이 언제 어떻게 변할지는 아무도 몰랐다. 사소한 일에 폭발하기도 했고, 화가 풀릴 때까지 아무것도 안 할 때도 있었다. 물론 아빠는 어떻게 해야 엄마의 기분이 좋아지는지 알고 있었다. 하지만 나는 아빠가 엄마의 모든 변덕을 받아 주는 것이 너무도 싫었다. 이 세상에서 아빠에게 중요한 것은 엄마밖에 없는 것처럼 느껴졌기 때문이다.

엄마가 지붕이 있는 베란다를 원하자 우리 집에 베란다가 생겼다. 엄마가 수영장을 원하자 우리 집에 수영장이 생겼다. 비싼 경비는 아무 문제가 되지 않았다. 부족한 물도 문제가 되지 않았다. 엄마가 정원이 있으면 좋겠다고 하자 예쁜 담이 있고 푸른 잔디가 깔린 정원이 생겼다.

아빠는 엄마를 웃게 만들 수만 있다면 돈이 아무리 많이 들어도 아끼지 않았다.

아빠가 엄마의 웃는 모습을 보기 위해 계속 돈을 쓰는 것에 나는 익숙해졌다.

우리는 베란다에서 점심을 먹을 시간에 집에 도착했다.

엄마가 꽥 소리를 질렀다.

"페이션스! 차는 어디 있지? 왜 그렇게 오래 걸려?"

하지만 엄마의 신경질적인 외침은 곧 중얼거림으로 바뀌었다. 식탁에 빵, 차가운 치킨, 버터, 얇게 자른 토마토 샐러드가 이미 차려져 있었기 때문이다.

"이게 이 빌어먹을 놈들의 문제점이라니까! 도대체 말을 들어 먹지를 않아……."

'이 빌어먹을 놈들'이란 요리사 선데이와 하녀 페이션스, 유모 그레이스를 비롯해 우리 집에서 일하는 흑인들을 엄마가 지칭하는 말이었다. 정원사도 마찬가지였다. 엄마는 우리 집 텃밭을 돌봐 주는 그를 그저 '정원사'라고 불렀다. 나는 전에 그레이스가 그 정원사를 러브모어라고 부르는 것을 들었다. 하지만 엄마는 그의 이름을 몰랐다.

차를 마시고 나자 엄마도 기분이 한결 나아진 것 같았다. 엄마는 한숨을 내쉬며 의자에 등을 기대고 편안하게 앉아서 아빠의 무릎에 발을 올려놓았다. 그리고 여느 때와 같이 이야기를 시작했다. 내 학교생활은 어떤지, 합창 대회는 언제인지 물었다.

"네가 아이스테드바드 대회에 나간다고 했더니 제니 이모가 굉장히 좋아했어! 이모가 널 보러 꼭 오겠다고 했어."

"대단해요, 엄마."

"그렇지?"

엄마는 눈을 반짝이며 아빠 쪽으로 고개를 돌렸다.

"이안, 내가 생각해 봤는데요. 주말에 다 함께 하라레에 가지 않을래요? 친구들도 만나고 애들도 구경 좀 시켜 주고요. 괜찮죠? 일요

일에 벼룩시장이 대규모로 열린대요! 렝스에 가서 연극도 볼 수 있고 외식도 할 수 있을 거예요. 어때요?"

아빠는 말없이 미소만 지었다.

엄마는 아빠의 팔을 잡고 살살 꾀었다.

"오, 그렇게 해요. 이안! 정말 재미있을 거예요!"

아빠는 엄마의 손을 쓰다듬으며 미소를 지었다.

"당신이 애들을 데리고 다녀와. 나는 루크랑 농장에서 산더미처럼 쌓인 일을 해야 돼. 난 괜찮으니까 당신 혼자 즐기다 와."

아빠는 엄마가 그렇게 할 것이라는 사실을 이미 알고 있었다. 그곳은 엄마의 세계였지 아빠의 세계가 아니었다. 엄마는 도시 출신이라 도시에 속한 것들을 좋아했다. 물론 엄마도 농장 일에 관심을 보이기도 했다. 예를 들어 엄마가 아빠에게 '소들은 좀 어때요?'라고 물어보면, 아빠는 '뭐, 다들 괜찮아'라고 대답했다. 아빠는 엄마에게 세부적인 사항까지 자세히 설명하지는 않았다. 엄마가 진짜로 그런 것에 관심을 갖고 있지 않다는 것을 알고 있었기 때문이다. 그저 아빠와 대화를 하기 위해 건성으로 물어볼 뿐이었다.

점심 식사를 마친 루크와 제시가 마구간으로 뛰어갔다.

"케이티 누나! 이리 와서 말들 좀 봐. 우리랑 같이 타자!"

"곧 갈게! 점심부터 먹고!"

나는 큰 소리로 대답하며 손을 뻗어 망고를 집어 들었다. 붉은색 매끄러운 껍질 속의 단단하고 달콤한 과육을 생각만 해도 입안에 침이 고였다. 잘 익은 망고를 베어 먹으면 노랗고 끈끈한 과즙이 손목을 타고 흘러내렸다. 그리고 이 사이에 달라붙은 망고의 과육에서는 끈적끈적한 노란색 실이 쫙쫙 늘어졌다.

엄마와 아빠는 식사를 마치고 담배에 불을 붙였다. 다 먹은 접시를 치우는 페이션스 앞에 청회색 담배 연기가 느릿느릿 춤을 췄다.

"커피 좀 갖다 줘, 페이션스."

"네, 마님."

페이션스가 엄마에게 상냥하게 대답한 뒤 나를 보고 말했다.

"집에 돌아오신 걸 환영해요, 아가씨."

그녀는 수줍은 듯 미소를 지었다.

나도 그녀에게 미소를 지었다.

"고마워, 페이션스. 역시 집이 제일 좋은 것 같아······."

나는 거기서 말을 멈췄다. 내가 지금 말하는 상대는 루도가 아니라 페이션스였다. 엄마, 아빠는 하인을 엄하게 다뤄야 한다고 늘 강조했다.

엄마는 이렇게 말하곤 했다.

"케이티, 언제나 하인들이 네가 주인이라는 걸 명심하도록 행동해야 해. 친하게 대해 주면 위아래도 모르고 기어오를 거야."

그럼 아빠는 이렇게 덧붙였다.

"엄마 말씀이 맞아. 네가 엄하게 대해야 하인들이 널 따르게 될 거야. 이건 내가 정부에서 일할 때 파견 나갔던 시골에서 배운 교훈이지. 누가 위고 누가 아래인지 확실하게 가르쳐 줘야 해. 네가 그들과 평등하다고 생각할 만한 행동은 절대로 하면 안 돼. 애초에 그들은 절대 우리와 평등하지 않아. 지금까지 그랬고, 앞으로도 그럴 거야. 백인은 백인이고 흑인은 흑인이야. 이건 명백한 사실이지."

수영장 쪽을 바라보던 아빠의 목소리가 갑자기 험악해졌다.

"오늘 또 편지가 왔어. 우리 농장에 관한 편지야. 이번에는 90일 안에 떠나라고 적혀 있었어."

엄마는 마시던 커피 잔을 달그락 소리가 나게 내려놓았다.

"안 돼요, 이안! 절대 안 돼!"

그렇게 소리치는 엄마의 얼굴이 갑자기 창백해졌다. 나는 그동안 무슨 일이 있었는지 알 수 없었다.

"무슨 일이에요, 아빠?"

"정부가 곧 농지를 재분배하겠다고 공표했어. 그래서 몇몇 농장주들에게 농장에서 떠나라는 내용의 공문을 보내고 있단다. 농장주들에게서 돌려받은 땅을 흑인들에게 나눠 준대. 흑인 녀석들은 이 땅이 자기들 것이라고 주장하고 있어. 식민지 시대에 빼앗긴 거라면서 말이야."

아빠의 입술은 흑인들에 대한 경멸로 일그러졌고 파란 눈은 분노로 번뜩였다.

엄마가 소리쳤다.

"오, 머리 아프니까 잠깐 말 좀 멈춰 봐요, 이안! 이번 정부는 그런 것만 신경 쓰네요. 그냥 자기들이 땅을 더 많이 차지해서 잇속을 챙기려는 속셈일 거예요. 정말이지, 이 빌어먹을 놈들이 하는 일이라고는……"

"내 하인인 프랭크가 알아낸 사실인데, 소위 '참전 용사'라는 놈들 중 몇 명이 농장 근처를 돌아다니며 일꾼들에게 '당신네 주인은 어떤 사람인가? 당신들에게 잘 대해 주나?'라고 물어본다는군."

엄마가 분개하며 말했다.

"말썽이나 일으키는 빌어먹을 놈들."

"나는 이곳에서 절대 그런 말도 안 되는 일이 일어나게 내버려 두지 않을 거야. 수, 당신한테 약속할게. 내 일꾼들은 잘 알고 있어. 그들이 정해진 선 밖으로 한 발짝이라도 나오면 채찍질이 기다리고 있다는걸. 그건 명백한 사실이지. 그깟 테러리스트 녀석들 몇 명이 돌아다녀 봐야 아무것도 바뀌지 않을 거야."

나는 예전에 아빠가 농장 일꾼을 때리는 것을 보았다. 그는 도둑질을 하다가 아빠에게 잡혔고, 아빠는 전에도 종종 그랬듯 경찰에게 넘기지 않고 자신이 모든 일을 해결했다. 아빠는 그의 시커먼 등에 붉은 줄이 쫙쫙 그어질 때까지 잠보크로 때렸다. 그때 채찍이 바람을 가르며 그 아이의 등짝을 후려갈기던 무시무시한 소리가 아직도 귀에 생생했다.

아빠의 이야기는 계속해서 이어졌다.

"나는 절대 그놈들이 지난주에 죽인 불쌍한 친구처럼 비참한 최후를 맞지 않을 거야. 그 사람은 너무 물렀어. 그러니까 그놈들이 집을 차지하고 그를 끌어내 죽여 버렸지. 정부에서는 이 사건에 대해 합당한 조치를 취하지 않았어."

나는 몸서리를 쳤다. 누군가 살해당했다고?

그때 정원 쪽에서 바람이 불었다. 그 바람에 사기로 된 우유 주전
자가 테이블에서 떨어져 산산조각 났다. 안에 들어 있던 우유가 햇
빛이 내리쬐는 콘크리트 바닥에 쏟아졌다.

"페이션스!"

하녀를 부르는 엄마의 목소리는 공포로 날이 서 있었다.

"빨리 이리 와! 이리 와서 이것들 좀 치워!"

나는 엄마의 신경질적인 목소리가 쏟아진 우유 때문이 아니라는
사실을 알고 있었다.

엄마

아빠는 죽은 농장주에 대한 이야기를 다시는 꺼내지 않았다. 하지만 그 이야기는 우리 마음속에서 몇 번이나 재생되었다. 내가 어렸을 때부터 지금까지 변하지 않는 진실로 알고 있던 것들이 조금씩 무너져 내리고 있었다. 이제 더 이상 백인이라는 이유 하나만으로 안전이 보장되지는 않았다.

나는 점심 식사를 마치고 내 방으로 갔다. 내가 마지막으로 본 모습 그대로였다. 내 방에 들어선 순간 불길한 생각도 사라졌다. 익숙한 소리로 삐걱거리는 거실 문, 복도에 깔려 있는 낡은 직물 카펫, 여전히 벽에 걸려 있는 할머니의 수채화. 모든 것이 내가 기억하는 그대로였다. 페이션스가 늘 깨끗하게 청소해 놓았는지 방에는 먼지 하나 없었다. 연보라색 조각보 이불과 선반 위에 가지런히 놓인 인형들, 책과 나비 표본을 보자 나도 모르게 기쁨의 탄성이 입에서 흘러나왔다.

"케이티!"

엄마가 방에서 부르는 소리가 들렸다.

나는 엄마의 창백한 얼굴을 생각하며 방으로 갔다. 화장을 고친 엄마가 나를 보고 활짝 미소를 지었다. 나는 엄마가 숨 막힐 정도로 아름답다는 사실을 새삼스레 깨달았다.

"이거 어떠니? 이번 주말 바비큐 파티에 네가 입고 갈 옷이야. 마음에 드니?"

하라레에 새로 생긴 부티크에서 산 옷이었다. 스타일이 좋고 세련되면서도 너무 성숙해 보이지 않는 옷이 마음에 쏙 들었다.

엄마와 나는 많이 달랐다. 마치 장미와 글로리오사 같았다. 엄마는 눈이 부시게 아름다웠다. 나는 어렸을 때부터 엄마가 얼마나 미모를 중시하는지 잘 알고 있었다. 엄마는 피부를 가꾸는 데 많은 시간과 정성을 쏟았다. 클렌징, 토너, 수분 크림까지 엄마의 모든 기초 화장품은 라벤더 향이 나는 로션들이었다. 곱디고운 엄마의 예쁜 손에는 늘 핸드크림이 발라져 있었고, 관리를 잘 받은 분홍빛 손톱은 반짝반짝 빛이 났다.

내가 엄마를 껴안으려고 달려들기라도 하면 엄마는 늘 이렇게 말했다.

"내 머리 조심해, 케이티!"

주근깨 많은 나는 딱지투성이 무릎을 세우고 침대에 앉아 엄마가 화장하는 모습을 지켜보곤 했다. 화장하지 않은 민얼굴도 예뻤지만, 긴 속눈썹을 붙이고 짙은 눈 화장을 한 얼굴은 누구보다 매혹적이었다. 복숭아빛 매끄러운 피부에 볼연지를 바르고 입술에 새빨간 립스

틱을 바르면 미모가 더욱 돋보였다.

엄마는 가끔 나에게도 향수를 뿌려 주었다. 그럴 때면 나는 눈을 꼭 감고 가늘게 내리는 가랑비 같은 향기로운 물방울들이 나를 어루만지는 것을 즐겼다. 엄마의 향수는 나를 아름답고 화려하게 만들어 주었다. 향수를 뿌리면 나는 더 이상 안짱다리에 말괄량이 빨강 머리 케이티가 아니었다. 그 순간은 나도 엄마 같은 미인이 된 기분이었다.

말괄량이에서 우아한 숙녀로 탈바꿈한 나는 등이 푹 파이고 어깨 밑으로 흘러내리는 엄마의 드레스를 입고 하이힐을 신은 채 어설픈 자세로 복도를 걸어 다녔다. 그럴 때면 긴 스커트 자락이 뱀 꼬리처럼 바닥을 쓸고 지나가 본의 아니게 청소하는 꼴이 되었다.

거기까지는 엄마도 너그럽게 봐주었다. 엄마의 파우더와 아이섀도, 립스틱으로 서투른 화장을 해도 엄마는 절대 화내지 않았다. 그 순간만큼은 나는 엄마의 모습이 투영된 딸이었다.

하지만 내가 삐뚤빼뚤 걷다가 넘어져서 하이힐과 마룻바닥을 망가뜨리고 발목을 다치거나 드레스 스팽글을 떨어뜨리면 엄마는 화난 얼굴로 소리쳤다.

"드레스와 구두 다 벗어! 빨리!"

그럼 나는 재빨리 밖으로 도망쳐 다시 아빠의 딸로 돌아갔다.

집에 돌아온 첫날은 느긋하게 지냈다. 나는 루크, 제시와 함께 마구간에 가서 말을 데리고 나왔다. 오랜만에 말을 타니 즐거웠다. 빠른 속도로 질주하는 느낌과 말의 부드러운 코 그리고 내 손에 들린 당근을 먹는 말의 떨리는 입술 감촉은 그동안 잊고 지낸 승마의 즐거움을 다시 일깨워 주었다.

승마를 마친 뒤에는 수영장으로 향했다. 그곳에서 우리는 온몸이 건포도처럼 쭈글쭈글해질 때까지 수영을 즐겼다. 수영장에서 나온 뒤에는 집 안으로 들어가 뜨거운 물로 샤워를 했다. 그러고 나서 그레이스가 루크와 제시를 식당으로 데리고 가 저녁을 먹였고, 페이션스가 엄마의 방으로 차와 케이크를 가져왔다.

그날 오후는 엄마의 방에서 지냈다. 지금도 눈을 감으면 그곳에 있는 것처럼 느껴진다. 레이스 커튼 사이로 오후의 햇살이 비쳐 벽과 하얀 리넨 침대보에 거미줄 같은 그림자를 만들었다. 정원에서는 새의 노랫소리가, 부엌문 밖에서는 개 짖는 소리가 들려왔다. 하녀가 정원사에게 텃밭에서 양파를 가져오라고 외치는 소리도 들렸다. 부엌에서는 맛있는 치킨 스튜 냄새가 풍겼다. 이 모든 것이 마치 어제 일처럼 아직도 생생하게 기억난다.

나는 엄마와 이야기를 나눴다. 늦은 오후의 황금빛 햇빛이 쏟아지는 방에서 우리는 목소리를 높였다 낮췄다 하며 대화를 이어 갔다. 나는 엄마가 사 온 남아프리카 패션 잡지의 최신호를 보았고, 엄마는 나에게 학교생활에 대해 물어보았다. 그리고 집에서 일어난 여러 가지 일들에 대해서도 이야기하며, 새 속옷이 필요한지 물었다.

우리는 서로의 발톱에 매니큐어를 칠해 주었다. 내가 먼저 엄마의 발톱에 매니큐어를 칠했다. 나는 엄마가 가르쳐 준 대로 탈지면을 둘둘 말아 발가락 사이로 조심스럽게 밀어 넣었다. 솜을 끼워 사이가 벌어진 발가락은 불가사리 같았다. 나는 엄마가 고른 예쁜 산호색 매니큐어가 들어 있는 병을 잘 흔든 다음 뚜껑을 돌려서 열었다. 그러고 나서 혀를 쏙 내민 채 엄마의 발톱에 조심스럽게 칠했다. 나는 엄마가 가르쳐 준 대로 매니큐어가 뭉치지 않도록 발톱 뿌리에서 끝까지 한 번에 칠했다. 내가 엄마의 발톱을 전부 칠하자 이번에는 엄마가 내 발톱에 매니큐어를 칠해 주었다. 나는 펄이 들어간 매니큐어를 골랐다. 루도가 나에게 선물한 것이었다.

　내가 그날 일을 이토록 생생하게 기억하는 것은, 그날이 내 주위의 것들을 정상적으로 느낄 수 있었던 마지막 시간이었기 때문이다. 그날 이후 나는 모든 것이 정상적이지 않다고 느꼈다.

독립 기념일이 있는 주말

다음 날은 짐바브웨 독립 기념일이었다. 독립 20주년을 축하하는 뜻에서 학교나 직장은 쉬었다. 국립묘지에서는 빨간색과 초록색, 금색, 검정색으로 이루어진 짐바브웨 국기가 펄럭이는 가운데 엄마, 아빠가 '덤불 전쟁'이라고 부르는 두 번째 해방전쟁에 참전한 이른바 '전몰 용사'를 기리는 추모식과 연설이 이어졌다. 열정적인 연설과 노래, 주먹을 휘두르며 외치는 구호는 TV에서 저녁 뉴스가 끝나면 곧바로 방영될 것이었다. 하지만 우리는 그 방송을 보지 않았다. 그것은 흑인들을 위한 방송이었고, 그들만의 추모식이었다. 우리 백인들에게 그 추모식은 그저 흑인들이 '우리가 이겼고 너희가 졌다'라고 주장하는 것, 그 이상도 이하도 아니었다.

짐바브웨 국기의 색깔도 우리에게 거부감을 주었다. 초록색은 땅을 의미했고, 금색은 부(富), 빨간색은 자유와 동등한 기회 그리고 다수결 원칙을 위한 투쟁에서 흘린 피를 의미했다. 또한 국기 가운데에 위치한 검정색은 당연하게도 흑인들을 의미하는 것이었다. 짐바브웨 국기에는 흰색도 있었지만 백인에 대해 언급한 내용은 하나도 없었다. 흑인들이 이 나라를 통치하기까지 토대를 만든 것은 우리 백인인데도 말이다. 우리 국기, 우리 전쟁 그리고 우리 나라는 그 어디에도 없었다.

로디지아가 역사의 뒤안길로 사라지던 시절에 엄마는 고등학생이었다. 엄마의 오빠이자 내 외삼촌인 랄프 삼촌은 1974년 로디지아 치안 부대 소속으로 적들과 맞서 싸우다가 생을 마감했다. 아빠가 '깜둥이를 사랑하는 자유주의자'라고 부르는 소수의 백인을 제외한 다른 대부분의 백인들이 그렇듯이, 우리는 흑인 다수결 정치에 맹렬히 반대했다. 우리 집안은 이언 스미스가 1965년 영국으로부터 로디지아의 독립을 일방적으로 선언했을 때 그를 지지했다.

우리 가족 중에서 할아버지와 삼촌을 비롯한 몇몇 남자들은 로디지아 치안 부대에 지원해 전쟁에 참가했다. 그들을 움직이게 한 것은 강제징집도, '로디지아는 당신을 필요로 하고 있습니다'라는 문장이 들어간 과장된 선전 포스터도 아니었다. 그들은 모두 자발적으로 싸우기를 원했다. 심지어 할머니는 여자의 몸으로 무선국에 지원해 우리 군을 위해 힘을 보탰다. 그녀는 자신이 속한 구역의 농장들 사이에 통신망을 구축해 치안 부대가 테러리스트들의 습격에 대비할 수 있도록 했다.

아빠는 나에게 이렇게 말했다.

"우리는 우리 자신과 삶의 터전을 지키기 위해 공산주의자인 테러리스트들과 맞서 싸웠어. 거기에는 한 점 부끄러움도 없어."

엄마는 그 시절 이야기를 하는 것을 별로 좋아하지 않았다. 그것은 너무나도 많은 일들을 떠오르게 했기 때문이다. 다만 랄프 삼촌의 기일에는 포도주를 몇 잔 마시고 나서 삼촌에 대한 이야기를 들려주었다.

"너희 삼촌은 명예롭게 돌아가셨어. 자신의 신념을 지키기 위해 싸우다가 전사했으니까 말야."

엄마는 코를 훌쩍이며 마스카라 때문에 검은색으로 흐르는 눈물을 닦아 냈다. 하지만 국립묘지에서 열린 추모식은 삼촌을 기리기 위한 것이 아니었다.

독립 기념일을 전후로 며칠 동안 우리 집 사람들은 모두 추억에 잠겼다. 술에 취한 어른들은 과거를 회상하며 당시의 일들을 이야기해 주었다. 우리 어린이들은 귀를 쫑긋 세우고 과거에 입은 부상으로 시작하는 길고 긴 이야기를 들었다. 당시 라디오 방송에서는 테러리스트들이 저지른 잔혹한 행위가 보도되었다. 그것은 무척이나 끔찍했다. 테러리스트들은 우리 같은 백인 가족을 학살하고 희생자들의 귀와 입술을 베어 버렸다. 그 밖에도 나는 어른들의 이야기를 통해 테러리스트들이 마을을 떠날 때에는 늘 무장을 하고 무리 지어 움직인다는 사실, 그들의 군대가 다섯 살 꼬마부터 노인에 이르기까지 다양한 연령대로 구성되어 있다는 사실 그리고 그들 모두 구형 303라이플 소총을 능숙하게 다룬다는 사실을 알게 되었다.

아빠가 설명해 주었다.

"우리 백인들은 많은 것을 잃었어. 우리는 로디지아가 고향이야.

1965년에 이미 영국에게 꺼지라고 했으니까 말이야. 우리는 로디지아인이라고 불리는 것과 이 멋진 곳이 우리 땅이라는 사실에 자부심을 느꼈어. 우리는 절대로 이곳을 아프리카인들에게 넘겨주지 않겠다고 다짐했지. 아프리카 독립국? 하, 웃기지 말라고 해. 주위에 있는 아프리카 독립국들의 꼬락서니를 보라고!"

아빠는 한때 영국, 프랑스, 포르투갈의 백인들이 통치하던 아프리카의 다른 나라들을 언급했다. 가나, 케냐, 모잠비크, 잠비아, 말라위 등 아프리카의 여러 나라들을 전에는 백인들이 통치했다. 하지만 지금은 아니다. 흑인들이 외교력을 발휘하거나 무력으로 통치권을 빼앗아 독립을 선언했기 때문이다.

이번에는 엄마가 말했다.

"우리는 그들에게 둘러싸여 고립되어 있었단다. 전 세계를 상대로 마지막까지 맞서 싸운 최후의 보루였어. 남아프리카를 제외한 아프리카 전체에서 가장 문명화된 나라가 바로 이곳이었지. 그래서 그자들은 우리를 위협하고 제재를 가하는 등 수단과 방법을 가리지 않았어. 하지만 우리는 강했어. 우리 로디지아인들은 넘어지는 한이 있어도 그들과 맞서 싸웠어."

엄마의 목소리에서 자부심이 느껴졌다.

나는 너무나도 혼란스러웠다. 내가 배운 역사 교과서에는 백인이 침략자, 식민 통치자로 묘사되어 있었기 때문이다. 백인은 남의 땅을 빼앗아 정착한 침략자이자 다수를 차지하는 흑인들을 억압하는 악당이었다.

물론 우리 가족은 단 한 번도 독립 기념일에 흑인들을 위한 추모식을 보려고 TV 채널을 돌린 적이 없다. 대신 그날이 공휴일이었기 때문에 농장에서 성대한 바비큐 파티를 벌이곤 했다. 내가 열네 살이 되던 그해에는 폴 삼촌의 담배 농장에 친척들이 모두 모여 바비큐 파티를 열었다.

그 주의 토요일 아침, 우리 집의 어린 수탉 캡틴은 분홍색으로 물든 새벽의 정적을 깨우며 꼬끼오 울어 댔다. 나는 그 소리를 듣고 자리에서 벌떡 일어나 아직 곤히 자고 있던 애완견 셰바를 끌어안았다. 루크 말이 맞았다. 셰바가 낳은 강아지들은 이 세상 그 무엇보다도 귀여웠다. 나는 집에 도착하자마자 셰바와 강아지들을 모두 내 방으로 옮겼다.

아래층 부엌에서 퍼져 나온 커피의 진한 향기가 내 방까지 전해졌다. 페이션스는 벌써 부엌에 나와 있었고, 부엌에서 나는 냄새로 보아 그녀는 한창 바쁘게 일하는 모양이었다.

아래층으로 내려가자 페이션스가 커다란 피크닉 바구니에 음식을 담고 있었다. 바구니 안에는 갓 구운 빵과 치킨, 망고, 구아버, 미니 바나나가 가득 들어 있었다. 식탁 위에는 콘슬로와 닭다리 구이, 파스타 샐러드가 담긴 그릇들이 있었고, 바닥에는 음료수 상자가 놓여 있었다. 이 음식들은 모두 우리가 바비큐 파티에 준비해 가기로 한 것들이었다. 페이션스는 할머니를 위한 빅토리아 스펀지케이크를 준비해 놓았다. 할머니는 우리를 볼 때마다 스펀지케이크를 찾을 정도로 페이션스가 만든 빅토리아 스펀지케이크를 좋아했다.

내가 부엌에 들어갔을 때 페이션스는 케이크를 튼튼한 플라스틱 상자에 넣고 있었다. 그녀는 나를 보자 인사를 건넸다.

"안녕히 주무셨어요, 아가씨?"

나는 전날 그녀를 친근하게 대했던 실수를 떠올리며 퉁명스럽게 대꾸했다.

"응, 좋은 아침!"

하지만 페이션스는 나의 그런 속마음을 알아차리지 못한 것 같았다. 그녀는 간밤에 잠을 제대로 못 잔 듯, 형식적인 미소조차 짓지 않고 무뚝뚝한 표정으로 묵묵히 자신의 일을 했다.

나는 너무 다정해 보일까 봐 망설이며 그녀에게 물었다.

"괜찮아, 페이션스?"

플라스틱 상자의 뚜껑을 꼭 맞게 닫는 데 열중하고 있던 페이션스가 고개를 떨어뜨리고 입술을 오므렸다. 체크무늬 식탁보에 눈물이 두 방울 떨어지는 것이 보였다.

나는 한 손으로 냉장고 문손잡이를 잡고 다른 한 손은 그대로 축 늘어뜨린 채 그 자리에 그냥 서 있었다. 무슨 말을 해야 할지, 어디를 봐야 할지 알 수 없었다. 지금까지 하인들이 우는 모습을 본 적이 없었기 때문에 나는 정말로 어떻게 해야 할지 몰랐다.

페이션스는 점점 더 많은 눈물이 쏟아지자 한숨을 길게 내쉬었다. 그러고는 손을 가슴에 얹고 아래쪽을 내려다보았다.

한동안 말없이 서 있었던 나는 더 이상 견딜 수가 없어서 그녀가 안심할 수 있도록 최대한 상냥하게 말했다.

"울지 마. 왜 그러는 거야? 무슨 일 있었어?"

그러자 페이션스의 눈에서 눈물이 홍수처럼 쏟아졌다. 그녀는 식탁 의자에 털썩 주저앉더니 앞치마로 얼굴을 가리고 울었다. 그리고 딸꾹질을 하며 흐느껴 우는 사이사이에 간신히 말을 이었다.

"아가씨, 제 남동생이 죽어 가고 있어요. 그 아이는 지금 굉장히 아파요. 폐렴에 걸렸는데…… 이제 방법이 없대요. 그 아이를 그렇게 보낼 수는 없어요. 제가 가 봐야 해요."

그녀의 말소리는 흐느낌 때문에 점점 알아듣기 힘들어졌다.

그때 엄마가 부엌으로 들어왔다. 엄마는 할머니의 케이크 앞에서 하녀가 앞치마에 얼굴을 파묻고 우는 모습을 보고는 눈이 휘둥그레졌다.

엄마가 날카로운 목소리로 외쳤다.

"페이션스! 무슨 일이야?"

노기에 찬 엄마의 목소리를 들은 페이션스는 얼른 일어나 손을 앞치마에 문지른 다음 시선을 내리깔며 울음을 그치려고 애썼다. 나와 마찬가지로 그녀도 엄마가 그런 상황을 싫어한다는 사실을 잘 알고 있었다.

페이션스가 쉰 목소리로 대답했다.

"아무것도 아니에요, 마님."

"누가 그런 거짓말에 넘어갈 것 같아? 무슨 일인지 어서 말해! 안 좋은 일이 있는 거야? 가족 중에 누가 잘못됐어?"

페이션스는 머뭇거리며 시골집에서 죽어 가는 동생 이야기를 꺼냈다. 그녀는 자신의 동생에게 시간이 얼마 남지 않았다는 사실과 가족들이 그녀에게 빨리 돌아오라고 연락했다는 것을 엄마에게 설명했다.

엄마는 페이션스 앞에 서서 팔짱을 끼고 눈살을 찌푸린 채 그녀의 이야기를 들었다. 그리고 페이션스가 이야기를 마치자 짜증스러운 한숨을 푹 내쉬며 말했다.

"오, 페이션스. 네가 없으면 집안일이 제대로 안 돌아가서 정말 불편하단 말이야. 네가 딱 버티고 모든 일을 챙겨야 한다는 걸 알잖아? 네가 동생을 보러 가 버리면 정원사가 개들에게 먹이를 제대로 주는지, 또 그 사람이 부엌에서 음식을 훔쳐 가지 않는지 감시할 사람이 없잖아."

페이션스는 집을 지키고 정원사를 감시할 사람으로 농장 관리인 프랭크를 추천했다.

"프랭크는 힘이 세요, 마님. 걱정하지 않으셔도 돼요."

"오, 그럼 됐어. 일요일에는 돌아오도록 해. 우리 그이한테 말해서 프랭크한테 정원사를 감시하는 일을 맡길게. 그래야 정원사가 부엌에서 아무것도 훔쳐 가지 못하지."

페이션스는 환하게 미소 지으며 엄마에게 연거푸 고맙다는 인사를 했다.

엄마는 통명스럽게 대꾸했다.

"이제 됐어, 그만해. 그만큼 인사했으면 충분해. 대신에 동생을 보러 집에 간 날만큼 급여에서 뺄 거니까 그렇게 알아. 정말이지 빌어먹을 하인들은 어쩌면 그렇게 가족들이 돌아가면서 변을 당하는지 모르겠어."

페이션스의 얼굴에서 아주 잠깐 미소가 보였다가 사라졌다. 그녀는 몇 번 눈을 깜빡이고는 고개를 끄덕였다. 그리고 서둘러 아침 식사를 차리기 시작했다.

엄마가 쿵쿵거리는 발소리를 내며 부엌에서 나갔다. 엄마는 늘 모닝커피를 마시고 담배를 피우기 전까지는 기분이 저조했다. 위층으로 올라간 엄마가 아래층에서 있었던 일을 아빠에게 짜증스럽게 이야기하는 소리가 들렸다.

"아마 에이즈일 거야. 그들은 보통 에이즈 때문에 죽거든."

그 순간, 나는 페이션스가 너무나도 불쌍해 보였다. 우리는 학교에서 에이즈에 대해 배웠다. 나는 페이션스의 동생이 어떤 상태일지 눈에 선했다. 그는 몸이 야위어 가죽과 뼈만 남아 있을 것이다. 그리고 녹이 슨 것처럼 빨간 머리카락은 몇 가닥 남지 않고 모두 빠졌을 것이다. 선생님은 짐바브웨인 네 명 중에 한 명이 HIV(에이즈바이러스) 보균자라고 했다. 그들은 제대로 된 치료도 못 받고 죽어 갔다.

비록 하루뿐이었고, 그 하루마저도 그녀의 임금과 맞바꾼 것이었지만 페이션스가 죽어 가는 동생을 보러 갈 수 있게 되어서 정말 다행이라고 생각했다.

길 위에서

페이션스는 아침나절에 하라레 행 버스를 탔다. 그녀는 출발하기 전에 부엌을 깨끗이 치우고 아빠의 농장 관리인 프랭크에게 해야 할 일들을 설명했다. 키가 큰 프랭크가 커다란 주먹을 흔들며 부엌으로 어슬렁어슬렁 걸어가는 것이 보였다. 정원사는 프랭크에게 경계의 눈초리를 보내며 종종걸음으로 뒤따라갔다.

나는 프랭크가 다른 일꾼들에게는 별로 인기가 없다는 것을 알고 있었다. 그들은 프랭크에게 꼭 필요한 말만 했고, 그마저도 굉장히 딱딱한 말투로 짧게 말했다. 일꾼들 사이에서 주고받는 농담을 프랭크에게 건네는 사람은 아무도 없었다. 프랭크는 농장 관리인으로 십 년 정도 일했는데, 아빠는 그를 농장의 다른 어떤 사람보다 신뢰했다. 프랭크는 협박이든 구타든 해고든 아빠가 결정한 처벌이라면 무엇이든 기꺼이 실행에 옮겼다. 프랭크를 보고 겁을 먹은 정원사의 태도는 어찌 보면 당연한 것이었다. 정원사는 재빨리 개들에게 점심으로 줄 뼈와 옥수수 죽을 끓이기 시작했다.

숙모와 삼촌은 우리 집에서 100킬로미터도 더 떨어진 곳에 살고 있었다. 그들의 농장으로 가기 위해서는 원주민들의 오두막이 여기 저기 흩어져 있는 작은 화강암 언덕을 여러 개 지나 양쪽으로 울타리가 쳐진 드넓은 녹색 초원을 지나야 했다. 농장은 기나긴 그 길 끝에 자리 잡고 있었다.

농장으로 가는 도중 우리는 등에 아기를 업고 머리에는 엄청나게 큰 보따리를 이고 있는 흑인 여자들을 보았다. 큰길을 따라 가면 나오는 시장에 물건을 팔러 가는 모양이었다. 그들은 시장에서 보따리를 풀어 놓고 지나가는 관광객들을 상대로 그들이 만든 바구니와 벽걸이 장식, 도자기, 장신구 등을 팔 것이다.

우리가 폴 삼촌의 담배 농장에 도착한 것은 오후 두 시경이었다.

아빠는 농장으로 이어지는 옛길을 따라 운전하면서 창밖을 내다보았다. 차창 밖으로 줄줄이 지나가는 나무들의 싱그러운 녹색 잎이 산들바람에 흔들리는 풍경을 보자 아빠의 표정이 밝아졌다. 곧이어 아빠는 챙이 넓은 모자를 뒤로 젖히고 손가락으로 머리카락을 쓸어 올렸다. 고향에 온 아빠는 늘 기분이 좋아졌다. 아마 드넓게 펼쳐진 담배밭을 보면서 풍작의 기쁨과 계속되는 번영의 꿈을 두 눈으로 직접 확인할 수 있었기 때문일 것이다. 남아프리카공화국 여행도, 영국이나 오스트레일리아로 가족을 보러 가는 것도, 새 트럭을 구입하는 것도, 휴일을 보낼 별장에 투자하는 것도, 자녀를 고급 기숙학교에 보내는 것도 모두 풍작이 있기에 가능한 일이었다.

진입로에 접어들자 아빠가 경적을 두 번 울렸다. 멀리서 개들이 달려와 우리 차를 따라왔다. 그들은 짖으며 우리에게 환영의 인사를 보냈다.

저 멀리 농가의 흰색 벽과 경사진 초가지붕이 보였다. 이 집은 오래전, 백인 정권의 일방적인 독립선언이 있기 전에 할아버지가 직접 설계해서 지었다. 남아프리카의 식민지에서 발달한 케이프 더치 양식의 건축물로, 집 중앙의 현관문과 양쪽으로 여닫을 수 있는 창문, 초가지붕의 가운데에서부터 우아하게 휘어 올라가는 아름다운 박공이 있는 멋진 집이었다. 현관의 양쪽 벽면에는 철제 펜스를 따라 할머니가 심은 덩굴장미가 자라고 있었고, 건물 정면에는 부겐빌레아의 자주색, 흰색, 붉은색 꽃이 활짝 피어서 화사했다.

나는 이 집을 정말 좋아했다. 이 집은 우리 할머니의 품처럼 늘 자애롭고 따뜻하게 가족들과 친구들을 환영해 주었다. 나에게 이 집은 대대손손 이어져 내려갈 우리 가족의 영원함을 상징하는 곳이기도 했다. 그래서 나는 할머니와 할아버지가 나이 들어 이 집을 관리하는 게 힘들어져 삼촌이 와서 살게 되었을 때 진심으로 기뻤다. 나는 이 집과 집 주위에 있는 땅을 지키고 싶었다. 그것이야말로 우리 가족과 우리 뿌리를 영원히 지키는 길이라고 생각했다.

할아버지의 담배 농장과 할머니의 향신료 텃밭, 푸른 나뭇잎들로 그늘진 과수원 그리고 야생동물이 우글거리는 드넓은 숲, 이 모든 곳에 다른 무엇과도 바꿀 수 없는 나의 소중한 추억들이 깃들어 있었다.

집 뒤쪽으로 유칼립투스나무들을 지나면 호수가 하나 있었는데, 그 호수도 나의 추억의 장소 가운데 하나였다. 예전에는 비가 올 때면 사촌들과 함께 호수에서 수영하며 놀았다. 우리는 번개가 치고 작은 기생충과 물고기가 발가락을 물어뜯어도 아랑곳하지 않고 즐겁게 놀았다. 바나나 나무 숲 그늘에는 과수원이 있었는데, 그곳에서는 지독하게 쓴 마멀레이드를 만들기 위해 할머니가 심은 오렌지나무와 사촌 동생들과 내가 실컷 따먹던 초록색 망고, 솜털이 보송보송한 비파, 분홍색 속살이 있는 구아버를 키웠다. 사랑스럽고 따스한 갈색 털을 가진 나의 첫 조랑말 비디도 이 집에 있는 마구간에서 태어났다.

할아버지, 할머니가 계시는 이 집은 저 멀리 남아프리카공화국과 잠비아, 영국에 뿔뿔이 흩어져 사는 가족들이 모두 모여 다시 하나가 되는 곳이었다. 우리에게 이곳은 따뜻한 고향 집이었다.

가족 모임

　우리 가족이 할아버지의 농장에 도착했을 때 다른 가족들은 이미 모두 와 있었다. 주차장에는 폴 삼촌이 갖고 있는 트럭 두 대와 그의 아들들의 트럭, 버나뎃 숙모의 하이럭스 픽업 트럭, 모니카 고모와 마리우스 고모부의 남아프리카공화국 번호판이 달려 있는 랜드크루저 지프가 세워져 있었다.

　키가 크고 건장한 폴 삼촌이 덩굴장미 앞에 뒷짐을 진 자세로 서 있는 것이 보였다. 희끗희끗한 회색 수염이 돋아난 폴 삼촌은 질긴 천으로 만든 반바지를 입고 챙이 넓은 모자를 쓰고 있었다. 삼촌의 눈동자는 아빠와 비슷한 파란색이었는데, 쓰고 있는 안경이 햇빛을 반사해서 잘 보이지 않았다. 삼촌은 우리가 우거진 나무 그늘에 차를 세우는 것을 지켜보았다.

　차를 세우고 나자 버나뎃 숙모가 산뜻한 빛깔의 꽃무늬 원피스를 산들바람에 펄럭이며 집에서 나왔다. 숙모는 폴 삼촌 옆으로 다가가 팔짱을 끼며 우리를 향해 밝은 미소를 지었다.

우리는 차에서 내려 저린 다리를 쭉 폈다. 숨을 크게 들이켜자 할머니가 심은 덩굴장미의 향기와 함께 먼지투성이 마른 수풀 냄새, 짭짤한 훈제 바비큐 냄새가 코를 자극했다.

폴 삼촌이 우리를 보고 말했다.

"대체 왜 이렇게 늦은 거야? 벌써 두 시간 전에 바비큐 파티를 시작했단 말이야!"

폴 삼촌의 목소리는 늘 그의 텁수룩한 수염에 묻혀 작게 들렸다.

아빠는 할머니와 할아버지의 결혼 50주년을 기념하는 금혼식 파티 이후로 처음 보는 삼촌을 향해 성큼성큼 다가가 웃으며 악수를 청했다. 그런 다음 버나뎃 숙모 쪽으로 몸을 기울여 그녀의 뺨에 입을 맞췄다.

숙모가 입술을 오므리며 미소를 지었다.

"오랜만이에요, 이안."

아빠와 인사를 주고받은 숙모가 제시와 루크의 손을 잡고 막 차에서 내린 엄마 쪽으로 몸을 돌렸다. 그러고는 눈을 가늘게 뜨고 재빨리 엄마를 위아래로 훑어보더니 뱀잡이수리처럼 고개를 옆으로 돌렸다.

숙모는 얼음장 같은 차가운 목소리로 중얼거렸다.

"수…… 당신은 정말, 뭐랄까…… 오늘 예뻐 보이네요."

뱀잡이수리는 강인하고 경계심이 많고 먹이를 확실하게 끝장내는 것으로 유명한 새인데, 버나뎃 숙모가 바로 그랬다.

엄마도 숙모를 돌아보며 대꾸했다.

"버나뎃, 당신도요. 정말 예쁘네요."

엄마는 버나뎃 숙모의 귀에서 몇 센티미터 떨어진 허공에 형식적인 키스를 하고는 폴 삼촌에게 인사를 하러 가 버렸다. 폴 삼촌은 엄마에게 따뜻한 환영의 인사를 보냈다.

잠시 멍하니 서 있던 버나뎃 숙모는 곧 원래 상태로 돌아와 쌍둥이와 나를 안아 주었다.

"자, 안으로 들어가자. 할아버지, 할머니가 너희를 눈이 빠지게 기다리고 계셔."

우리는 거실로 발걸음을 옮겼다. 버나뎃 숙모가 만든 레이스로 테두리를 두른 두꺼운 모슬린 커튼이 햇빛을 차단해서 방 안은 조금 어두웠다. 낡은 황록색 소파 위에는 지역 여성 협동조합에서 산 손뜨개 커버를 씌운 쿠션이, 선반에는 가족사진이 가득 놓여 있었다.

벽난로 위에는 각종 트로피들이 장식되어 있었는데, 아빠와 삼촌들이 받은 방패와 메달들 그리고 폴 삼촌의 아들들이 럭비와 크리켓 경기, 수영 대회에서 우승했을 때 받은 트로피도 있었다. 우승컵과 트로피 사이에는 흔들면 유리 공 안에서 반짝거리는 눈이 내리는 스노글로브도 있었다. 그것은 할아버지가 런던 여행에서 돌아올 때 가져온 것이었다. 벽면에는 식민지 시대 사진 액자들이 걸려 있었다. 사진 속 실크해트를 쓴 남자들과 페티코트로 치마를 잔뜩 부풀린 여자들이 반나체 상태의 원주민들 옆에 서서 위엄 있는 자세로 서서 우리를 바라보았다.

나는 그 사진을 볼 때마다 왠지 모르게 당황스러웠다. 윗옷을 안 입어 가슴을 드러낸 원주민 여자들의 윤기 있는 검은 피부와 샅바 하나만 달랑 걸친 원주민 남자들의 모습 그리고 그들의 공허한 표정을 보고 있으면 마음이 너무나도 불편해졌다.

할아버지가 말했다.

"케이티, 저들은 어린애 같단다. 이 점을 기억해 두렴. 흑인들은 시간이 지나도 발전하지 않아. 늘 그대로지."

할아버지는 파이프 담배를 피우며 레이스 커튼이 드리워진 창가의 의자에 앉아 농장에 관한 잡지를 읽고 있었다. 우리가 거실로 들어서자 할아버지의 얼굴에 미소가 피어올랐다.

"오, 그래, 이제야 왔구나! 이 개구쟁이들아, 왜 그렇게 가만히 서 있는 거냐? 빨리 와서 할아버지를 안아 줘야지!"

할아버지의 목소리는 오래 피운 담배 때문에 걸걸했지만 기쁜 감정을 표현하는 데에는 전혀 부족함이 없었다.

루크와 제시가 할아버지의 품으로 뛰어들었다. 열네 살인 나는 그런 일에 조금 소극적으로 변했다. 그래도 할아버지가 그렇게 말하자 나는 활짝 웃었다.

"케이티, 넌 볼 때마다 예뻐지는 것 같구나! 안 그래, 준?"

그때 할머니가 뒤쪽에서 나타났다. 할머니는 우리를 향해 팔을 활짝 벌리며 말했다.

"그럼요. 물론이지요, 피터!"

할머니는 나를 보자 환하게 미소 지으며 꼭 안아 주었다. 그리고 이렇게 말했다.

"키도 계속 자라는 것 같네!"

우리가 아빠의 여동생 모니카 고모와 고모의 남편 마리우스 고모부 그리고 그들의 예쁜 두 딸 앤지, 니콜라와 인사를 나누자마자 할머니는 아이들에게 새끼 동물들을 구경하고 디저트로 먹을 딸기를 따러 가자고 재촉했다.

세 번째 임신으로 몸이 붓고 피곤해 보이는 모니카 고모는 아이들과 함께 가겠다고 했다. 버나뎃 숙모는 집에 남아서 부엌의 하녀들을 감독하기로 했고, 폴 삼촌은 아빠와 마리우스 고모부, 엄마에게 농장을 구경시켜 주기로 했다.

폴 삼촌이 현관문으로 걸어가며 말했다.

"이쪽으로 오게. 식사하기 전에 이번에 수확한 샘플을 보여 줄게. 케이티, 너는 다른 아이들이랑 수영장 근처에서 놀아도 된단다."

내가 약 올리듯 씩 웃어 보이자 엄마는 나를 향해 찡그린 표정을 지어 보였다. 우리 둘 다 담배 농장에 관심이 없었지만, 나만 농장을 걸어서 둘러보는 의무에서 무사히 벗어난 것이었다.

이 집의 수영장은 폴 삼촌이 농장 경영권을 물려받을 때 만들었다. 수영장을 만들자고 주장한 사람은 버나뎃 숙모였다. 숙모는 외동딸 일레인이 남동생들과 그들의 친구들과 함께 호수에서 수영하는 것을 생각조차 하기 싫어했다. 그래서 만들어진 수영장이었지만 결국에는 일레인의 남동생들과 친구들의 단골 놀이터가 되고 말았다.

숙모는 일레인에 대해 몹시 걱정했다. 나의 사촌 언니 일레인은 어릴 때부터 유난히 수줍음이 많았다. 삼촌에게서 물려받은 불편할 정도로 큰 키와 유순한 성격 그리고 순종적인 성향을 지닌 일레인은 개와 남자아이들, 총이 활개 치는 이 집에서 늘 희생자가 되었다. 그녀는 스물두 살이 되었음에도 여전히 눈길을 끄는 존재였다.

일레인은 셰인의 약혼녀 제인과 함께 집 밖에 있는 의자에 앉아 있었다. 언뜻 보면 독서에 열중하는 것 같았지만 얼굴에 홍조를 띠고 있었다.

"안녕, 일레인 언니."

일레인이 작은 목소리로 인사했다.

"오, 안녕, 케이티."

그녀는 잠깐 고개를 들어 나를 보다가 곧 책으로 시선을 돌렸다.

"안녕, 제인."

내가 인사를 건네자 제인이 나를 바라보며 환한 미소를 지었다. 그녀는 카랑카랑한 목소리로 즐겁게 말했다.

"안녕, 케이티. 다시 만나서 정말 기뻐."

그런 다음 제인은 다시 셰인 쪽으로 고개를 돌려 사랑이 가득 담긴 시선을 보냈다.

일레인의 남동생 네일과 셰인 그리고 크리스토퍼는 럭비와 맥주를 사랑하는 튼튼하고 건장한 청년들이었다. 세 형제는 모두 수영장 안과 옆쪽에 앉아 갈색 병에 든 맥주를 마시고 있었다.

나는 폴 삼촌의 아들들과는 별로 친하지 않았다. 모두 내 또래인 엄마 쪽 사촌들과 달리 이 사촌들과는 나이 차이가 많았기 때문이다. 내가 그들과 함께 지낸 추억이라고 해 봐야 여덟 살 때 함께 호수에서 무모하게 수영을 한 것과 작년에 만난 것 정도밖에 없었다. 갑자기 그때 일이 떠오르자 나는 온몸에 소름이 돋았다. 혐오스럽고 수치스러워서 머리카락이 곤두섰다. 나는 다시 세 형제가 있는 쪽을 돌아보았다. 그들은 일레인에 대해 뭐라고 말하며 웃고 있었다.

"아빠가 깜둥이를 내칠 때 그 녀석이 어떤 표정이었는지 기억해, 셰인?"

침을 튀기며 말하던 네일이 손등으로 입을 쓱 닦았다.

"물론이지! 그 녀석 완전히 겁에 질려서 꼴이 말이 아니었지!"

셰인이 배꼽을 잡고 웃었다. 햇빛에 탄 구릿빛 얼굴에 찔끔 눈물이 흘렀다.

크리스토퍼가 일레인을 돌아보며 그녀를 불렀다.

"어이, 일레인! 그나저나 그 멍청한 남자 친구는 여기에 왜 데려왔어? 그렇게 쪼다 같은 놈인지 몰랐어?"

일레인은 입술을 물어뜯으며 책을 들여다보았다. 오랜 경험으로 미루어 보아 이럴 때 대꾸를 해 봤자 더한 비웃음과 경멸만 돌아올 뿐이었다. 그래서 입을 꽉 다물고 아무 말도 하지 않았다.

하지만 세 형제는 멈추지 않았다.

"정장 바지에 웃긴 셔츠를 입은 꼴이 정말 역겨웠어. 그 녀석이 엄마한테 꽃다발 준 거 기억해? 웃겨서 죽는 줄 알았다니까! 어떻게 그런 쪼다 같은 놈이 있을 수 있어?"

그들은 일레인이 데려온 사람에 대해 폭언을 퍼붓고 있었다. 지나
칠 정도로 상스러운 말을 들으니 나도 얼굴이 빨개졌다. 제인은 소
리를 죽이고 웃다가 셰인과 일레인을 번갈아 쳐다보며 초조한 듯 두
눈을 깜빡였다.

마침내 일레인은 더 이상 못 참겠다는 듯 자리를 박차고 일어나
집 쪽으로 걸어가기 시작했다.

일레인이 울먹이는 목소리로 속삭였다.

"다음에 또 봐, 케이티."

세 형제 중 막내 크리스토퍼가 나를 불렀다.

"야, 케이티!"

그는 나를 향해 맥주병을 흔들었다.

"너도 맥주 좀 마실래?"

나는 깊게 숨을 들이쉰 뒤 말했다.

"아니, 지금은 별로 안 당겨."

내가 술을 마시는 것을 보면 엄마가 나를 죽이려고 달려올 것이었
다. 그런 위험을 감수하면서까지 맥주를 마시고 싶지는 않았다.

그들은 서로 시선을 주고받으며 웃음을 터뜨렸다. 나도 내 말이
얼마나 우스꽝스러운 것인지 알았기 때문에 볼이 빨갛게 물들었다.
나는 집 안으로 들어가 일레인을 찾고 싶었다.

하지만 크리스토퍼가 계속해서 내게 말을 걸었다.

"그래, 세인트폴은 좀 어때?"

크리스토퍼는 세인트폴 남학교의 졸업반이었다. 전에 럭비를 하

던 그와 마주쳐 짧은 대화를 나눈 적이 있다.

나는 손으로 햇빛을 가리며 말했다.

"좋아."

그들의 시선이 나에게 집중되자 갑자기 마음이 불편해졌다.

크리스토퍼가 맥주를 벌컥벌컥 들이켜더니 다 마신 병을 잔디밭에 아무렇게나 던져 버렸다. 그리고 야외 바 옆에 놓인 얼음이 든 술통에서 맥주 두 병을 더 꺼냈다. 그는 내 앞의 탁자에 그중 한 병을 내려놓았다.

그가 능글맞게 웃으며 말했다.

"네 거야. 혹시라도 마음이 바뀔 경우를 대비해서 주는 거야."

크리스토퍼는 다시 수영장 쪽으로 어슬렁어슬렁 걸어가 물속으로 들어갔다. 그는 양팔로 수영장의 콘크리트 벽을 잡고 나를 뚫어지게 바라보았다. 그러다가 불쑥 말을 꺼냈다.

"너 그거 알아? 지난 학기 마지막 날에 진짜 웃긴 일이 있었어."

네일이 크리스토퍼 쪽으로 고개를 돌리며 물었다.

"뭔데, 크리스?"

"그 깜둥이 말이야. 우리 럭비 팀의 맥스라는 건방진 놈. 무슨 장관인지의 아들이라는 그놈은 자기가 백인인 줄 알아."

크리스토퍼의 이야기가 점점 열기를 띠어 가자 다른 두 형제가 고개를 끄덕이며 귀를 기울였다.

"뭐, 어쨌든. 하루는 시합이 끝나고 그 녀석이 이런 말을 하더라. 저 백인 꼬맹이를 보면 후끈 달아오른다고 말이야."

그 말을 하면서 크리스토퍼가 나를 똑바로 쳐다보았다. 나는 가슴이 철렁했다.

셰인이 내뱉었다.

"아, 뭐야! 역겨워 죽겠어!"

네일이 놀라서 헉헉거리며 간신히 물었다.

"야, 진짜로 저 꼬맹이를 보면 후끈 달아오른다고 그랬어? 진짜 건방진 녀석이네! 너희는 뭐 하고 있었던 거야? 어떻게 그놈이 그렇게 기어오를 때까지 가만 놔둘 수 있어? 내가 살아 있는 한 절대 있을 수 없는 일이야!"

크리스토퍼가 웃으며 술을 또 한 병 가져왔다. 그의 이글거리는 눈은 아까부터 나에게 고정되어 있었다.

"진정해. 나도 그때 우리가 그놈을 너무 부드럽게 대해 주었다고 깨달았단 말이야. 그래서 지난 학기 마지막 날에 다른 놈들이랑 같이 그 녀석을 손 좀 봐 줬지. 방학 때 집에 가져갈 선물을 줬어."

"흠씬 두들겨 패 줬단 말이지? 맞지?"

다른 두 형제가 큰 소리로 웃으며 함성을 질렀다. 그리고 크리스토퍼의 등을 찰싹 때렸다.

그들의 대화를 듣고 있자니 나는 입안이 바싹 말랐다. 입안이 너무 말라서 말을 하기는커녕 침을 삼킬 수도 없었다.

맥스.

루도의 오빠.

이럴 수가.

무기력함과 절망감이 내 마음속에 파고들었다. 그제야 크리스토퍼가 왜 나를 그런 눈으로 쳐다보는지 알 수 있었다. 백인 여자아이와 흑인 남자아이. 이 둘은 절대로 이어질 수 없는 금기였다.

그들의 대화는 다른 화제로 넘어갔다. 셰인이 제인에게 수영장 물속으로 들어오라고 불렀다. 하지만 제인은 옷을 갈아입고 싶지 않다며 거절했다. 그러자 셰인이 표범처럼 민첩하게 수영장 밖으로 뛰쳐나와 물에 젖은 근육질 팔로 제인을 붙잡았다. 제인이 비명을 지르며 도망치려 했지만 뿌리치기에는 너무 느렸다. 결국 셰인은 제인을 도망칠 수 없게 두 팔로 꽉 안았다.

처음에 제인은 웃으며 셰인을 꾸짖었다. 하지만 셰인이 그녀를 놓아주지 않자 날카롭게 비명을 지르기 시작했다. 제인은 울음을 터뜨리며 그에게서 빠져나오려고 안간힘을 썼다. 그 장면을 보고 있는 사람은 나밖에 없었다. 다른 형제들은 우스워서 데굴데굴 구르며 셰인을 부추겼다.

셰인이 몸부림치는 제인의 다리 아래로 팔을 넣어 안아 올리더니 잔잔한 물결이 이는 초록빛 물속으로 그녀를 던져 버렸다. 제인은 눈을 크게 뜨고 머리를 휘날리며 수영장 물속으로 떨어졌다. 그녀가 풍덩 빠지는 바람에 사방으로 물이 튀었다. 수영장 주변에 있다가 물세례를 맞은 개들이 마구 짖으며 물방울을 털어 댔다. 그 모든 장면이 마치 슬로모션 영화 같았다.

곧이어 제인이 씩씩거리며 물속에서 소리를 질렀다. 그리고 옆에서 웃고 있는 셰인의 맨 가슴을 작은 주먹으로 마구 때리기 시작했다. 곧이어 셰인은 비명을 지르는 제인의 입에 키스를 퍼부었고, 제인도 결국에는 소리를 지르던 것을 멈추고 그를 받아들였다. 다른 형제들이 웃음을 터뜨리며 뜨거운 커플을 향해 박수와 환호를 보냈다. 완벽한 마무리였다.

나는 당황해서 곧바로 시선을 돌려 버렸다. 곧 그림자 하나가 다가왔다. 흠뻑 젖은 수영복을 입은 크리스토퍼가 내 앞에 서 있었다. 씩 웃으며 나를 뚫어지게 바라보던 그는 내 앞에 있는 술병을 집어 들며 뭔가 꿍꿍이가 있는 듯한 목소리로 말했다.

"그 깜둥이가 계속해서 이 소녀, 케이티라는 소녀를 집적거렸을 때 난 혼자 속으로 생각했지. '오, 안 돼. 나의 케이티는 안 돼. 절대 안 돼.' 알고 있지?"

나는 크리스토퍼가 작년에 그의 방에서 열세 살짜리 소녀인 나를 상대로 벌이려 했던 짓을 떠올리고는 창자가 뒤틀리는 것 같은 역겨움에 휩싸였다. 그때 크리스토퍼는 자신이 수집한 CD들을 보여 주고 싶다고 말했다. 하지만 내가 기억하는 것은 갑자기 어두워진 방에서 풍겨 왔던 담배와 훈제 바비큐 냄새가 뒤섞인 그의 입김 그리고 맥주병을 잡고 있던, 농장 일로 거칠어지고 뜨겁게 달아오른 그의 손이었다.

나는 곧바로 고개를 돌렸지만 크리스토퍼는 손가락으로 내 턱을 잡아 얼굴을 자기 쪽으로 돌렸다.

그가 부드럽게 말했다.

"걱정하지 마. 이건 우리 둘만의 비밀이야, 알았지?"

그는 나에게 윙크와 미소를 보내고는 맥주를 들이켰다.

바로 그때 엄마와 아빠가 베란다에서 나타났다. 나는 다행스러워하며 마음속으로 부모님에게 감사의 인사를 보냈다.

가족의 비밀

버나뎃 숙모의 전문적인 관리를 받은 이 집 하녀들이 차려 놓은 음식은 환상적이었다. 식탁 위에는 기름이 배어 나오는 고기와 케이프 계곡에서 가져온 향기로운 복숭아 주스가 차려져 있었다. 이 기막힌 식탁을 보자 조금 전까지 언짢았던 기분도 순식간에 사라졌다.

사람들의 손이 식탁 위를 바쁘게 오갔다. 연장자부터 어린아이까지 차례대로 음식이 담긴 접시와 그릇을 주고받고, 컵을 들어 얼음통에 들어 있는 병에서 주스를 따랐다. 늘 그랬듯이 처음에는 모두 아무 말도 하지 않고 어젯밤부터 재워서 양념이 잘된 고기를 허겁지겁 먹었다. 그러다가 어느 정도 시간이 지나 숯불 위에서 구워지는 바비큐의 자욱한 연기에 기침을 하곤 했다.

후식으로 아이스크림과 케이크, 과일 샐러드를 먹은 뒤 모니카 고모의 딸들과 내 쌍둥이 동생 루크와 제시가 나를 잔디밭으로 이끌었다. 그곳에서 나는 물 호스를 들고 아이들과 술래잡기를 했다. 아이들 한 명 한 명에게 물세례를 퍼부으며 술래잡기를 즐겼다. 아이들은 내 물세례를 피하기 위해 수풀 속으로 먼저 뛰어들려고 서로를 잡아당겼다. 고무호스를 든 나는 엄지손가락 하나만 사용해 포물선을 그리며 날아가는 물줄기와 작은 무지개를 만들어 내기도 했다. 정말 즐거운 시간이었다.

아이들이 완만하게 굽은 구아버나무에 오르기 위해 뛰어가고 나서 나는 옷을 갈아입기 위해 집 안으로 들어왔다. 할아버지와 할머니는 늦은 오후의 강렬한 햇빛을 피해 거실에서 쉬고 있었다. 밖에서는 사촌들이 수영장에서 물장난을 하는 소리, 개가 짖는 소리, 정원 의자에 앉아 이야기를 나누는 남자들의 호탕한 웃음소리가 들려왔다. 나는 수영장으로 나가고 싶지 않았다. 밖에 나가면 분명 크리스토퍼의 기분 나쁜 시선을 오후 내내 견뎌야 할 것 같았다. 그보다는 집 안에 있는 편이 더 안전했다.

나는 벽난로 위의 선반을 향해 걸어갔다. 그곳에는 여러 가족이 보낸 축하 메시지가 담긴 카드들이 놓여 있었다. 몇 달 전에 열린 할아버지 부부의 금혼식을 축하하는 것들이었다. 나는 카드를 한 장 한 장 집어 들어 디자인을 비교하고, 그 안에 적힌 내용을 읽어 보고, 종이의 촉감을 느껴 보기도 하고, 종이에 압력 자국을 남겨 도드라지게 찍은 문자를 보고 감탄하기도 했다.

그때 다른 카드들과는 달라 보이는 카드 하나가 눈에 띄었다. 그 카드는 똑바로 놓여 있지 않고 선반의 저쪽 끝에 눕혀져 있었다. 모양도 어딘가 달라 보였다. 다른 카드들은 반지와 종이 그려져 있고 은가루가 뿌려져 장식되어 있었지만, 그 카드는 손으로 만든 거친 질감의 종이에 납작하게 누른 나뭇잎과 들꽃 같은 것들이 붙어 있었다. 카드의 중간에는 뿔닭의 깃털과 조개껍데기 몇 개 그리고 검은색과 미색 줄무늬가 인상적인 호저의 가시털 두 개로 만들어진 콜라주가 있었다. 최근에 하라레를 방문했을 때 들른 보로데일의 문구점에서 나는 그것과 비슷한 느낌의 수제 카드를 본 적이 있었다. 카드 안쪽에는 이런 문구가 적혀 있었다.

'당신의 특별한 날에 사랑하는 당신을 생각하며. J'

대체 'J'가 누구일까? 그리고 왜 이 'J'라는 사람은 다른 사람들처럼 이름을 제대로 밝히지 않았을까?

그때 아빠가 내 뒤로 다가왔다. 아빠에게서는 위스키 냄새가 났다.

"어이, 케이티! 손에 뭘 들고 있는 거니?"

아빠가 내 어깨 너머로 팔을 뻗어 카드를 낚아챘다. 그러고는 카드 앞면에 있는 기묘한 콜라주를 잠깐 살펴본 다음 안쪽에 적힌 내용을 읽었다. 아빠의 얼굴은 점점 붉어졌고 입술은 이상한 형태로 일그러졌다.

아빠가 할머니 쪽으로 몸을 돌리며 물었다.

"이 카드는 제임스가 보낸 거예요?"

얼굴이 창백해진 할머니는 혹시나 그 말을 할아버지가 들었는지 확인하려고 힐끔 쳐다보았다. 할아버지는 고개를 숙인 채 코를 골며 곤히 자고 있었다.

할머니가 아빠에게 그 카드를 보이지 않게 치우라고 손짓을 하며 속삭였다.

"쉿! 그건 아무것도 아니야, 이안. 그냥 카드야! 별다른 뜻은 없어……."

"그냥 카드라고요?"

순간 아빠의 푸른 눈이 분노로 이글거렸다. 아빠는 카드를 흔들어 대던 행동을 멈추고 할아버지를 피해 뒤쪽으로 돌아서 할머니에게 다가갔다.

"그냥 카드요? 그럼 그 녀석과 이야기도 하셨어요? 그 녀석이 어머니한테 전화를 걸었던가요?"

아빠는 할머니의 대답을 기다리지 않고 방 안을 이리저리 서성거렸다.

"그 망할 카드를 곧바로 돌려보냈어야 했어요! 그 녀석, 뻔뻔하게 카드를 보내다니!"

그제야 나는 어떻게 된 일인지 파악할 수 있었다. 'J'는 우리 가문의 이름에 먹칠을 한 제임스 삼촌이었다.

제임스 삼촌은 젊고, 잘생기고, 유머 감각이 넘치는 사람이었다. 나는 삼촌을 마지막으로 만났을 때를 아직도 생생하게 기억하고 있다. 내가 아홉 살 때 모니카 고모의 결혼식에서였다. 염소수염을 기른 제임스 삼촌이 흑인 여자와 팔짱을 낀 채 결혼식장에 불쑥 나타났다. 식장은 충격을 받은 사람들이 소곤거리는 소리로 혼란스러워졌다. 하지만 제임스 삼촌은 정원에 있는 다른 사람들의 시선 따위는 아랑곳하지 않은 채 그 흑인 여자의 손을 꽉 잡고 흰 테이블과 장미꽃 장식 사이를 당당하게 걸어갔다.

모니카 고모는 나중에 자신의 결혼식을 망친 제임스 삼촌에게 욕설을 퍼부었다.

"너는 늘 이렇게 이기적이고 고집불통이었어! 두 번 다시 너와 마주치고 싶지 않아. 꼴도 보기 싫어!"

고모는 눈물을 흘리며 결혼식 피로연 장소를 떠나 버렸고, 아빠와 폴 삼촌은 제임스 삼촌에게 바보 같은 짓을 그만두기 전까지는 가족들 앞에 얼굴을 보이지 말라고 소리쳤다.

하지만 제임스 삼촌은 굴하지 않았다. 그는 형들에게 이곳은 이제 로디지아가 아니라 짐바브웨이니 과거에 얽매여 살지 말고 현실을 받아들이라고 말했다.

바로 그 순간, 아빠의 주먹이 제임스 삼촌을 향해 날아갔다.

폴 삼촌은 벽에 기대어 제임스 삼촌을 지켜보고 있다가 피가 나는 코 위에 손수건을 올려 주며 말했다.

"너 정말 역겨운 거 알아?"

그날 밤, 나는 엄마와 아빠가 잠자리에 들기 전에 나눈 대화를 들었다. 여전히 머리끝까지 화가 난 아빠가 결혼식장에서 마신 샴페인이 아직 깨지 않았는지 약간 혀 꼬부라진 발음으로 말했다.

"그 망할 자식은 자기를 뭐라고 생각하는 거야? 수, 당신은 어떻게 생각해?"

엄마는 아빠를 달래려 애썼다.

"오, 제임스는 젊어서 뭘 모르는 것뿐이에요, 이안. 젊어서 아직 반항하는 거죠. 누구나 거치는 인생의 관문 같은 거예요. 조금만 기다리면…….”

“아니야, 그렇지 않아, 수. 그놈은 늘 그랬거든. 전부터 깜둥이를 사랑하는 바보 같은 녀석이었어! 다시 말해 두지만 그 녀석은 좀 이상해. 늘 흑인과 어울리고, 정치판에 뛰어들기도 했어. 대체 머릿속에 뭐가 든 건지! 그거 알아? 그 녀석 학창 시절에도 그런 식이었다고! 평생 깜둥이가 없는 세상에서 살지 않는 이상 그 녀석은 절대 정상으로 돌아오지 않을 거야. 심지어 흑인 놈들의 말까지 배웠다니까! 오, 맙소사! 그 녀석은 우리 가문의 수치야! 우리 가문의 명예에 먹칠을 했다고!”

나는 아빠의 쩌렁쩌렁 울리는 거칠고 매정한 목소리를 더 이상 듣고 싶지 않아서 이불을 머리 위로 뒤집어썼다. 내가 이제껏 들어 본 적 없는 증오심이 느껴지는 목소리였다. 어떻게 우리 가족, 우리 가족 구성원 중 한 사람에게 그런 증오심을 가질 수 있단 말인가!

나는 제임스 삼촌을 정말 좋아했기 때문에 기분이 나빴다. 삼촌은 늘 나를 다정하게 대해 주었고, 가족 여행 때에는 카일 호수의 수심이 얕은 곳에서 수영을 가르쳐 주기도 했다. 그래서 나는 눈을 꼭 감고 제임스 삼촌이 제정신을 차리고 가족들의 품으로 돌아오게 해 달라고 간절히 기도했다. 나는 삼촌이 무척이나 그리웠다.

하지만 그 뒤 제임스 삼촌은 그 흑인 여자와 결혼했다. 가족들에게 용서를 구하고 집으로 돌아올 수 있는 기회를 스스로 저버린 것이었다. 당연히 우리 가족들 중 누구도 삼촌의 결혼식에 참석하지 않았다. 우리 집에도 청첩장이 왔지만, 증오심으로 입술이 일그러진 아빠는 그것을 갈기갈기 찢어 버렸다.

나는 그때 소름이 끼칠 정도로 충격을 받았다. 그레이스나 페이션스 같은 흑인 여자와 결혼하기 위해 그렇게까지 자신을 낮출 수 있는 삼촌을 이해할 수 없었다. 어딘가 잘못된 것 같았다. 확실히 잘못된 일이었다. 그것은 내가 알고 있던 흑인과 백인의 올바른 관계에 거스르는 일이었다. 하지만 그 뒤로 루도를 만나면서 그런 생각이 바뀌기 시작했다. 그런 일이 내가 생각하는 것처럼, 그리고 모두가 생각하는 것처럼 나쁜 일이 아니라고 받아들이게 된 것이다. 하지만 나는 아무 말도 하지 않았다. 우리 집안의 다른 사람들처럼 나도 제임스 삼촌과 오랫동안 만나거나 이야기를 나누지 못했다.

그런데 제임스 삼촌이 할아버지와 할머니의 금혼식을 축하하는 카드를 보내온 것이었다. 그 카드의 내용으로 미루어 보아 삼촌은 아직까지 자신의 행동을 뉘우치고 가족의 품으로 돌아올 생각이 없는 것 같았다.

나는 삼촌이 할머니에게 얼마나 많은 사진과 편지를 비밀리에 보냈을까 궁금했다. 제임스 삼촌은 할머니가 가장 좋아하는 막내아들이었다. 할머니가 아빠에게 이야기하는 투로 보아서는 삼촌이 할머니에게 연락을 해 오면 할머니는 삼촌을 뿌리치지 않을 것 같았다.

말다툼

곧 해가 지고, 어른들의 시간이 찾아왔다. 남자들은 술을 마시고 담배를 피우며 여자와 어린아이가 없는 자리에서 할 수 있는 이야기를 나눴다. 할머니와 엄마, 숙모들 그리고 고모와 어린 사촌들은 맹렬하게 달려드는 모기를 피해 집 안에서 영화를 보았다.

나는 아빠 옆에 웅크리고 앉아 꾸벅꾸벅 졸았다. 이미 반쯤은 꿈나라에 가 있어 몸이 두둥실 뜨는 것 같은 느낌이 든 순간 남자들의 목소리에 정신을 차렸다.

마리우스 고모부가 자세를 고쳐 앉으며 말했다.

"그래, 밥 아저씨는 어떻게 지내지? 요즘 잔뜩 화가 났다고 들었는데."

'밥'은 1980년부터 짐바브웨의 총리와 대통령으로 재임 중인 로버트 무가베를 가리키는 말이었다.

폴 삼촌이 얼굴을 찡그리며 말했다.

"요즘 그가 토지에 대해 떠들어 대잖아. 흑인들은 아주 신바람이 났더군. 이번엔 좀 상황이 안 좋아 보여. 그들이 토지 문제에 얼마나 감정적으로 반응하는지 잘 알잖아. 망할 놈의 밤이 크게 한판 벌이려나 봐."

아빠가 이를 악물고 내뱉었다.

"빌어먹을 기회주의자! 무가베는 그냥 이 한마디로 표현되는 인간이야. 그 망할 참전 용사라는 놈들이 난리법석을 피우기 전에는 토지 재분배에 전혀 관심을 갖지 않았잖아. 그자에게는 지금이 기회일지도 모르지. 이제 다시 전쟁 영웅이 되어 정권을 유지할 수 있을 테니까!"

마리우스 고모부가 입을 열었다.

"엄밀히 말하자면 그건 사실이 아니지, 안 그래? 그자들은 늘 토지를 탐내고 있었어. 다만 전에는 농장을 빼앗아 처분하기에 사람들이 너무 많았던 거지."

할아버지는 느리고 떨리지만 강한 신념이 담긴 목소리로 말했다.

"글쎄, 내가 전에도 말한 것 같다만 다시 한 번 말하지. 우리는 떠나지 않아. 여긴 우리 땅이야. 우리 아버지가 100년도 훨씬 전에 이곳에 처음으로 농장을 세웠다고. 그리고 내가 그 농장을 발전시켰고, 지금은 폴이 경영하고 있지. 이제 곧 셰인이 농장을 물려받을 거야. 이 농장은 4대에 걸친 우리 자산이야. 우리는 이곳에서 피땀을 흘려 가며 일했어! 그들이 뭐라고 지껄이든 그건 그들의 자유야. 하지만 이곳은 우리 가족의 땅이고, 우리는 부동산 권리 증서도 가지고 있어. 그 밖에도 이 땅이 우리 것이라는 사실을 증명해 줄 것들은 많아. 우리는 이 나라가 여기까지 발전하는 데 막대한 공을 세웠어. 저들이 우리를 내쫓을 권리는 없어."

내 심장은 천 마리의 말들이 달리는 것처럼 쿵쿵 큰 소리를 내며 뛰기 시작했다. 어른들이 말하는 것의 의미를 생각하자 바싹 마른 목이 아플 정도로 꽉 죄어 왔다. 정말 저 말대로 흑인들이 우리를 없애려는 걸까? 우리는 우리 농장과 우리 땅, 우리 집을 잃게 되는 걸까?

"음, 그렇게 단순한 문제가 아닐지도 몰라요, 아버지. 그들은 우리가 그들에게서 땅을 훔친 것이기 때문에 그 증서가 유효하지 않다고 주장하거든요."

"훔쳤다고? 우리는 그 땅을 정정당당하고 공정한 방법으로 사들였어! 나는 현금으로 2,000파운드를 내고 40만 에이커의 땅을 사들였단 말이야! 세실 로즈가 조약을 맺었다고. 그는 특허장을 갖고 있었어. 모든 것은 공명정대하게 이루어진 일이야. 그리고 그 사실은 그들도 알고 있다고!"

마리우스 고모부가 코웃음 치며 말했다.

"글쎄요, 40만 에이커의 땅을 단돈 2,000파운드를 내고 산 걸 '공명정대'하다고 하시면……."

하지만 고모부는 아빠의 분노로 이글거리는 눈빛을 보더니 말을 끝까지 잇지 못했다.

내 사촌 셰인이 덧붙였다.

"그들이 우리를 건드리거나 우리 백인들을 이 땅에서 쫓아내려 하면 어떤 일이 일어날까요? 그렇게 되면 그들은 가혹한 대가를 치르게 될 거예요. 모든 다국적 기업들과 외국 투자가들이 '법적 책임'이라는 말이 나오기도 전에 이곳에서 돈을 전부 빼 가지 않을까요? 미치지 않고서야 그런 모험을 할 수는 없어요."

아빠가 험악한 목소리로 내뱉었다.

"어휴, 셰인. 넌 밥을 잘 몰라. 그놈은 미쳤어. 그리고 그놈이 우리를 표적으로 삼는 것이 자기 권력을 유지하는 길이라고 생각한다면 정말로 그렇게 할 거라고 봐야 해."

셰인은 납득이 되지 않는다는 표정으로 말했다.

"하지만 영국 정부가 가만있지 않을 거예요."

화가 난 할아버지가 씩씩거리며 말했다.

"영국? 상황을 이렇게 엉망진창으로 만든 게 바로 영국인들이야! 그들에게 가장 큰 책임이 있다고! 그들은 흑인들에게 투표권을 주고 우리를 팔아먹었어! 게다가 이 나라를 공산주의자 놈들에게 넘겨 버린 것도 그들이야! 그런 영국인들이 가만있지 않을 거라고? 웃기지 마! 비겁한 위선자들이 모인 나라, 그게 바로 영국이야! 그들만 아니었으면 우리는 전쟁에서 이길 수 있었어!"

그 말에 폴 삼촌의 아들들인 네일과 셰인이 신음 소리를 냈다.

"아, 할아버지, 이제 그만하세요!"

아빠가 큰 소리로 호통을 쳤다.

"너희 같은 애송이들은 어른들의 말을 듣고 반성해야 해! 할아버지 말씀이 맞아. 로디지아 군대는 덤불 전쟁에서 진 적이 없어. 우리는 영국과 위선적인 아프리카인들에게 배신당해서 진 거야. 무기도, 군인들의 훈련도 우리 쪽이 더 좋았어. 그리고……."

마리우스 고모부가 웃으며 말했다.

"어휴, 이안. 당신 무용담은 너무 많이 들어서 귀에 딱지가 앉을 지경이니 그만하세요! 남아프리카공화국은 토지 재분배니 뭐니 하는 이야기가 없어서 얼마나 좋은지 몰라요. 이쪽의 흑인들은 우리나라의 흑인들에 비하면 아주 평화로운 편이에요. 아, 물론 그 미친 은데벨레 족은 제외하고 말이에요. 어쨌든 우리나라의 흑인들은 어떤지 알아요? 그냥 야만인들이라고요. 특히 줄루 족! 그놈들은 훤한 대낮에도 운동화 하나 때문에 사람을 죽이는 놈들이에요! 그런 놈들이 남아프리카공화국의 백인 농장주들을 노리기 시작한다고 생각해 봐요."

그는 머리를 가로저으며 욕을 내뱉고는 들고 있던 술잔을 비웠다.

아빠가 말했다.

"마리우스, 어떻게 뻔뻔하게 그런 소리를 지껄일 수 있는 건가? 대체 무엇 때문에 남아프리카공화국 정부의 흑인들과 가깝게 지내는 거야? 그러니까 내 말은, 자네가 만델라나 음베키나 아프리카 민족 회의 놈들 같은 테러리스트를 위해 일하고 있다는 걸 알면서도 밤에 잠이 잘 오냔 말이야!"

마리우스 고모부가 아빠를 바라보며 차분하게 말했다.

"아주 잘 오던데요? 우선, 백인이든 흑인이든 양쪽 모두 그런 살인자 같은 놈들은 있어요. 우리 경찰과 군인들은 그런 일을 하지 않앉다고 생각하는 건 아니겠지요? 우리가 받은 만큼 우리도 그들에게 똑같은 짓을 했다는 사실을 잊지 말아요. 비상사태라는 게 왜 있다고 생각해요? 그 문제를 제쳐 놓더라도, 내가 농장주가 아니라 사업가라는 사실을 잊지 마세요. 나는 현실주의자예요. 나는 사업을 하는 사람이라고요. 나는 내 다음 사업 상대가 백인이든, 흑인이든, 인도 사람이든 상관없어요. 나는 나와 내 가족의 이익을 보장해 줄 수 있는 사람이면 인종에 상관없이 누구든 함께 일할 수 있어요."

그때 바비큐의 숯불을 쏘아보던 폴 삼촌이 버럭 소리를 질렀다.

"허튼 소리는 집어치워! 저들은 우리가 없으면 이 나라를 제대로 운영할 수 없어. 우리의 전문적인 기술과 경영과 투자가 없으면 이 나라는 아프리카의 다른 나라들처럼 엉망진창이 되고 말 거라고. 흑인들은 정말 무능해. 그건 누구나 다 아는 사실이야. 지금과 1980년 독립선언 이전을 비교해 봐도 답은 금방 나오지. 그때의 이곳은 정말 살기 좋은 낙원이었어. 그런데 저놈들이 이 나라를 전부 망쳐 놓은 거야. 이제 더 이상 우리가 오랜 세월 동안 일구어 놓은 것들을 그들이 망치게 내버려 두지 않을 거야. 그것만은 확실해!"

그때 버나뎃 숙모가 뒷문에서 쿵쿵거리며 달려왔다. 숙모의 두 눈은 두려움으로 휘둥그레졌고, 불빛에 비친 얼굴은 핏기가 없이 창백했다.

숙모가 비명을 질렀다.

"폴! 빨리 와요! 빨리 와서 뉴스 좀 봐요! 오, 세상에! 폴, 실종된 농장주가 발견됐어요! 시작되었어요, 폴! 그게 시작되었다고요!"

다닥다닥 붙어 앉은 가족들은 뉴스를 보며 공포로 입이 떡 벌어졌다. 전에는 결코 경험해 보지 못한 두려움에 심장이 쿵쿵 뛰었다. 텔레비전 화면에는 우리와 같은 백인 농장주가 총에 맞아 죽은 피투성이 얼굴이 나왔다. 그리고 주황색 작업복을 입은 '참전 용사' 흑인들이 북을 치고 나팔을 불며 자신들이 농장을 차지한 것을 축하하는 장면이 이어졌다.

그들은 짐바브웨의 독립 20주년 기념일에 세 번째 해방전쟁이 시작된 것을 축하하고 있었다.

유혈 사태

수백만 마리의 모기떼가 몰려온 것 같은 끔찍한 공포감이 일었다. 우리 모두가 떠날 준비를 마치기까지는 30분도 채 걸리지 않았다. 남자들은 '이번 일은 곧 끝날 거야. 반드시 그럴 거야'라고 허세로 가득 찬 격려의 말을 주고받았다. 하지만 여자들의 눈은 여전히 공포에 사로잡혀 있었다. 눈이 빨갛게 부어오른 버나뎃 숙모는 커다란 몸을 심하게 떨며 흐느꼈다. 숙모는 이번에 죽은 농장주와 잘 아는 사이라고 했다. 그 농장주의 아내는 숙모와 함께 호스피스 병원에서 자원봉사자로 활동했고, 아이들은 삼촌 집에 머물며 호수에서 수영과 낚시를 즐겼다고 했다.

"불쌍한 아이들, 불쌍한 사람들. 어떻게 그런 짓을 할 수 있는 거지? 그 짐승 같은 녀석들이······."

그녀는 폴 삼촌의 체크무늬 셔츠에 얼굴을 묻고 또다시 소리 내어 울었다. 폴 삼촌은 침묵을 지켰다. 안경 뒤로 보이는 그의 얼굴은 돌처럼 굳어 있었다. 삼촌의 얼굴에는 '지금은 강철처럼 굳센 의지와 용기를 가진 남자들이 필요한 순간이다'라고 씌어 있는 것 같았다. 삼촌은 한평생 이 순간을 위한 준비를 해 왔다. 그는 지금까지 이런 역경을 끊임없이 헤쳐 왔고, 또다시 찾아온 역경을 헤쳐 나갈 준비가 되어 있었다.

셰인은 금방이라도 히스테리를 일으킬 것 같은 제인을 안심시키려고 노력했다. 폴 삼촌은 제인에게 술을 주거나 잠을 재우라고 조언해 주었다. 제인은 덜덜 떨리는 손으로 셰인에게서 술잔을 넘겨받아 벌컥벌컥 마셔 댔다.

폴 삼촌은 뉴스를 보자마자 서재로 가서 소총 두 자루와 반자동 권총 한 자루를 가져왔다. 그리고 소총 한 자루와 손전등을 셰인에게 건넸다.

"하인들의 숙소로 가, 셰인. 그리고 페트로스와 이노센트를 불러와. 지금 당장! 자고 있으면 깨워서라도 데려와."

셰인은 심각한 표정으로 고개를 끄덕였다. 그리고 휘파람을 불어 개를 부른 다음 부엌문을 통해 밖으로 나갔다.

셰인이 나가자 폴 삼촌이 우리를 둘러보며 말했다.

"좋아, 이제 밤이 되었군. 오늘밤은 밖에서 어떤 악마들이 기다리고 있을지 몰라."

"신이 보호하시어 우리 가족이 여행을 무사히 마칠 수 있도록 기도합시다."

우리는 모두 두 손을 모으고 할아버지의 짧은 기도문에 맞춰 기도를 올렸다. 엄마는 뼈가 으스러질 정도로 내 손을 꽉 잡았다. 고개를 돌려 보니 엄마는 눈을 질끈 감고 떨고 있었다. 그 모습은 텔레비전에서 본 눈을 까뒤집고 죽은 피투성이 백인의 얼굴보다 더 무서워 보였다.

기도를 마친 뒤 버나뎃 숙모가 엄마를 꼭 껴안았다. 숙모의 꽃무늬 드레스 주름이 엄마의 가느다란 몸을 감쌌다.

숙모가 작은 목소리로 속삭였다.

"우리 모두 힘내요. 운전 조심하고 집에 도착하면 연락해요."

엄마는 코를 훌쩍이며 고개를 끄덕였다.

"그럴게요. 약속할게요."

그때 부엌문이 쾅 하고 열리더니 셰인이 개와 함께 안으로 들어왔다. 개는 예상하지 못한 밤 산책에 신이 난 듯 꼬리를 힘차게 흔들어 댔다.

"이노센트와 페트로스가 밖에서 기다리고 있어요, 아빠."

셰인이 보고했다. 그의 앳된 얼굴은 새로운 임무로 자신의 남성스러움을 증명했다는 듯 한껏 상기되어 있었다.

폴 삼촌이 고개를 끄덕이며 거실에서 성큼성큼 걸어 나갔다. 부엌 근처에 서 있던 나는 폴 삼촌과 가장 나이가 많은 두 하인의 대화를 듣기 위해 부엌으로 살며시 들어갔다.

폴 삼촌은 현관 불빛 아래에서 손을 허리에 올리고 다리를 벌린 채 서 있었다. 그의 앞에 서 있는 흑인 남자들은 자다가 일어난 것 같았다. 그들은 폴 삼촌의 얼굴을 보자마자 황급히 고개를 숙였다.

폴 삼촌이 이야기를 시작했다.

"이 근처에서 수상한 사람들을 본 적이 있는지 알고 싶네. 우리 농장에서 그다지 멀지 않은 곳에서 백인 농장 주인이 뜻밖의 봉변을 당했네. 자네들은 그 일에 대해 뭔가 아는 게 있나?"

두 남자는 뒷짐을 진 채 눈살을 찌푸리며 서로 눈길을 주고받았다. 그러더니 이내 고개를 힘차게 저었다.

페트로스가 떨리는 목소리로 말했다.

"아니요, 주인님. 저희는 무슨 일이 있었는지 전혀 모릅니다."

앞으로 내민 두 손을 꼭 잡고 말하는 모습이 믿어 달라고 애원하는 것 같았다.

폴 삼촌은 잠시 두 사람을 보다가 말했다.

"좋아, 됐어. 하지만 이 근처에서 좋지 않은 일이 일어난 건 사실이야. 그러니까 자네들은 우리 농장 일꾼이 아닌 수상한 사람이 근처를 서성이는지 철저히 감시하고, 혹시 그런 사람이 있으면 곧바로 나에게 데려와야 하네. 내일 농장 일꾼들의 숙소로 내려가서 누가 거기에 왔다 갔거나 아직 그곳에 머물고 있는지 알아보게. 만에 하나 그런 사람이 있으면 나에게 데려오게. 이제 이 근처의 보안을 더욱 강화해야 하네. 알겠나?"

두 남자가 고개를 끄덕였다.

폴 삼촌은 돌아서서 가려다가 뭔가 생각난 듯 말했다.

"아, 그리고 강둑 근처에 사는 불법 거주자들 알지? 몇 주 전에 도착한 사람들 말이야."

"네, 주인님……."

"그 사람들의 소를 몰아서 모아 놓고, 밭을 파헤쳐 놓게. 그리고 그 꼴도 보기 싫은 판잣집에 불을 지르게. 이제 이 근처의 질서를 바로잡아야 할 때가 온 것 같네."

말을 마친 뒤 삼촌은 내 옆을 지나 떠날 준비를 마친 우리 가족이 있는 거실로 성큼성큼 걸어갔다.

"운전 조심하라고. 그리고 될 수 있는 대로 빨리 안전한 보금자리로 돌아가도록 해. 이 미치광이들이 다음번에는 무슨 짓을 저지를지 모르니까 단단히 준비해 두는 게 좋을 거야."

"당연하지. 폴, 어머니와 아버지를 잘 부탁해."

"그래, 걱정하지 마."

그 대화를 마지막으로 우리는 문을 열고 밖으로 나왔다. 달빛이 환한 밤에 신이 난 개구리들의 울음소리가 들려왔다.

하지만 그날 밤의 어둠은 왠지 모르게 위협적이었다. 비밀로 가득 찬 어둠 속에서 누군가가 우리를 지켜보고 있는 것 같았다. 분명한 것은 지금 당장 우리 농장으로 돌아가 주인의 휘파람 소리만 들어도 침입자의 목을 물어뜯을 수 있는 개들과 총, 경비원들을 총출동시켜 우리를 지켜야 한다는 사실이었다.

집으로 가는 먼 길 내내 차 안에는 팽팽한 긴장감이 감돌았다. 아무도 입을 열지 않았다. 루크와 제시는 잠이 들었다. 텔레비전 뉴스에서 흘러나온 영상이 전해 준 새로운 위기를 이해하기에 그들은 너무 어린 나이였다.

나는 헤드라이트 앞에 나타나는 길을 바라보느라 눈이 피곤했다. 하지만 잠을 이룰 수 없었다. 나는 차 앞에 사슴이나 소가 불쑥 나타나거나 타이어가 펑크 나기를 바랐다. 무엇이든 좋으니 우리가 집에 도착하는 것을 막아 주기를 원했다. 하지만 우리가 가는 길에는 여느 때와 다름없이 환한 달빛이 비추고 있을 뿐이었다. 나는 차창에 기대어 잠이 든 엄마 옆에 몸을 웅크리고 앉아 조용히 기도를 올렸다. 엄마의 볼에는 눈물 자국이 얼룩져 있었다.

영원히 계속될 것 같던 시간이 지나고 어느새 우리 농장으로 가는 갈림길이 나타났다. 차의 불빛에 반사되어 보이는 녹슬고 오래된 표지판에는 길을 1킬로미터 내려가면 바오바브 목장이 나온다고 표시되어 있었다.

집으로 가는 진입로에서 얼마 떨어지지 않은 곳에 들어서자 마음이 한결 가벼워졌다. 하지만 기쁨도 잠시, 곧 걱정과 불안이 엄습했다. 길게 자란 풀 사이로 빛나고 있어야 할 현관 불빛이 보이지 않았다. 우리 집이 여전히 그곳에 있고, 우리가 안전하게 집에 돌아왔으며 이제 모든 것이 괜찮을 것이라고 우리에게 알려 줄 현관 불빛은 보이지 않고, 오직 짙은 어둠만이 웅크리고 있었다.

모든 것이 괜찮은 것이 아니었다. 무언가 잘못되었다.

아빠는 당황한 듯 쉰 목소리로 말했다.

"어? 무슨 일이 있나?"

개들이 진입로에서 큰 소리로 짖으며 둥글게 원을 그렸다. 아빠와 사냥을 나갔을 때 피 냄새를 맡은 개들이 내는 소리와 비슷했다. 갑자기 오싹한 기운이 등을 타고 흘렀다. 고개를 돌리자 아빠가 자동차 핸들을 꽉 쥐고 있는 모습이 보였다.

아빠는 가속기 페달에 발을 올려놓았다. 그리고 헤드라이트 너머를 보려고 목을 쭉 빼며 중얼거렸다.

"대체 여기서 무슨 빌어먹을 일이 일어난 거야?"

아빠는 미친 듯이 뛰어다니는 개들과 도로의 움푹 파인 곳을 피하려고 안간힘을 썼다.

"아빠……."

위험하다고 느낀 나는 아빠에게 속도를 줄이라고 말하고 싶었다. 하지만 아빠는 그렇게 하지 않았다.

"아빠! 속도 좀 줄여요. 아빠, 잘못하면…… 개들이……."

그때 차에 뭔가 부딪혀 괴로워하는 소리가 들렸다. 나는 가슴이 철렁 내려앉았다. 내가 좋아하는 개들 중 하나가 차에 치인 건가?

"제기랄!"

아빠가 자동차 문을 열었다. 요란하게 짖어 대며 몸부림치는 개들의 발과 혀가 보였다. 내가 아빠보다 먼저 움직였다. 나는 창가 쪽에 앉아 있던 엄마를 넘어 자동차 밖으로 나가서 조금 전에 소리가 난 곳으로 뛰어갔다.

자동차 헤드라이트 불빛에 비친 개를 똑똑히 볼 수 있었다. 힘없이 땅으로 떨어진 고개와 부자연스럽게 꺾인 다리 그리고 피가 엉겨 붙은 검은 털이 보였다.

"셰바!"

나는 울면서 내가 사랑하는 셰바 옆에 주저앉아 머리를 안아 올렸다. 끈적끈적해진 털 위로 눈물이 떨어졌다. 셰바의 눈 흰자위가 달빛을 받아 반짝였다. 낑낑거리는 소리가 나지막하게 들렸다.

아빠가 내 곁으로 다가와 손전등으로 셰바의 다리를 비췄다.

"오, 이런, 케이티! 정말 미안해……."

나는 눈물을 참으며 부들부들 떨고 있는 셰바 위로 몸을 굽혔다. 내 몸 곳곳에서, 내 핏줄에서 참을 수 없는 분노가 뿜어져 나왔다.

프랭크는 어디에 있는 걸까? 그리고 정원사는? 왜 개들이 밖에 나와서 뛰어다니게 내버려 둔 걸까? 왜 개들을 돌보는 의무를 다하지 않은 걸까? 나는 분노와 상처받은 마음을 억누르지 못해 아빠를 밀쳐 내고 집으로 달려갔다. 그리고 베란다에 쓰러져 잠든 키 큰 흑인을 발견했다. 프랭크였다.

"일어나요! 빨리 일어나지 않고 뭐 하는 거예요? 지금 자는 거예요? 왜 개들이 밖에 나가 뛰어다니게 내버려 뒀어요? 무슨 생각으로 그렇게 한 거예요? 셰바가 차에 치였잖아요! 다 당신 탓이에요, 멍청하고 무책임한!"

나는 프랭크가 놀란 얼굴로 일어나 눈을 비비며 지금까지 잠을 자지 않은 척할 것이라고 예상했다. 하지만 내 예상과는 달리 그는 신음 소리를 내며 천천히 고개를 돌렸다. 나도 모르게 비명이 터져 나왔다. 나는 비명을 지르고, 지르고, 또 질렀다. 은색 달빛에 비친 그의 이마에는 깊은 상처가 나 있었다. 입가에는 붉은 피가 흥건했다. 굳게 닫힌 눈은 멍이 들고 부어 있었다. 그는 물속에 빠진 것처럼 가쁜 숨을 내쉬었다.

아빠가 내 비명을 듣고 허겁지겁 달려왔다. 나는 고통으로 일그러진 남자의 얼굴을 보고 싶지 않아서 손으로 얼굴을 가린 채 비명을 질러 댔다. 아빠는 나를 꼭 끌어안고 진정시키며 우리 집 현관 앞에서 고통에 몸부림치는 남자를 바라보았다.

"이럴 수가…… 빨리 병원에 데려가는 게 좋겠어!"

엄마도 달려왔다. 그리고 피로 물든 이 끔찍한 광경을 보자마자 손으로 입을 틀어막은 채 울음을 터뜨리며 뒤돌아섰다. 엄마는 나를 안아 주었다.

나는 엄마의 눈을 보며 속삭였다.

"엄마, 셰바는……?"

엄마가 입술을 깨물며 고개를 가로저었다.

"미안해, 케이티…….

그리고 더 이상 내 귀에는 아무 소리도 들리지 않았다.

어둠이 두꺼운 담요처럼 나를 감싸 모든 소리를 차단해 감각을 둔하게 했다. 그렇게 영원히 어둠 속에 머물고 싶었다.

짙어진 어둠

다음 날, 나는 늦도록 침대 밖으로 나올 수 없었다. 시간이 흐를수록 집과 정원에서 나는 소리가 또렷하게 들렸다. 그럴 때마다 나는 자진해서 어두운 심연 속으로 되돌아갔다. 나는 꿈과 현실의 경계를 오갔다. 슬로모션처럼 느리게 움직이는 꿈속에서 도자기가 깨졌고, 그 안에 들어 있던 우유가 쏟아졌으며, 도자기의 날카로운 조각이 흑인의 얼굴을 갈기갈기 찢었고, 셰바가 쏟아진 우유를 먹다가 깊은 잠에 빠졌다. 셰바의 털은 검고 끈적끈적했다. 셰바의 주위에는 강아지들이 어미의 젖을 찾아 가냘프게 울고 있었다.

나는 울면서 잠에서 깨어났다.

엄마가 방으로 들어와 내 축축한 이마에 손을 올려놓았다. 나는 계속해서 눈을 감고 있었다. 엄마는 흘러내린 숄을 어깨 위로 끌어올리며 코를 훌쩍거렸다.

"엄마, 셰바의 강아지들은 어디에 있어요?"

"페이션스한테 강아지들을 바구니에 담아 아래층에 가져다 놓으라고 했어. 아빠가 알아서 하겠다고 했거든."

방에서 나간 엄마가 잠시 후 토스트와 홍차를 들고 들어왔다. 나는 배고프지 않다고 말했다.

엄마는 눈살을 찌푸렸다.

"그래도 뭐든 좀 먹어. 이런 때일수록 기운을 내야 해."

엄마는 눈시울을 붉혔다. 나는 한숨을 내쉬며 침대에서 몸을 일으켰다. 눈에서는 금방이라도 눈물이 쏟아질 것 같았다.

"엄마! 아직도 셰바가 이 세상에 없다는 게 믿기지 않아요!"

그리고 엄마 품에 얼굴을 파묻었다.

"그래, 우리 아기. 그렇겠지."

상처 입어 피를 흘리는 얼굴에 대한 기억이 처음에는 머릿속에 조각조각 떠올랐지만 곧 그 조각들이 끼워 맞춰지면서 어젯밤의 악몽이 내 눈앞에 또렷하게 되살아났다.

"그 사람에게 무슨 일이 있었어요, 엄마? 프랭크에게 무슨 일이 있었던 거예요?"

"아빠가 그 사람을 병원으로 데려갔어. 아직 병원에 있을 거야."

그 순간, 아빠의 목소리가 들려왔다.

"그런 건 빨리 떨쳐 버려, 케이티. 그렇게 감상에 젖어 있을 시간이 없어."

아빠는 어두컴컴한 문가에 우뚝 서 있었다.

"이안, 이 아이는 지금 심적으로 많이 힘들어요! 셰바가 케이티에게 얼마나 소중한 존재였는지 알잖아요. 게다가 현관에서 피 흘리며 쓰러져 있는 남자를 혼자 발견했고……."

아빠가 엄마의 말을 중간에 끊었다.

"앞으로 케이티는 더 많은 고통을 겪게 될 거야. 지금 이 일을 털어 버리고 스스로 일어나지 못한다면 말이야."

아빠는 푸른 눈으로 나를 바라보며 내 침대 옆에 무릎을 꿇고 앉았다. 그리고 내가 어렸을 때 듣던 목소리로 말했다.

"자, 케이티. 씩씩한 우리 딸은 어디 간 거야, 응? 너한테 보여 줄게 있어."

나는 자리에서 일어나 아래층으로 내려갔다. 그리고 걱정스러운 표정을 짓고 있는 쌍둥이에게 씩씩하게 웃어 보이며 개들에게도 인사를 건넸다.

그날 아빠는 우리를 밖으로 데리고 나갔다. 우리는 트럭을 타고 울퉁불퉁한 농장 길을 달렸다. 차창 밖으로 목장의 울타리와 이 지역 아프리카인들이 소를 데려다가 가축 살충제와 물로 목욕시키는 소 목욕장, 마구간, 마른 금빛 풀들이 바람에 흔들리는 탁 트인 초원이 지나갔다.

트럭에서 내렸을 때에는 늦은 오후의 태양이 드넓은 하늘에 낮게 걸려 있었다. 농장의 이쪽 지역은 끝없이 펼쳐진 맑은 하늘을 향해 뻗은 가시투성이의 아카시아 외에는 눈에 띌 만한 것이 없었다. 키가 껑충한 풀들이 수천 마리나 되는 귀뚜라미들의 노랫소리에 맞춰 획획 소리를 내며 이리저리 흔들렸다. 엄마, 아빠, 루크와 제시 그리고 나는 허리까지 오는 풀을 헤치며 걸었다. 뜨겁게 달궈진 땅과 흙 먼지, 습지 냄새가 코를 찔렀다.

우리가 지은 것들은 모두 우리 뒤쪽에 멀리 있었다. 평평한 돌을 붙여 지은, 큰 창문이 달린 집 베란다에는 재스민 화분이 천장에 매달려 있었다. 그 옆에는 게스트 하우스와 일꾼들의 숙소가 있었고, 그곳에서 조금 떨어진 곳에 댐과 우물, 하수처리 시설이 있었다.

아빠가 갈라진 목소리로 말했다.

"얘들아, 이걸 봐라. 이게 우리의 모든 것이야. 남자는 자신의 땅과 피와 땀, 눈물을 흘려 가며 맺은 결실 위에 우뚝 설 수 있어야 해. 우리는 이것을 위해 그토록 열심히 일해 왔어. 이 사실을 잊으면 안 돼. 알았지?"

나는 생각했다.

'이곳이 내가 있어야 할 곳, 내 고향이다.'

보라색과 분홍색으로 물든 하늘을 나는 새들을 바라보며 마음의 안정을 되찾은 후 우리는 다시 트럭에 올라타 바오바브나무로 향했다.

그 순간, 우리는 그들을 보았다. 불법 거주자들이었다.

우리를 보려고 가건물로 된 집 밖으로 나온 그들은 모두 꾀죄죄한 옷을 입고 있었다. 여자들은 우는 아이들을 등에 업은 채 우리를 바라보며 턱을 반항적으로 삐딱하게 젖혔다.

아빠는 낮은 목소리로 욕을 내뱉으며 트럭 핸들을 꽉 잡았다. 엄마는 입을 꼭 다물고 아무 말도 하지 않았다.

제시가 물었다.

"저 사람들은 누구예요, 아빠? 우리를 기분 나쁘게 쳐다봐요."

아빠가 차를 세우며 투덜거렸다.

"내가 알게 뭐야!"

아빠는 트럭에서 뛰어내려 가건물 집 앞에 모여 있는 사람들을 향해 성큼성큼 걸어갔다.

그리고 흑인들에게 이야기할 때 늘 그렇듯 큰 소리로 외쳤다.

"당신들 여기 있으면 안 되는 거 몰라? 여기는 사유지라고! 알아들었어? 당장 짐을 싸서 떠나! 안 그러면 문제가 생길 거야!"

그러자 키가 큰 남자가 천천히 앞으로 걸어 나왔다. 그는 절뚝거리며 걸었지만, 당당해 보였다. 주황색 작업복을 입고 챙이 넓은 모자를 쓴 그 남자는 안경 너머로 아빠를 뚫어지게 쳐다보았다.

그는 내가 예상한 공손함이라고는 전혀 느껴지지 않는 도발적인 말투로 물었다.

"당신이 이 농장의 주인인가?"

아빠는 그의 큰 키에 맞춰 몸을 꼿꼿이 세우고 대답했다.

"그렇소, 내가 이 농장의 주인이오."

남자가 싱긋 웃으며 말했다.

"그렇군. 당신 농장의 일꾼들이 당신에 대해 말해 주었소."

그는 자신을 둘러싼 사람들을 돌아보았다.

"동지들이여, 우리 형제자매들이 여기 이 사람에 대해 뭐라고 했더라?"

그들은 일제히 쇼나 어와 영어가 섞인 말로 떠들어 대기 시작했다.

"그 사람은 일꾼들을 때린대요……."

"불공정하게 해고당한 사람이 있대요……."

"임금이 적다고 했지요……."

"노동조합에 가입한 사람은 안 쓴대요……."

"인종차별주의자……."

아빠는 화가 나서 얼굴이 벌겋게 달아올라 그 남자의 모자를 낚아 챈 뒤 그곳에 모여 있는 사람들을 향해 위협적으로 손가락을 휘두르 며 소리쳤다.

"당신들이 이 근방을 휘젓고 다닌다는 빌어먹을 말썽쟁이들이군! 좋아, 난 더 이상 참지 않을 거야. 알아들었어? 상대할 농장 주인을 잘못 골랐어! 당장 내 땅에서 떠나지 않으면……."

남자가 아빠의 말꼬리를 물고 늘어졌다.

"당신 땅?"

그리고 트럭에 탄 우리를 훑어보고 난 뒤 고개를 설레설레 젓는 사람들을 둘러보며 말을 이었다.

"당신네 백인들이 이 땅을 훔친 거겠지! 여기는 당신 땅이 아니야. 이제 정의가 실현될 때가 되었소."

아빠가 소리쳤다.

"지금 당장 여기서 떠나지 못하겠어? 이미 다 끝난 일이잖아. 이 제 됐으니까 당장……."

하지만 불타는 눈빛으로 아빠를 쳐다보던 남자가 아빠의 말을 중 간에 끊어 버렸다.

"다 끝난 일이라고? 당신은 말을 그렇게밖에 못하겠소? 내가 한 가지 알려 주지. 내 동지들과 나는 이 나라의 독립을 위해 싸웠어. 이 나라를 위해 우리의 생명과 젊음과 미래를 다 바쳤다고. 그런데 우리에게 돌아온 게 뭔지 알아? 말만 번지르르한 공허한 약속과 배신뿐이야."

"그건 너희 대통령과 의논해야 할 문제가 아닐까 싶은데. 난 아무것도 판다고 한 적이 없는데 정부에서 마음대로 '원하는 사람이 팔고 원하는 사람이 사는' 방식이니 뭐니 떠들어 댔잖아. 어디서 근거도 없는 소리를 지껄이고 있어!"

남자가 빙그레 웃었다. 그 의기양양한 웃음을 보자 나는 온몸에 한기가 돌았다.

"시대가 변하고 있어. 다수를 희생양으로 삼아 당신들의 이득을 챙기던 시대는 이제 끝났다고. 어디 경찰이라도 불러 보시지? 아니면 군대? 내 생각에 그들을 부르면 곤란해지는 건 당신일 것 같은데? 그들은 당신이 집을 비우라는 명령을 따르게 하는 데 더 관심이 있을 테니까. 90일 안에 집을 비우라고 했지? 그렇지?"

남자는 말을 마치자마자 돌아서서 가장 가까운 오두막으로 성큼성큼 걸어갔다. 다른 사람들도 모두 우리를 악의적인 눈길로 돌아보고는 그의 뒤를 따랐다.

아빠가 다시 욕을 내뱉으며 트럭 문을 쾅 닫았다. 엄마는 울기 시작했다. 루크와 제시는 트럭에 말없이 앉아 있었다. 불길한 예감이 황혼 녘의 흙먼지처럼 우리 마음을 짓눌렀다.

아빠는 집까지 최고 속도로 달렸다. 트럭이 심하게 덜컹거렸다. 우리는 필사적으로 손잡이를 잡았다. 마침내 집에 도착해 끼익 하는 타이어 소리와 함께 차가 멈췄다. 아빠는 우리에게 당장 집 안으로 들어가 문을 걸어 잠그고 자신을 기다리라고 했다.

"어디 가는 거예요, 이안?"

엄마는 겁에 질려 눈이 휘둥그레졌다.

아빠가 엄마를 안심시켰다.

"당신은 걱정하지 않아도 돼. 그냥 주위를 둘러보려고 그러는 거야. 보안 상태가 괜찮은지 확인하고 병원에 가서 프랭크도 좀 보려고. 누가 이 농장을 책임지고 있는 주인인지 다시 한 번 알려 줘야겠어. 자, 여기 있는 우리 가족 모두 어서 안으로 들어가!"

작은 소리와 미세한 움직임도 놓치지 않으려고 귀를 쫑긋 세운 겁먹은 토끼처럼 우리 넷은 집 안으로 쪼르르 뛰어 들어갔다. 그리고 겁에 질린 채 어두워진 정원과 숲을 바라보았다. 그런 다음 현관의 빗장을 걸고 자물쇠를 채웠다. 집 안의 모든 불을 켜고 커튼을 닫았다.

나는 속으로 생각했다.

'어둠이 짙어지고 있어. 곧 무슨 일이 일어날 거야.'

우리 넷은 거실의 붉은 소파에 모여 앉아 아빠를 기다렸다.

제시가 훌쩍이며 말했다.

"엄마, 무서워요. 무슨 일이에요? 아빠는 어디 간 거예요? 아빠도 텔레비전 뉴스에 나온 사람처럼 죽는 거예요?"

루크가 날카롭게 소리쳤다.

"그들은 우리 아빠한테 그런 짓을 할 수 없어! 아빠는 크고 강하니까 그 사람들에게 당하기 전에 그들을 전부 쏴 죽일 수 있어! 그리고 아빠는 그렇게 할 거야. 그 사람들 중 한 명이라도 아빠를 건드리려 하면 아빠는 가만있지 않을 거야!"

루크는 작은 얼굴을 엄마의 가슴에 파묻고 엉엉 울기 시작했다.

한평생 이어질 것 같던 시간이 지나고, 우리는 문을 두드리는 소리와 아빠의 고함을 들었다.

"문 열어! 얼른 열어!"

엄마가 다시 울음을 터뜨렸다. 나는 현관으로 달려가 아빠가 들어올 수 있게 문을 열었다. 얼굴이 벌겋게 달아오른 아빠가 담배 냄새와 땀 냄새, 나무 타는 냄새를 가득 풍기며 들어왔다. 나는 물과 수건을 가지러 달려갔고, 아빠는 가까운 의자에 털썩 앉았다.

"과수원에서 조금 내려간 곳에 녀석들이 더 있었어. 그 망할 불법 거주자들 말이야. 도착한 지 얼마 안 된 것 같았어. 그 망할 놈들이 옥수수를 굽고 맥주를 마시고 있었다고!"

엄마가 아빠에게 독한 술을 건넸다.

아빠는 술을 마시다가 다시 말했다.

"새로 도착한 무리들을 없애려면 손을 좀 써야 할 것 같아. 그 녀석들은 부랑자 같았어. 솔직히 말해서 참전 용사라고 하기에는 애송이 같은 놈들이었지. 반 정도는 이미 취해 있었고……."

그때 과수원 근처에서 북소리와 노랫소리가 들려왔다.

엄마는 덜덜 떨면서 손으로 입을 막았다. 그리고 흐느끼며 아빠에게 물었다.

"오, 이안. 이제 우리는 어떡해야 하죠?"

아빠는 자신의 어깨에 얼굴을 파묻고 흐느끼는 엄마를 안아 주었다. 곧이어 쌍둥이도 엄마를 따라 울기 시작했다. 우리는 밤공기를 타고 우렁차게 울려 퍼지는 '해방가'를 들으며 서로를 껴안고 눈물을 흘렸다. 우리의 심장은 터질 것처럼 쿵쿵 뛰었다.

신문에는 대통령이 독립 기념일에 토지 문제를 '아직 해결되지 않은 식민 시대의 마지막 문제'라고 지칭하며 '완전히' 해결하겠다고 말했다는 기사가 실렸다.

그것은 앞으로 흑인들이 이런 일을 계속할 것이라는 선전 포고로 들렸다.

응급 피해 대책

그 뒤의 나날에 대해 뭐라고 말하면 좋을까?

우리는 친척들과 농장을 경영하는 다른 가족들에게 수시로 전화해서 그들의 재산을 안전하게 지키는 방법, 그들의 일꾼들을 제대로 감독하는 방법, 공격을 당했을 때 합법적으로 취할 수 있는 행동 등을 알려 주었다.

엄마가 말했다.

"전쟁이 다시 일어난 것 같아요, 이안."

엄마는 언제라도 우리에게 덤벼들어 잔혹하게 생명을 빼앗아 갈 수 있는 적들에게 포위당해 숨이 막힐 것 같은 느낌에 대해 말한 것이었다. 단, 이번에는 우리를 지켜 줄 로디지아 군대가 없었다.

대통령은 토지 재분배를 위한 계획을 진행시키고 있었다. 실제로 많은 법들이 토지 개혁을 위해 이미 개정된 상태였다. 아빠는 경찰들은 모두 썩었으며, 판사들은 카드를 뒤섞듯 말을 바꾸고, 지역 주민들은 모두 '참전 용사'들과 연루되어 있다고 말했다. 나는 그 말을 단번에 이해했다. 결국 그들은 흑인이고 우리는 백인이었다.

우리는 서서히 무너지기 시작했다. 폴 삼촌이 소송을 제기했지만 기각되었다. 그래서 오랫동안 살던 집에서 쫓겨날 처지에 놓였다. 우리의 모든 추억이 담겨 있고 우리 가족의 100년도 넘는 역사가 담겨 있는 그 집을 20일 안에 넘겨주게 된 것이었다. 그 집을 둘러싼 '참전 용사'들은 개들을 총으로 쏘아 죽이거나 농장 일꾼들을 괴롭히며 위협했다.

하지만 폴 삼촌은 꿋꿋했다. 그는 농장의 기반 시설을 해체하러 갈 때에도, 가축 이전에 관한 절차를 처리하러 갈 때에도 당당하게 고개를 들고 다녔다.

"지금까지 힘들게 일해서 일구어 놓은 것들을 저들에게 고스란히 넘겨주면 내가 사람이 아니지."

삼촌의 눈에는 암울한 빛이 서려 있었다.

"땅을 가지고 싶다고? 그럼 땅은 가질 수 있지. 하지만 땅뿐이야. 나머지는 절대 넘겨줄 수 없어!"

정부는 폴 삼촌에게 토지 개량에 대한 보상을 하겠다고 했지만 삼촌은 담뱃잎을 수확할 수 없었다. 혼란스러운 시기에 방치된 담배가 전부 시들어 죽어 버렸기 때문이다. 삼촌은 시들어 버린 담뱃잎이 가득한 밭을 둘러보며 한숨을 쉬었다.

그 광경을 지켜보던 할아버지가 울음을 터뜨렸다.

"농장에서 한평생을 보냈지만 이렇게 가슴 아픈 쓰레기 더미는 본 적이 없어. 만일 이게 앞으로 다가올 어떤 일에 대한 징조라면, 이

나라 사람들을 불쌍히 여길 수밖에. 언젠가 이 나라 전체가 망하는 꼴을 보게 될 거야. 두고 보라니까."

나중에 할아버지가 심장 마비로 돌아가시고 한 달 뒤에 남아프리카공화국에서 만난 친척들은 입을 모아 죽음의 원인이 상심 때문이라고 했다. 지금까지 열심히 노력해서 이루어 온 모든 것을 잃어버린 충격이 할아버지를 죽음에 이르게 한 것이었다.

벽난로 선반 위에 있는 가족사진에 쌓인 먼지를 털어 낸 뒤 그것들을 신문지로 싸던 할머니가 눈가가 짓무르도록 눈물을 흘리고 또 흘렸다. 액자를 싼 신문지에는 토지 재분배에 대한 기사가 실려 있었다. 기사에 따르면 세 번째 해방전쟁이라 불리는 토지 재분배 덕분에 다수가 독립의 결실을 공유하고, 역사적으로 잘못된 문제를 바로잡게 되었다고 했다. 하지만 아빠는 정부 관리들이 토지를 모두 차지해 자신과 주위 사람들의 사욕을 채울 뿐이며, 보통 사람들에게는 밭 한 떼기 돌아가지 않을 것이라고 했다.

폴 삼촌과 버나뎃 숙모 그리고 나머지 가족들이 농장을 떠날 준비를 할 때에도 아빠는 우리 농장을 지키기 위해 안간힘을 썼다.

아빠는 가능한 모든 방법을 총동원했다. 전에는 이름조차 모르던 지역 의회 의원을 찾아가 호소하기도 했고, 농장의 일부를 포기하고 그것을 나눠 주겠다는 문서를 작성하기도 했다. 하지만 아빠는 이미 '가혹한 주인님'으로 워낙 악명이 높았던 탓에 우리를 도와주겠다고 나서는 사람이 아무도 없었다.

백인 정권의 일방적인 독립선언이 있은 뒤 처음으로 아빠와 엄마

그리고 우리가 아는 모든 사람들이 라디오 뉴스와 텔레비전 뉴스, 신문에 관심을 기울이기 시작했다. 대부분 흑인들이 토지를 나눠 받게 된 것을 자축하는 내용들이었지만, 우리에게 직접 관련이 있는 진짜 뉴스도 있었다.

전국의 농장들이 공격을 당하고 있었다. 정부는 불법 거주자들에게 더 이상 아무 조치도 취하지 않기로 결정했다. 야당인 '민주 변화 운동'은 '상업 농민 연합'과 밀접한 관계를 맺고 있다는 이유로 꼭두각시라고 비난당했다. BBC가 짐바브웨 국내에서 더 이상 보도를 할 수 없게 되었다는 뉴스도 나왔다. 그리고 실제로 BBC의 보도는 저녁 뉴스에서 볼 수 없게 되었다.

나는 정부 장관인 루도의 아버지가 농장을 공격하는 자들을 옹호하는 모습을 보았다. 뉴스에 보도되는 그는 이렇게 말했다.

"이것은 과거의 잘못을 바로잡을 수 있는 역사적인 기회입니다."

나는 씁쓸하게 생각했다.

'루도, 지금 너는 행복하겠네.'

유난히 혼란스럽던 어느 날 밤, 아빠는 시무룩하게 의자에 앉아 스카치위스키를 연달아 마셨다.

엄마가 눈물 젖은 목소리로 속삭였다.

"이안, 이제 우리는 어떻게 해야 하죠?"

아빠는 아무 말 없이 인상을 찡그린 채 담배를 피웠다.

엄마가 신경질적인 목소리로 다시 물었다.

"내 말 듣고 있어요? 이제 우리는 뭘 어떻게 해야 하냐고요!"

나는 곤히 잠든 루크와 제시를 쳐다보았다.

아빠는 방에서 나가려고 벌떡 일어났다.

"나도 몰라! 나도 뭘 어떻게 해야 할지 몰라! 됐어? 나는 이 상황에서 벗어나기 위해 내가 할 수 있는 일은 모두 다 했어. 하지만 마치 거친 물살을 거슬러 올라가는 것 같은 느낌이 들었어. 우리가 굳게 방어할 때마다 그들은 늘 법과 규칙을 무기로 우리의 방어를 뚫어 버리더군. '상업 농민 연합' 녀석들이 '민주 변화 운동' 녀석들이랑 손잡고 뭔가 해보겠다고 했는데 결국 달라진 게 없잖아! 내가 당신의 물음에 답할 수 있었다면 지금 이렇게 빌어먹을 혼란 속에 빠지지도 않았을 거야!"

그리고 아빠는 베란다로 뛰쳐나가 밤하늘을 올려다보았다. 마치 밤하늘에서 답을 찾는 것 같았다.

아빠는 밤마다 술을 많이 마셨다. 소파에서 정신을 잃을 때까지 마시고 곯아떨어진 아빠를 다음 날 아침 페이션스가 발견하곤 했다. 숙취와 근육통 때문에 아빠는 더욱 신경질적으로 변했다. 금방이라도 우리 집을 떠날 것 같은 일꾼들에게 짜증을 냈다. 그들은 프랭크와 같은 최후를 맞게 될까 봐 두려움에 떨고 있었다.

기분이 유난히 좋지 않은 날 아빠는 거실을 청소하는 페이션스에게 당장 나가라고 소리쳤다. 그리고 아침 인사를 하며 뽀뽀를 하려던 제시에게도 소리를 질렀다. 침대에 오줌을 싼 루크를 때리기도 했다.

"이안, 아이들을 때린다고 상황이 나아질 것도 아니니까 그만해요. 아이들은 이미 한계에 다다랐어요. 나도 더 이상은 못 견디겠다고요."

"요란 떨지 마, 수! 지금 그런 말을 들을 기분이 아니야!"

엄마는 아빠에게 뺨이라도 맞은 것처럼 멍하니 서 있다가 다시 입을 열었다.

"아니, 내 말은, 이안……."

엄마는 잠시 멈췄다가 떨리는 입술로 이야기를 이어 갔다.

"여기를 떠나고 싶어요. 우리 여기서 떠나면 안 될까요? 주변이 좀 잠잠해질 때까지 아이들을 데리고 하라레에서 머물러요."

아빠가 주먹을 꽉 쥐며 소리쳤다.

"절대 안 돼! 다시는 그런 말 꺼내지도 마! 지금 내가 그놈들한테 나가 떨어져서 패배를 인정할 거라고 생각하는 거야? 내가 그놈들이 승리를 거머쥐게 내버려둘 것 같아? 아니야! 그럴 바에는 차라리 죽는 게 낫지."

엄마는 비통해하며 얼굴을 찡그렸다.

"그럼 나는 죽어도 된다는 건가요, 이안? 아니, 우리 전부 죽어도 상관없겠네요! 당신은 우리 전부를 죽음으로 내몰고 있어요! 당신의 어리석은 자존심 때문에 우리 모두 죽게 생겼다고요!"

엄마는 울면서 방에서 뛰쳐나갔다.

아빠는 욕을 내뱉고는 어깨를 들썩이며 술병이 진열된 수납장 쪽으로 걸어갔다.

나는 어리석게도 아빠에게 이렇게 말했다.

"아빠, 조금 이르지 않아요?"

아빠가 나를 외면하며 내뱉었다.

"됐어, 케이티. 거기 서서 나한테 잔소리를 할 만큼 시간이 남아도니? 가서 동생들을 돌봐 주고, 엄마가 괜찮은지 살펴보렴."

나는 눈물을 머금고 방에서 나왔다.

그날 오후, 정원사가 수영장에 약품을 잘못 넣는 사소한 실수를 했다. 자제심을 잃은 아빠는 불같이 화를 냈다. 지난 몇 주 동안 쌓인 압박감이 마침내 폭발한 것이었다.

아빠가 쿵쾅거리며 집으로 들어와 독한 스카치위스키에 대해 투덜거릴 때쯤, 정원사는 차마 눈 뜨고 볼 수 없을 정도로 심한 꼴이 되어 있었다. 페이션스와 그레이스가 그를 일꾼 숙소로 옮겼다.

우리 가족은 농장을 빼앗길 때까지 점점 무너져 갔다.

몇 주 동안 우리 농장은 수많은 불법 거주자들의 소굴이 되었다. 그들은 우리 땅에 임시 거처를 짓고 소와 염소를 방목했으며, 옥수수와 라포코를 심기 위해 땅을 경작하기도 했다. 노래를 부르며 우리를 위협하는 '참전 용사'들이 점점 더 늘어났다. 그들은 차츰 대담해져서 우리 과수원에서 과일을 마음대로 따먹기도 했다. '참전 용사'들은 우리 농장이 토지 재분배 목록에 올라 있다고 불법 거주자들에게 떠들고 다녔다. 그들의 관점에서 보자면 그것은 재론할 여지가 없는 사실이었다.

다음 날, 아빠는 농장을 지키기 위해 마지막으로 필사적인 노력을 했다.

아빠는 가장 좋은 양복을 차려입고, 집 안의 모든 권리증과 변호사의 편지, 회계 장부, 급여 명세서, 주변 토지의 지도를 긁어모아 차를 타고 하라레의 법정으로 향했다. 농장을 몰수하기로 한 정부의 결정에 반대하는 항소를 신청하기 위해서였다.

하지만 아빠가 그날 그곳에 가기로 한 것은 잘못된 결정이었다. 만약 우리가 그 사실을 알았더라면, 상황이 다른 방향으로 흘러갔을지도 모른다. 아니, 그렇다고 해도 아무것도 바뀌지 않았을 수도 있다. 어쩌면 그것은 필연적이었는지도 모른다.

그 일은 그날 밤 아홉 시쯤에 일어났다. 쌍둥이는 자고 있었고, 엄마와 나는 아빠가 시내에서 돌아오기를 기다리며 텔레비전 앞에 앉아 있었다. 수화기 너머로 들려온 아빠의 목소리는 건조하고 무기력했다. 아빠가 좋은 소식을 가지고 돌아올 것이라는 기대는 전혀 하지 않았다. 엄마는 얼굴이 빨개지고 혀가 꼬부라져서 발음이 꼬일 때까지 브랜디를 들이켰다.

며칠 전부터 '참전 용사'들이 우리 집에 찾아오지 않았기 때문에 우리는 그날 밤을 평화롭게 지나갈 것이라고 생각했다. 하지만 그때 정원 너머에서 익숙한 노랫소리가 들려왔다. 그것은 점점 가까워졌다. 개들이 이빨을 드러내고 으르렁거리다가 노랫소리가 점점 가까워지자 자리에서 일어나 무섭게 짖으며 현관 앞을 지켰다.

나는 속으로 비명을 질렀다.

'아빠! 어디 계시는 거예요?'

그 순간, 누군가 현관문을 쿵쿵 두드렸다.

엄마는 욕을 내뱉고는 마시던 술잔을 탁자에 쾅 내려놓았다. 그리고 내 옆을 지나 현관으로 다가가더니 이내 비명을 질렀다.

"정말 지긋지긋해!"

나는 극심한 공포가 마음속에서 차오르는 것을 느끼며 외쳤다.

"엄마! 뭐 하는 거예요? 빨리 이리로 와요!"

나는 엄마를 말리려고 맨발로 뛰어갔다. 발바닥이 차가운 마룻바닥에 닿아 철퍼덕 소리가 났지만 신경 쓰지 않았다.

하지만 엄마는 이미 현관문 앞에 서서 숨을 헐떡이며 거대한 빗장을 풀려고 안간힘을 쓰고 있었다.

그리고 마침내 문이 열리자 현관 불빛 아래 서 있는 열 명쯤 되는 불법 거주자들이 보였다. 그들의 지도자로 보이는 남자 옆에는 아직도 얼굴이 퉁퉁 부어 분노로 온몸을 부들부들 떠는 정원사가 서 있었다.

엄마가 까칠한 목소리로 소리쳤다.

"대체 우리한테 원하는 게 뭐야? 이 빌어먹을 놈들아!"

평소의 엄마 목소리와는 너무나도 달라서 나는 귀를 틀어막고 방으로 뛰어가고 싶은 충동에 휩싸였다. 하지만 꾹 참고 그 자리에 그대로 있었다.

남자가 냉랭한 목소리로 대답했다.

"바깥양반은 어디 있소?"

엄마가 이를 갈며 경멸하듯 말했다.

"그걸 네놈들이 알아서 뭐하게?"

그 남자는 안경 너머 눈살을 찌푸리며 진지하게 말했다.

"이건 굉장히 심각한 문제요. 우리는 그가 일꾼 중 한 사람에게 저지른 만행에 대해 이야기를 나누러 왔소."

그가 분노 어린 눈빛으로 엄마를 뚫어지게 쳐다보고 있는 정원사를 향해 고개를 끄덕였다.

엄마는 입술이 터지고 눈이 퉁퉁 부어 잘 떠지지 않는 정원사가 자신을 그런 식으로 쳐다보는 것을 보고 주춤했다. 그의 눈은 마치 이렇게 말하는 것처럼 보였다.

'저는 늘 당신들을 위해 열심히 일했어요, 마님. 그런데 이게 저에 대한 당신들의 보답이군요.'

술에 취해 정신이 몽롱해진 엄마는 어떻게 대처해야 할지 정확한 판단을 내리지 못했다. 그래서 몸을 바로 세우고 이렇게 말했다.

"주인님은 지금 시내에서 법정 관련 일을 보고 돌아오는 중이야. 그러니 그이가 돌아오기 전에 서둘러 여기를 떠나는 게 좋을 거야. 내 말을 안 들으면 후회하게 될 거야."

엄마는 술의 힘을 빌려 용기를 냈지만, 자신의 말투와 이야기가 그 남자를 몹시 화나게 했다는 사실을 깨닫지 못했다.

그는 화가 나서 인상을 쓰며 침을 뱉었다. 그리고 우리를 향해 큰 소리로 외쳤다.

"그자가 계속해서 일꾼들을 학대하는 것을 두고 볼 수만은 없소!

이들에게도 정당한 권리가 있고 법이 있소. 당신 남편에게 법을 기만하는 행동을 하지 말라고 전하시오. 이런 식의 학대는 독립 국가인 짐바브웨에서는 결코 용인될 수 없는 행동이오."

엄마는 그렇게 웃긴 이야기는 처음 듣는다는 듯 주정뱅이처럼 큰 소리로 웃기 시작했다.

"그이가 돌아올 때까지 여기서 기다렸다가 당신이 직접 말하면 되겠네. 아마 당신도 저놈과 같은 꼴이 되겠지! 그이의 머릿속에서 여기는 아직 로디지아니까!"

그때 불법 거주자들 속에서 나이 든 여자 하나가 앞으로 걸어 나왔다. 그녀는 다른 사람들과 같은 주황색 작업복을 입고 머리에는 뜨개질한 모자를 쓰고 있었다. 남자들이 그녀에게 존경을 표하며 뒤로 물러서는 것이 보였다.

여자는 엄마의 눈을 가만히 바라보며 말했다.

"당신은 술에 취했군요. 지금 자신이 무슨 말을 하는지 모르는 모양이에요. 아이들이 있는 집 안으로 들어가세요. 그리고 짐을 싸세요. 퇴거 통지서에 적혀 있는 기간이 이제 얼마 남지 않았을 텐데요. 이 땅은 곧 정당한 주인에게 돌아가게 될 겁니다. 그게 최종적인 결정 사항이에요. 소리를 지르며 일꾼들을 학대한다고 해서 달라질 건 아무것도 없어요. 단지 우리 동지들을 화나게 할 뿐이지."

그녀는 손을 들어 옆에 있는 다른 사람들을 가리키며 말했다.

"여기 있는 이 사람들이 보이나요? 이들은 대부분 해방전쟁에 참전한 용사들이에요. 몇몇은 가족을 잃었고, 몇몇은 팔다리를 잃기도 했지요. 그리고 이들 모두 자신의 젊음을 전쟁에 바친 사람들이에요. 이들은 굶주리고 화가 났어요. 그리고 이들은 더 이상 기다리지 않을 거예요. 나도 자식을 키우는 엄마로서 당신들을 위해 말해 주는 거예요. 더 이상 당신 자신과 가족을 위험에 빠뜨리는 어리석은 짓은 그만두고 안으로 들어가서 짐을 싸세요."

여자의 차분하고 자신감 넘치는 말투에 엄마는 화가 머리끝까지 나서 소리쳤다.

"뭐라고? 어떻게 감히 나한테 그런 말을 할 수 있어? 당신이 뭔데 주제넘게 훈계를 하는 거야? 예의범절과 정중한 태도를 배워야겠군!"

여자는 엄마를 한참 동안 바라보았다. 그녀는 뭔가 말하려는 듯 입을 열었지만 하얀 앞니만 보였을 뿐 아무 말도 하지 않고 어깨를 으쓱하더니 돌아섰다.

지도자로 보였던 남자가 다른 사람들을 밀치고 앞으로 나왔다.

"이제 정의를 구현할 때가 되었다. 이 나라 사람들을 위한 진정한 정의를 구현할 때가 되었다!"

그의 외침에 고무된 사람들이 다시 노래를 부르기 시작했다.

엄마의 일그러진 입술이 살짝 떨렸다.

"이 빌어먹을 놈아, 지금 네가 무슨 말을 지껄이는지 알고나 있는 거냐? 아니면 네놈들의 썩어 빠진 지도자들이 내뱉는 거짓말을 앵무새처럼 그냥 따라하는 거냐?"

엄마는 몸을 앞으로 기울이며 소리쳤다.

"이 미친 깜둥이! 더럽고 게으르고 좋은 점이라고는 눈을 씻고 찾아봐도 없는 깜둥이, 이게 바로 네놈의 모습이지!"

나는 현기증이 났다. 내 눈앞에서 벌어지고 있는 일을 믿을 수가 없었다. 엄마가 현관에 서서 전쟁에 참가한 남자들을 조롱하고, 욕하고, 비하하는 말을 퍼붓는 상황이 믿기지 않았다. 엄마는 그들이 자신의 머리통을 날려 주기를 바라는 것처럼 보였다.

사람들은 노래를 멈추고 엄마를 노려보았다. 그들의 눈에 비친 엄마는 자신들을 개, 원숭이보다 못한 존재라고 모욕하는 미친 백인 여자였다. 사실 엄마는 우리가 생각하는 그들의 모습을 그대로 말했을 뿐이었다. 나는 그들이 자신들의 것이라고 주장하는 땅 위에 버티고 서서 술 취한 백인 '마님'이 큰 소리로 떠들어 대는 이야기를 듣고 충격을 받았을 것이라고 생각했다.

지도자는 상황을 통제하기 위해 애썼다. 그는 계속해서 소리치는 엄마의 팔을 붙잡았다.

엄마는 갑자기 소리치던 것을 멈추고 자신의 하얀 팔을 잡고 있는 짙은 갈색 손가락을 질겁하며 쳐다보았다.

"그 더러운 손을 나한테서 떼."

엄마가 그 남자의 얼굴에 침을 뱉었다.

"냄새 나는 깜둥이 자식!"

결국 남자는 엄마에게 손찌검을 했다. 잠시 휘청거리던 엄마가 팔을 휘둘러 그를 때렸다. 무서운 표정의 남자가 엄마의 어깨를 잡고 현관문에서 가까운 수납장 쪽으로 거세게 밀어붙였다.

그 충격에 발을 헛디딘 엄마는 단단한 나무 수납장에 부딪혔다. 나는 울면서 엄마 곁으로 달려갔다.

남자가 돌아서며 말했다.

"오, 젠장! 진짜 못된 악질이군."

나는 엄마가 일어나는 것을 돕는 데 집중하느라 그들이 밤의 어둠 속으로 사라지는 것을 알아차리지 못했다.

"가서 술 좀 가져와, 케이티."

엄마는 떨리는 손가락을 필사적으로 움직여 담배에 불을 붙이려 했다.

나는 엄마를 바라보았다. 엄마는 제정신이 아니었다. 나는 조금 전에 일어난 일을 믿을 수가 없었다. 만약 그들이 술에 취한 상태였거나 마약을 한 상태였다면 우리가 어떤 일을 당했을지 생각만 해도 끔찍했다.

나는 퉁명스럽게 말했다.

"난 이제 자러 갈게요."

나는 더 이상 말하고 싶지 않았다.

엄마는 나에게 팔을 흔들어 보였다. 술잔에서는 브랜디가 넘쳐흘렀고, 입에 물고 있던 담배는 엄마가 빨아들일 때마다 주황색으로 빛났다.

나는 내 방으로 가는 길에 쌍둥이의 방을 들여다보았다. 곤히 잠든 루크는 돌아누우며 훌쩍거렸다. 나는 내 방에 대해 생각해 보았다. 그곳에는 아직 셰바의 냄새가 진하게 배어 있었다. 그날 밤에는 혼자 자고 싶지 않았다. 나는 루크의 침대로 올라가 그를 뒤에서 꼭 껴안았다. 루크의 머리카락이 내 뺨에 닿았다. 나는 곧 잠이 들었다.

누군가가 나를 흔드는 바람에 잠에서 깨어났다. 나는 몹시 어지러 웠다. 오줌 냄새가 풍겼고, 바지가 축축했다. 루크가 침대에 오줌을 싼 것이었다. 오줌 냄새와 함께 매캐한 연기가 코를 자극했다. 나를 흔드는 검은 그림자는 하녀 페이션스였다.

"어서 일어나세요. 집이 불타고 있어요."

나는 우리 집을 집어삼키고 있는 불길을 보고 극심한 공포와 두려 움을 느꼈다. 그래서 자고 있는 아이들을 필사적으로 깨웠다. 내 방 에 있는 책과 인형들, 사진 앨범을 가지러 가려 했지만 그렇게 할 수 가 없었다. 나는 그것들을 모두 남겨 둔 채 집을 빠져나와야만 했다.

이미 불길은 지붕까지 번져 귀가 먹먹할 정도로 시끄러운 소리 를 내며 기둥이 무너져 내리고 있었다. 페이션스와 나는 연기로 가 득 찬 침실에서 겁에 질려 울고 있는 루크와 제시를 이불에 둘둘 말 아 들어올렸다. 복도는 이미 불바다였다. 바닥에 깔려 있는 양탄자 는 불길에 휩싸였고, 할머니의 수채화가 들어 있는 액자는 산산조각 났다. 입구를 향해 뛰어가다가 유리 조각을 밟았지만 발걸음을 멈출 수 없었다.

나는 셔츠로 입을 막고 소리쳤다.

"엄마는 어디 있어?"

페이션스가 소리쳤다.

"마님은 안전해요, 먼저 나가셨어요."

그 순간, 난간을 지지하던 기둥이 사방으로 불꽃을 튀기며 우리 옆으로 무너져 내렸다. 집의 앞쪽에서는 참을 수 없을 만큼 뜨거운 열기가 뿜어져 나왔다. 나는 가쁜 숨을 몰아쉬며 땀에 젖은 손으로 제시를 꽉 잡았다. 하지만 밖으로 나가는 길은 맹렬한 기세로 타오르는 불길에 막혀 있었다.

우리는 돌아서서 휘청거리는 발걸음으로 집의 안쪽 맨 끝에 있는 손님용 침실로 들어갔다. 방 안에 들어서자마자 페이션스가 문을 등지고 쓰러졌다. 그녀는 가쁜 숨을 내쉬며 말했다.

"전 틀렸어요, 아가씨. 연기를 너무 많이 마셨어요…… 어서 가세요…… 아이들을 데리고 어서 가세요……."

나는 페이션스를 흔들며 소리쳤다.

"그럴 수 없어, 페이션스! 우리는 다 같이 나갈 수 있어. 그러니까 조금만 더 힘내!"

페이션스는 눈을 감고 가만히 고개를 끄덕였다. 그녀는 옆에서 훌쩍이며 쪼그리고 앉아 있는 쌍둥이의 손을 잡고 있었다. 나는 연기가 들어오는 것을 막기 위해 벽장에서 수건을 꺼내 방문 밑의 틈새를 막았다. 그리고 정원으로 통하는 문의 열쇠를 찾아 서랍을 뒤졌다.

제시가 떨리는 목소리로 말했다.

"케이티 언니! 너무 무서워! 엄마는 어디 있는 거야? 아빠는 어디 있어? 대체 어떻게 된 거야?"

정신없이 서랍을 뒤지던 손가락 끝에 열쇠 뭉치가 닿자 나도 모르게 작은 소리로 기도문을 외었다. 잠시 후, 뒷문을 열고 루크와 제시를 수영장으로 내보냈다. 그곳에는 헝클어진 머리칼이 이마로 쏟아져 내린 엄마가 입을 헤벌리고 담요 위에 뻗어 있었다.

나는 페이션스를 데려오려고 집 안으로 돌아갔다.

밤하늘에 맹렬히 타오르는 우리 집은 소름이 끼치도록 아름다웠다. 타오르는 불길과 사방으로 튀는 불꽃들이 내 눈에 맺힌 눈물을 비춰 주었다. 나는 어린 시절의 추억이 담긴 집이 불타는 모습을 바라보며 눈물을 흘렸다.

나는 나 자신을 타일렀다. 적어도 우리 모두의 목숨을 건졌으니 그것만으로도 감사한 일이라고.

아빠는 다음 날 이른 아침에야 수영장 옆에 쭈그리고 앉아 있는 우리를 찾아냈다.

"대체 무슨……."

아빠는 아직도 연기가 피어오르는 집 앞에 서 있었다. 주먹을 꽉 쥔 아빠의 어깨는 부들부들 떨렸다.

아빠가 소리쳤다.

"개새끼들!"

그 자리에 그대로 주저앉은 아빠의 얼굴은 분노로 일그러졌다.

나는 깨달았다. 아빠는 불법 거주자들이 저지른 짓이라고 생각하고 있었다. 그리고 우리는 아무도 입을 열지 않았다. 엄마는 죄를 지은 사람처럼 핏발이 선 눈으로 나를 힐끔힐끔 쳐다보았다. 페이션스도 잠깐 시선을 보내고는 곧 고개를 돌려 버렸다. 우리는 아무도 입을 열지 않았다.

우리는 트럭을 타고 그곳을 떠났다.

법원은 아빠의 항소를 받아들이지 않았다. 농장의 모든 것은 다른 사람들에게 재분배될 것이었고, 그것에 대해 우리가 할 수 있는 것은 아무것도 없었다. 그들은 우리의 모든 것을 앗아 갔다. 땅은 물론 말과 소, 밭의 농작물까지 모두 차지했다. 그들이 계속해서 자신들의 것이라 주장하던 소중한 땅이 결국 그들의 것이 되었다.

엄마는 간밤에 집으로 찾아온 참전 용사들에 대해 말하며 울음을 터뜨렸다. 엄마는 자신이 얼마나 무서웠는지, 어떻게 그들에게 맞서 싸웠는지, 어떻게 그들이 자신을 폭행하고 집에 불을 질렀는지에 대해 이야기했다. 모두 겁에 질린 표정으로 엄마의 말에 공감하며 속으로 생각했다.

'뭘 기대했는데? 그들이 야만인이라는 걸 알고 있었잖아.'

나는 아무 말도 하지 않았다. 나는 엄마가 엉망으로 취해 있었고, 불법 거주자들을 향해 욕을 하고, 침을 뱉고, 또한 그들에게 모욕적인 말을 했다는 사실을 말하지 않았다. 하지만 분노와 신랄함으로 가득 찬 불편한 감정이 가슴속에 차올랐다. 작지만 강렬한 그 감정 때문에 나는 이를 갈며 아무 말도 하지 않았다.

술에 취한 엄마가 담배에 불을 붙이기 위해 성냥불을 켜려고 애쓰던 모습을 머릿속에서 지울 수가 없었다.

타리로와 케이티

2001년, 짐바브웨

전투원 출신 참전 용사

달빛이 비치는 어느 날 밤, 나는 마음이 불편했다. 저스티스 동지가 더 이상 기다릴 수 없다고, 오늘 밤 마을로 쳐들어가야 한다고 말했기 때문이다. 하지만 나는 그것이 오판이라고 생각했다.

우리는 엎드린 자세로 수풀 속을 기어서 전진했다. 카키색 바지 아래로 마른 풀과 땅의 감촉이 느껴졌다. 움직일 때마다 귀뚜라미 울음소리가 났다. 우리는 고개를 숙이고 남녀 구분 없이 무장한 동지들의 뒤를 따랐다. 어두운 수풀을 지나 음식과 잠자리를 찾아가는 행렬이었다.

음식 생각을 하자 새삼 배가 고파졌다. 머리 위 높은 나뭇가지에 앉아 있던 새들이 놀라서 날아갈 정도로 요란스레 배 속에서 꼬르륵 소리가 났다. 우리는 며칠 동안 음식을 못 먹었다. 발뒤꿈치는 갈라져서 피가 났고, 다리와 팔뚝에 난 상처가 곪아서 고름이 흘렀다. 물을 구경한 지 이틀이나 지났다. 몸을 씻지 못하니 온몸을 뒤덮은 땀과 먼지가 피부 위에 덮인 또 다른 피부처럼 느껴졌다. 이런 상황에서 정신을 똑바로 차린다는 것은 힘든 일이었다.

앞쪽에 마을이 보이자 나는 가슴이 떨렸다. 저 마을은 내가 아는 곳이다! 그렇다, 지금 내 눈앞에 타와나가 태어난 우리 집이 나타났다. 그리고 아버지가 보였다! 그리고 삼촌도! 그들은 모닥불 앞에 앉아 코담배를 피우고 있었다.

그들을 향해 걸어가는 사람은 누구일까? 꿈이 아니라 현실일까? 그렇다, 현실이다! 아이를 임신한 불룩한 배를 한 손으로 받치고 다른 손으로는 그릇을 든 채 아버지를 향해 걸어가는 어머니를 발견하자 내 심장은 쿵쿵 뛰기 시작했다. 나는 그 그릇에 든 것이 무엇인지 알고 있다. 맛있기로 소문난 엄마의 염소 고기 스튜와 사드자였다.

나는 냄새를 맡을 수 있었다.

"엄마, 제가 돌아왔어요!"

순간, 눈앞에서 갑자기 우리 집이 불타올랐다. 땅이 진동하더니 갈라지기 시작했다. 나는 피투성이가 되어 나뒹굴고 있는 아버지와 삼촌, 어머니의 시체를 보았다. 비릿한 피 냄새와 초가지붕 타는 냄새, 염소 고기 스튜 냄새가 얼굴을 강타하자 나는 속에 든 모든 것을 게워 내기 시작했다.

나는 흠칫 놀라 잠에서 깨어났다. 구역질과 함께 가슴이 쿵쿵 뛰었다. 이마에는 식은땀이 맺혀 있었다. 꿈이다. 단지 꿈일 뿐이다. 전에 겪은 끔찍한 일들이 바탕이 된 것이지만, 그래도 꿈은 꿈이다.

옆에서 남편이 나를 흔들었다.

"타리로?"

어둠 속에서 나를 향해 손을 뻗으며 속삭였다.

"괜찮아?"

나는 마른침을 꿀꺽 삼키며 얼굴 위로 손을 뻗었다. 그리고 떨리는 목소리를 감추려고 노력하며 말했다.

"괜찮아, 나모. 난 괜찮아."

내가 무엇을 보든 그것을 말하지 않고 영원히 혼자 기억 속에 간직하려 한다는 것을 아는 남편이 말없이 내 손을 잡아 주었다. 나는 다른 사람이 나 때문에 괴로워하는 모습을 보고 싶지 않다. 내 기억 때문에 다른 사람에게 부담을 주고 싶지 않다. 특히 사랑하는 나모에게는.

그렇다, 사랑하는 나모 말이다.

우리는 결국 결혼했다. 지금도 그때를 생각하면 입가에 미소가 떠오른다. 내가 수풀 속에서 우리의 자유를 위해 싸우던 시절, 나모는 그만의 방식으로 독립을 준비했다. 나모는 점자를 공부해 다른 맹인 아이들에게 공부를 가르쳤다. 그 아이들에게 앞이 보이지 않더라도 포기하지 말고 공부하라고 용기를 북돋아 주었다.

1979년, 그는 우리 집으로 다시 한 번 중매쟁이를 보냈다. 그때는 우리 지도자들이 한창 독립 문제에 대해 이야기를 나누고 있을 때였다. 아버지는 전에 일어난 일들을 한탄하며 울음을 터뜨렸다. 작은 어머니도 눈물을 흘렸다. 우리는 너무나 많은 시간을 허비했다. 그 사이에 나모는 장애를 안고 살게 되었고, 어머니는 우리 곁을 떠났다. 씁쓸하면서도 달콤한 재결합이었다.

어쨌든 그렇게 해서 우리는 오랜 기다림 끝에 마침내 결혼했다.

그리고 아이가 생겼다. 아들이었다. 그 아이는 타와나를 친누나로 여기며 자랐다. 나모는 타와나를 친딸처럼 돌봐 주었다. 나는 그가 눈이 보이지 않기 때문에 타와나를 아무 거리낌 없이 사랑할 수 있는 거라고 수없이 생각했다. 만약 그가 타와나의 금빛 피부와 새파란 눈을 볼 수 있었다면 그 아이의 친아버지가 누구인지 한눈에 알아차렸을 것이다. 그리고 그에게서 시력과 많은 것들을 앗아 간 남자에 대한 분노에 휩싸였을 것이다. 하지만 그는 아무것도 볼 수 없었고, 아무것도 묻지 않았다. 나도 그 문제에 대해서 아무 말도 하지 않았다. 나는 여전히 죄책감을 갖고 있었다. 그 모든 일이 나 때문에 일어난 것이니까. 하지만 그것은 내가 수풀 속에서 지내던 시절의 이야기와 마찬가지로 우리 사이에서 거론되지 않았다.

나는 운이 좋은 편이었다. 전쟁에서 돌아와 이렇게 평범한 삶을 살고 있으니까 말이다. 나는 다시 사랑하고, 가족을 가질 수 있었다. 전투원으로 활약하던 사람들이 모두 나처럼 운이 좋은 것은 아니었다.

나는 모잠비크의 산악 지대에서 총을 들고 다닌 적이 없는 척하며 지냈다. 그리고 로디지아 병사들의 눈을 들여다보며 방아쇠를 당긴 뒤 단거리에서 총을 쏘면 얼마나 끔찍한 결과를 가져오는지 본 적이 없는 척하며 지냈다. 또 로디지아 군대에게 '테러리스트'로 분류되어 총에 맞아 죽은 나의 오빠 파라이의 사체를 본 적이 없는 척하며 지냈다.

그의 사체는 끔찍하게 훼손된 채로 사람들에게 경고를 하기 위한 목적으로 끌려 다니다가 땅에 묻히지도 못했다. 과거의 아픈 기억을 잊고 지내려고 했다. 나와 같은 전투원 출신 중에서 그 이야기를 입 밖에 꺼내는 사람은 아무도 없었다.

독립 이후 분위기가 한껏 고조되었을 때 마침내 소수의 백인들만을 위한 교육이 아니라 우리 모두를 위한 진정한 교육이 실시되었다. 나는 농과대학에 들어갔다. 농과대학에서 농업을 과학적으로 공부하며 땅을 비옥하게 만드는 법, 윤작의 좋은 점, 시장 조사 방법, 연간 수입을 계산하는 방법 등을 배웠다. 그렇게 해서 이미 알고 있던 지식에다가 대학에서 배운 전문적인 지식을 더하여 우리가 직접 농사를 짓게 되었다.

우리는 우리 땅에서 다시 농사를 짓게 될 날을 위한 준비를 게을리하지 않았다. 런던의 랭커스터 하우스에서 초안이 작성된 새 헌법에는 백인 농장주들이 차지한 땅을 강제로 환수할 수 없다고 명시되어 있었지만, 그래도 우리는 열심히 준비했다. 1980년대, 정부는 자진해서 실제로 거래되는 가격에 땅을 내놓을 사람을 기다려야만 했다. 하지만 백인 농장주들은 땅을 팔려고 하지 않았다. 그들 중 대다수는 짐바브웨 사람들이 먹고살아 갈 농작물을 재배하지 않았다. 대신 외국에 수출할 담배와 차를 재배했다. 목장을 경영하거나 드넓은 평원에 오렌지를 재배하기도 했다.

땅이 없는 다수에 속하는 우리는 인내심을 갖고 기다려야만 했다. 세계은행이 우리가 가진 것을 모두 쥐어짜고, 경제개혁이 불러온 고통에 시달릴 때에도 우리는 계속해서 기다렸다. 하지만 땅을 되찾을 것이라는 우리의 꿈은 굶주림과 식량난에 시달리며 점점 희미해졌다. 이상한 맛이 나는 노란색 사드자와 공공 부문에서 일자리를 잃은 수많은 실업자, 그것이 우리가 처한 현실이었다. 우리 땅을 되찾겠다는 꿈은 너무나 멀리 있는 것처럼 보였다.

세 번째 해방전쟁 이전에는 그랬다. BBC 방송은 세 번째 해방전쟁을 '토지 약탈'이라고 표현했다. 토지 약탈? 어떻게 땅 주인이 원래 자기 땅을 되찾는 것을 '약탈'이라고 표현할 수 있을까? 그것도 20년 이상 기다려 온 땅을? 마침내 백인 농장주들은 토지 문제를 해결해야 한다는 최후통첩을 받았고, 우리는 목숨을 걸고 싸워 온 우리 땅을 되찾게 될 것이라고 믿었다.

우리는 토지 재분배가 시작되자 마스빙고 근처의 땅을 신청했다. 그 땅을 신청한 데에는 충분한 근거가 있었다. 우리 부족은 백인 농장주들에게 땅을 빼앗겨 조상들이 우리에게 물려준 땅에서 쫓겨났다. 나는 그 땅을 되찾기 위해 전쟁터에 나가 싸웠고, 그 땅을 경작하기 위해 농업에 대한 지식을 쌓았다. 우리 가족은 나모의 조카와 우리 형제자매들의 아이들로 이루어진 대가족이었다. 넓은 농장을 맡기에 충분한 인원이었다.

결국 우리가 낸 토지 신청은 승인되었다. 우리는 과거에 우리 부족이 살던 곳, 나의 어린 시절 추억이 깃든 집 근처의 땅을 얻었다.

마침내 우리 가족은 고향으로 돌아가게 되었다.

런던에서

    대다수의 백인 가족들과 마찬가지로 우리도 짐바브웨를 떠나기로 결정했다. 아빠의 돈은 대부분 농장에 묶여 있었고, 우리가 보상을 받을 수 없다는 사실은 명백해졌다. 경제 사정이 좋지 않았다.

    우리는 짐바브웨에서 토지를 빼앗겨서 갈 곳이 없는 사람들에게 영국 정부가 망명을 허락했다는 소식을 들었다. 엄마는 남아프리카 공화국으로 가고 싶어 하지 않았다. 대신 제니 이모 가까이에서 살고 싶어 했는데, 제니 이모는 매니 이모부와 함께 런던으로 거처를 옮긴 후였다. 그래서 아빠도 결국 영국으로 가기로 결정했다.

    나는 새로운 환경에 적응하는 것이 그렇게 힘들 것이라고는 생각하지 못했다.

    런던에 도착한 우리를 반겨 준 것은 그 유명한 영국의 비였다. 우울하게 내리는 빗속에서 보이는 것이라고는 우중충한 잿빛 하늘과 비에 젖은 어두운 거리뿐이었다.

    런던 하늘은 짐바브웨의 집에서 보던 것과 비슷한 파란색이었다.

그러다 비행기가 하강하자 갑자기 두꺼운 회색 구름이 나타났다. 쏟아지는 빗방울은 비행기 유리창을 부옇게 가렸다. 활주로를 따라 달릴 때쯤에는 하늘에서 비가 더 많이 쏟아졌다. 우리는 거대한 공항 터미널을 통과하며 덜덜 떨었다. 너무 얇은 옷을 입고 대수롭지 않은 것에도 깜짝깜짝 놀라는 우리 가족은 이곳의 분위기와는 전혀 어울리지 않았다.

엄마는 최대한 침착하려고 애썼다. 하지만 그런 엄마조차 끝이 보이지 않을 만큼 긴 통로와 엄청나게 넓은 공간에 주눅이 든 것 같았다. 우리는 입국 심사 데스크에 도착해 짐바브웨에서 농장을 빼앗겨 영국에 망명을 요청하러 왔다고 말했다. 엄마는 겁을 먹은 것처럼 보였다. 게이트를 빠져나온 우리는 수많은 사람들 속에서 익숙한 얼굴을 찾기 위해 열심히 눈동자를 움직였다.

"수!"

제니 이모의 목소리가 들려왔다. 이모를 향해 달려간 엄마는 입술을 꽉 깨물며 이모를 껴안았다. 엄마와 마찬가지로 담배를 피워서 약간 쉰 목소리가 나는 제니 이모가 기나긴 여행으로 흐트러진 엄마의 머리카락에 대고 속삭였다.

"정말 유감이야. 일이 그렇게 돼서 정말 유감이야."

키가 큰 매니 이모부가 침울한 표정으로 우리를 향해 걸어왔다. 이모부는 고급스러워 보이는 짙은 색 모직 코트를 입고 있었다. 이모부가 손을 내밀자 아빠는 그의 손을 잡고 악수를 했다. 아빠는 매니 이모부 앞에서는 울고 싶지 않은 듯 눈을 껌벅이며 눈물을 참았다. 나와 동생들은 아빠 옆에 서 있었다. 나는 제시가 오랫동안 참아온 눈물을 흘리며 몸을 부들부들 떠는 것을 느꼈다. 그래서 내 어깨에 얼굴을 묻고 울 수 있도록 그녀를 안아 주었다. 제시는 줄줄 흐르는 콧물을 내 재킷에 닦았다.

마침내 매니 이모부가 입을 열었다.

"모두 꼴이 말이 아니군. 그렇지?"

이모부는 늘 그렇듯이 듣기 좋게 말하지 못했다.

그때 제니 이모가 우리 쪽으로 돌아서며 팔을 크게 벌렸다. 우리가 이모 품에 안기자 이모는 우리의 머리를 쓰다듬어 주었다.

"아이들이 정말 불쌍해. 하지만 곧 괜찮아질 거야. 이제 곧……."

매니 이모부는 카트에 놓인 우리의 작은 짐 가방을 동정 어린 눈빛으로 쳐다보다가 못 믿겠다는 듯 우리에게 물었다.

"이게 전부야?"

엄마는 몸을 꼿꼿이 펴고 말했다.

"우리가 가지고 나올 수 있었던 전부예요."

매니 이모부는 어깨를 으쓱하더니 카트를 밀고 출구로 향했다.

"차는 이쪽에 있어."

지역 자문 위원회에서는 우리 가족에게 넓은 주택 개발 단지 한가운데에 자리 잡은 자문 위원회 건물 4층에 있는 연립주택을 내주었다. 그곳의 상태는 내가 생각했던 것보다 훨씬 심각했다. 높이 솟은 주위의 고층 건물들이 눈앞을 가로막고 있었고 승강기에서는 악취가 풍겼다. 제시를 안고 있지 않았더라면 나는 정신을 잃고 쓰러졌을 것이다. 벽에 흰 곰팡이들이 군데군데 피어난 그곳을 집이라고 불러야 했다.

"몇 시에 집에 들어올 거예요?"

"자, 집에서 먹자."

"이 망할 비! 빨리 집에 들어가야겠어."

하지만 우리는 서로에게, 그리고 우리 자신에게 거짓말을 하고 있었다. 그곳은 우리 집이 아니었다.

진짜 우리 집에서의 아침 시간은 바빴다. 엄마는 모닝커피를 마시며 하녀에게 소리를 질렀고, 아빠는 신문을 넘기며 담배 가격을 확인했다. 루크와 제시는 구운 콩과 달걀 그리고 양념이 많이 들어간 전통 소시지 부르보스를 게걸스럽게 먹어 댔다. 페이션스는 뜨거운 차를 따르며 우리의 점심 도시락을 챙겼고, 정원사는 엄마의 텃밭에서 토마토, 아보카도, 구아버를 가져왔다.

그리고 우리는 트럭 뒷자리에 올라타 새 학기가 시작하기 전 주말의 안개 낀 아침 공기를 마시며 달렸다. 운동복에 재킷을 입고 무릎 아래까지 오는 긴 양말을 신은 우리는 '라디오3'을 들었다. 이슬이 맺힌 아카시아 나무가 눈 깜빡할 사이에 우리 옆을 지나갔다. 거미줄은 길게 자란 마른 풀 속에서 햇빛을 받아 반짝반짝 빛났고 푸른 하늘이 끝없이 펼쳐졌다.

그곳이 우리 집이었다.

이곳, 런던 연립주택에서의 아침은 여러모로 혼란스러우면서도 뭔가 억눌린 것 같은 정적이 감돌았다. 아빠는 늘 우울했다. 손수 집 안일을 하는 것에 익숙하지 않은 엄마가 만든 오트밀 포리지는 멍울이 져 있었다. 샌드위치도 늘 같은 것만 먹었다. 엄마가 끓인 홍차에서는 구정물 맛이 나서 도저히 마실 수 없었다.

아빠는 또다시 술독에 빠져 지냈다. 아빠가 내뿜는 뿌연 담배 연기가 구름처럼 에워싼 집 안에서는 더 이상 반짝반짝 빛나는 물건을 찾아볼 수 없었다.

학교에 적응하는 것도 큰일이었다. 나는 세인트폴에서의 학교생활을 상징하는 것들, 예를 들어 덥고 갑갑한 교복과 필수과목인 체육, 반장과 선생님들에 대한 절대 복종 같은 것들을 그리워할 날이 오리라고는 전혀 상상하지 못했다. 하지만 이제는 그런 것들이 그리웠다. 선생님들이 그리웠고, 기숙사 친구들이 그리웠고, 성가대에서 노래를 부르던 것이 그리웠다. 심지어 루도마저 그리웠다. 루도의 비꼬는 것 같은 농담, 그녀가 사용하는 방취제 향기, 기숙사 전등을 꺼야 하는 소등 시간 이후에 몰래 속삭이며 이야기를 나누던 일, 그 모든 것이 그리웠다. 나는 자꾸만 떠오르는 루도에 대한 기억을 떨쳐 버리기 위해 그녀가 지금쯤 다른 사람에게서 빼앗은 농장에서 썩어 빠진 장관 아빠와 럭비를 잘하는 오빠 맥스와 함께 즐거운 시간을 보내고 있을 것이라고 생각하며 나 자신을 꾸짖었다. 그래도 루도가 보고 싶었다.

귀향

우리가 고향으로 돌아온 날, 비가 내렸다.

우리는 구불구불한 길을 따라 차를 몰았다. 차창 밖으로 화강암 언덕과 바오바브나무가 빠르게 지나갔다. 내가 어렸을 때 보던 풍경이었다. 모두 웃고 떠들며 라디오에서 흘러나오는 노래를 따라 부르고 있을 때, 나는 어린 시절의 기억 속으로 빠져들었다. 다시 열네 살 소녀가 되었다. 트럭 짐칸에 쪼그리고 앉아 임신한 어머니의 부른 배가 나를 누르는 감촉을 느꼈다. 눈물과 연기로 눈이 따가웠다. 내 주위에는 구슬피 울며 탄식하는 여인들과 어린아이들, 조용히 눈물을 흘리거나 슬픔을 감추려고 애써 용기 있는 표정을 짓는 남자들이 있었다.

이곳에서 쫓겨나 원주민 보호구역으로 추방되었을 때 마지막으로 이 언덕을 본 사람이 차 안에는 나밖에 없다는 사실을 깨달았다. 나모는 그때 이미 시력을 잃은 후였고, 나머지는 아직 태어나기 전이었다.

나는 젊은이들, 그중에서도 특히 내 아들을 바라보았다. 어엿한 남자가 다 된 아들을 보자 가슴이 두근거렸다. 이 아이들은 조상에 게 물려받은 땅으로 돌아가는 것이 무엇을 의미하는지 알고 있을 까? 우리의 꿈이 영국식 교육과 미국 음악을 즐겨 듣는 요즘 아이들 에게 제대로 전달되었을지, 땅에 대한 사랑과 헌신의 씨앗이 이 아 이들의 가슴속에 제대로 심어졌을지 나는 확신이 서지 않았다.

옆자리에 앉아 있던 펑가이 엄마가 말했다.

"요즘 아이들은 너무 이기적이야! '자유로운 영혼을 지닌' 아이들 이 땅이나 과거에 관심을 가질 거라고 생각하는 거야? 그 아이들은 그저 쉽게 살고 싶어 할 뿐이야. 빨리 돈을 벌거나 외국으로 떠나는 그런 삶 말이야. 조상으로부터 물려받은 땅을 지키기 위해 부모가 열심히 싸우고 목숨을 잃었다 해도 그 아이들은 농부로 살아가는 것 에는 아무 관심도 없어."

나는 고개를 저으며 대답했다.

"그렇지 않아, 펑가이 엄마. 그렇게 부정적으로 생각하면 안 돼. 우리는 젊은이들을 믿어야 해. 그들이 곧 이 나라의 미래니까."

펑가이 엄마는 쓴웃음을 지으며 손뼉을 쳤다.

"그럼 신이 이 나라를 지켜 주시겠네. 타와나 엄마! 신이 우리를 지켜 주시겠어!"

"만약 우리 젊은이들이 게으르거나 신념이 부족하다면, 그것은 우 리 부모들이 아이들을 제대로 가르치지 못했기 때문이야."

하지만 나는 그보다 더 큰 이유를 알고 있었다. 부모가 할 수 있는 일은 제한적이다. 부모가 학교 교육 제도나 경제, 정부를 바꿀 수는 없다.

나는 고개를 가로저었다. 오늘은 그런 우울한 생각에 빠져서는 안 된다. 나는 차창 밖으로 지나가는 작은 언덕과 내 손을 꽉 잡고 있는 사랑스러운 아들 혼도를 바라보았다.

우리가 탄 차는 사바나 초원의 길게 자란 풀들을 헤치며 흙먼지가 풀풀 날리는 길을 천천히 달려갔다.

'좀 잘라야겠네.'

나는 속으로 혼잣말을 하며 앞으로 우리가 해야 할 여러 가지 일들을 생각했다. 그러자 가슴이 뭉클해졌다.

우리는 '바오바브 목장'이라고 쓰인 빛바랜 팻말을 지나 녹슨 철 대문으로 들어섰다. 그리고 예전에 농장주 가족이 살던 집터를 지나 별채 쪽으로 향했다. 이 농장의 본채 건물이 완전히 불타 버렸기 때문에 집을 다시 지어야 한다는 사실은 이미 들어서 알고 있었다.

정부 직원이 코를 킁킁거리며 말했다.

"여기서 살던 백인들이 왜 이런 짓을 했는지 알 것 같아요. 이곳에서 흑인이 살게 된다는 사실을 도저히 받아들일 수 없었나 봐요."

그다지 놀랄 일도 아니어서 우리는 고개를 끄덕였다. 하지만 새로 건물을 지으려면 돈이 꽤 많이 들었기 때문에 돈을 모을 때까지는 별채 건물을 사용할 수밖에 없었다. 차가 멈추자 모두 차에서 내려 팔다리를 쭉 폈다.

비가 그쳤다. 나뭇잎에 맺혀 있던 물방울이 땅으로 똑똑 떨어지는 소리와 바람에 나뭇잎이 산들거리는 소리만 들렸다. 수영장에는 초록빛이 도는 검은색 물이 바닥에 조금 고여 있었다. 꽃밭에는 무성하게 자란 잡초만 보였고 군데군데 남아 있는 잔디는 갈색으로 변해 있었다. 나는 고개를 저었다. 대체 이 정원의 잔디를 초록색으로 유지하기 위해, 그리고 수영장을 가득 채워 놓기 위해 물을 얼마나 많이 낭비했을까? 나는 이곳에서 엄청난 일이 벌어졌다는 사실을 새삼 깨달았다. 그리고 우리 앞에 놓여 있는 가능성과 도전, 엄청난 작업이 실감 나기 시작했다.

나는 나모의 팔을 잡으려고 손을 뻗었다. 그러자 그는 내 손을 부드럽게 잡아 주며 속삭였다.

"이곳에서는 다른 냄새가 나. 우리가 어렸을 때 맡아 본 냄새와 비슷하지? 그렇지?"

나는 터져 나오려는 울음을 참으려고 입술을 깨물었다. 그리고 나모에게 속삭였다.

"아니야, 나모. 그 냄새와는 달라, 완전히 달라."

나모가 말없이 고개를 끄덕였다. 나는 그의 손을 쓰다듬어 주었다. 그가 지금까지 잊지 않고 그리워했을 모든 것들을 생각하니 가슴이 아팠다.

별채 건물을 둘러보던 혼도가 얼굴을 찡그렸다. 일꾼들의 숙소와 말들이 묶여 있던 마구간 등 모든 것이 버려진 채 황폐했기 때문이다.

혼도가 말했다.

"나중에 엄마에게 새 집을 지어 줄게요. 아마 엄마가 본 집 중에서 가장 아름다운 집이 될 거에요."

나는 혼도에게 미소를 지어 보이며 말했다.

"나에게 아름다운 집은 필요 없단다, 우리 아들. 우리 가족이 함께 지낼 수만 있다면 판잣집에서도 살 수 있어. 집의 겉모습은 하나도 중요하지 않아. 이제 이 주변을 걸으며 우리 땅을 돌아봐야겠어."

나모의 조카딸인 루파로가 외쳤다.

"하지만 숙모, 비가 왔잖아요!"

나는 빙그레 웃었다. 하여간 도시 아이들이란!

나모도 웃었다. 우리 둘 다 신발을 벗고, 챙이 넓은 모자를 쓰고, 전에도 늘 그랬던 것처럼 손을 잡고 걷기 시작했다.

우리는 비가 와서 젖은 땅을 맨발로 걸었다. 기적적으로 다시 우리 것이 된 땅을 말이다. 나는 허리에 앞치마를 두르고, 머리에는 밀짚모자를 쓴 채 덥고 습한 땅 냄새가 가득 찬 공기를 마시며 젖은 땅 위를 걸었다. 사랑하는 나모와 우리 아이들 그리고 친척들이 모두 함께 걸었다. 그렇게 걷는 사이에 하늘은 곧 개었다. 푹푹 찌는 땅 위로 밝은 햇살이 다시 비치기 시작했다.

나는 오래전에 자주 하던 것처럼 흙덩어리를 집어 들고 그 온기를 손가락 사이로 느끼며 몸속 깊이 퍼지는 행복을 만끽했다. 나모와 나는 웃었다. 나는 마을 사람들의 부러움을 사던 하얀 이를 드러내고 웃었다. 나모도 자신의 눈과 같은 지팡이를 흔들며 웃었다. 조상님이 물려준 우리 땅 위를 다시 한 번 자유롭게 걷고 싶다는 우리의 기도, 우리의 꿈이 이루어진 것에 기뻐하며 환하게 웃었다.

토지 반환 요구와 재분배 정책은 많은 논란을 불러일으켰다. 이 정책에 대한 제재의 소리도 컸고 정권 교체 목소리도 높았다. 도시에서는 폭력을 동반한 정치적인 불안감이 조성되었다. 하지만 이곳에 있는 우리는 세상이 우리를 어떻게 보는지 의식하지 않아도 된다. 우리에게는 그것이 바로 오랫동안 기다리던 정의의 실현이었다.

나는 목장 울타리 너머에 이미 죽었거나 죽어 가는 옥수수들로 뒤덮인 들판을 둘러보며 말했다.

"우리는 이 농장의 개량 작업에 성공할 거야. 물론 쉬운 일이 아닐 거야. 그리고 포기하고 싶을 때도 있을 거야. 하지만 이곳은 우리 조상들이 터를 잡고 정착한 땅이야. 우리는 이곳에 뿌리 깊이 남아 있는 그분들의 유산에 경의를 표해야 해. 열심히 일해서 결실을 맺어야 해."

나모가 웃으며 덧붙였다.

"그리고 호박도 심어야 해."

호박이라는 단어를 듣자마자 나는 눈가에 눈물이 맺혔다. 어머니 생각에 가슴이 미어지는 것 같았다. 하늘나라에 있을 어머니는 이 광경을 보고 무척이나 기뻐하실 것이다. 그 순간, 나는 문득 바람막이용으로 줄지어 심어 놓은 나무들을 지나 서쪽으로 걸어가고 싶었다. 나무들 가까이 다가가서는 달리기 시작했다. 관절에 통증이 느껴졌지만 멈출 수 없었다. 보이지 않는 어떤 힘이 나를 끌어당기고 부르는 것 같았다.

그리고 나는 내 앞에 나타난 나무를 보고 그 이유를 알 수 있었다.

내 앞에는 옛 모습 그대로 크고 굵은 나무가 우뚝 서 있었다. 어머니의 바오바브나무, 내가 태어난 곳이었다. 나는 주저앉아 울음을 터뜨렸다. 조상들이 묻힌 고향에서 멀리 떨어진 낯선 땅에 쓸쓸히 묻힌 어머니와 아버지, 파라이 오빠 그리고 많은 것을 잃고 오랜 시간을 견뎌 온 나모와 타와나를 비롯해 우리 모두를 생각하며 슬픔의 눈물을 흘렸다.

하지만 그 눈물은 기쁨의 눈물이기도 했다. 내 마음속 깊은 곳에서는 드디어 이 땅을 되찾고 고향에 돌아와 정착하게 되었다는 기쁨이 넘쳐흘렀다.

나는 눈물을 흘리며 속삭였다.

"그래요, 어머니. 제가 집으로 돌아왔어요. 어머니의 딸이 마침내 집에 돌아왔어요."

망명 신청자

공짜로 먹고사는 문제를 해결하는 거지처럼 우리는 망명자 생활을
해 나갔다. 주거비 일부를 주택 수당을 통해 받았고, 무상 의무교육
을 실시하는 공립학교에 다녔으며, 정부가 극빈자에게 주는 보조금
을 받으며, 대중교통을 이용하는 방법을 배웠다.

이전의 삶과 비교하면 상상할 수도 없는 큰 변화였다.

엄마와 아빠는 거의 대화를 나누지 않았다. 어쩌다가 대화를 나눌
때에도 신경이 날카로워서 대화가 곧 끊기곤 했다.

"우유 사 왔어요?"

"폴한테 뭐 들은 거 없소?"

"불이 안 들어오잖아요! 전기세 냈어요?"

"나 참, 이걸 사람이 먹으라고 만든 거요? 수! 좀 제대로 만들 수
없소?"

가끔은 은근한 위협까지 보태졌다.

"이안, 그게 그렇게 맛이 없으면 당신이 직접 만들어 먹으면 되잖

아요!"

처음에 우리는 제니 이모, 매니 이모부와 자주 만났지만 얼마 지나지 않아 아빠는 그런 만남을 견디지 못했다. 매니 이모부가 너무 잘난 체했기 때문이다. 심지어 이모부는 아빠에게 사무실에서 잡무를 보는 일자리를 소개하기도 했고, 학교에 다시 다니는 것이 어떠냐고 제안하기도 했다.

마지막으로 이모 집에 갔다가 돌아왔을 때 아빠가 소리쳤다.

"남자는 자존심을 지켜야 해."

엄마는 낡은 소파에 핸드백을 던지며 퉁명스럽게 대꾸했다.

"특히 남은 게 자존심밖에 없을 때는 더 그렇지요."

엄마는 마치 아빠가 우리를 몰락시키기라도 한 것처럼 잔인하고 신랄하게 말했다. 아빠의 기분을 안 좋게 만드는 것으로 자신의 죄책감을 완화시키려는 듯 보였다. 우리 가족의 비극은 세계적인 뉴스거리가 되었다. 우리는 고통받는 다른 가족들과 한데 합쳐져서 역사적인 사건의 일부분처럼 언급되었다. 우리는 집뿐만 아니라 우리의 정체성도 잃어버렸다.

하루는 학교에서 수영을 했다. 그런데 엄마가 수건을 챙겨 주는 것을 깜빡했다. 나는 수영장에서 덜덜 떨며 기다릴 수밖에 없었다.

그때 셰반이라는 흑인 여자아이가 나를 보더니 자기 수건을 내밀었다. 나는 망설였다. 흑인 여자아이와 수건을 같이 쓴다고?

셰반은 내가 꺼리는 것을 보고는 눈살을 찌푸리며 말했다.

"네가 뭐라도 되는 줄 아니?"

그녀는 쯧쯧 혀를 차며 나를 역겹다는 표정으로 바라보았다. 다른 흑인 여자아이도 나를 비웃었다.

"얘는 남아프리카공화국에서 왔잖아. 흑인을 더러운 때처럼 취급하는 나라 말이야."

나는 입을 열고 '남아프리카공화국이 아니라 짐바브웨에서 왔어'라고 말하고 싶었지만 그 아이들은 내 말을 들으려고 하지 않았다.

"다음에 또 저러면 저 계집애 얼굴 한 대 갈기는 거 잊지 마!"

"더러운 인종차별주의자!"

나는 눈물을 감추며 그들의 야유를 피해 도망쳤다. 루도가 생각났다. 학교에서의 마지막 날, 내가 기숙사에서 걸어 나가던 순간 루도의 얼굴에 떠오른 표정이 눈앞에 어른거렸다. 나는 부끄러워서 루도를 볼 면목이 없었다. 이제 나와 루도의 입장은 완전히 바뀌었다.

세반의 말이 맞았다. 내가 뭐라도 되는 줄 알았단 말인가?

나는 더 이상 사립학교를 다니지도 않고, 특권층도 아니며, 하인들이 시중을 들어 주지도 않는다. 나는 다른 학생들보다 교양이 있지도 않고, 똑똑하지도 않으며, 백인과 흑인을 통틀어 그 누구보다도 예쁘게 생기지 않았다. 나는 그저 가난한 난민 가정의 소녀이자, 아프리카 내륙 국가에서 빠져나온 망명 신청자 중 한 명이었다. 나는 이민국을 가득 메운 사람들과 다를 게 없었다. 한 가지 다른 점이 있다면 우리는 백인이고 그들은 흑인이라는 사실이었다.

햇빛에 탄 피부에 외국인 같은 악센트의 영어를 구사하는 우리는 백인 영국인들과 다른 사람이었다. 그들과 완전히 융화되거나 동화

되기를 기대했다면, 그건 우리의 판단 착오였다. 우리는 아웃사이더 였고, 자기 집이라고 부를 수 있는 집을 갖지 못했다. 그리고 우리가 살아가는 데 필요한 모든 것을 구걸해야 했다. 그렇게 해서 돈이든 지원이든 수용이든 무엇이든 얻어 내야 했다.

우리는 더듬더듬 해답을 찾아야 했다. 그리고 나름대로의 해답을 찾은 엄마는 낮 동안 어디론가 훌쩍 사라졌다. 그녀는 버스 정기 승차권을 이용해 새빨간 2층 버스를 타고 런던 중심가로 향했다. 해로 즈와 셀프리지, 하비니콜스 같은 백화점을 돌아다니며 우리가 집을 가지고 있었다면, 경제적으로 자립했다면 살 수 있을 만한 물건들을 구경하고 다녔다.

엄마는 자신이 날마다 싸구려 맥주를 마시며 현실을 잊으려고 애 쓰는 파산한 짐바브웨 농장주의 아내가 아니라, 남아프리카공화국 의 다이아몬드 광산을 상속받은 부잣집 마님처럼 유명 디자이너가 만든 비싼 옷을 입어 보며 시간을 보냈다. 엄마는 우리를 데려가지 않고 혼자서 제니 이모를 만나러 갔다. 엄마와 이모는 나가서 술을 마시고 극장에 가기도 했다. 그런 엄마와 이모의 모습은 마치 예전 의 짐바브웨에서 지내던 시절로 돌아간 것 같았다.

하루는 엄마가 거실 소파에 앉아 전화 통화를 하며 웃고 있었다. 내가 몇 달 동안 듣지 못한 웃음소리였다. 엄마는 나를 보자 웃음을 멈추고는 황급히 전화를 끊어 버렸다.

나는 가슴속에서 모락모락 피어오르는 어두운 감정을 꾹꾹 누르고 아무렇지도 않은 척하며 엄마에게 물었다.

"엄마, 누구랑 통화했어요?"

엄마는 나를 똑바로 쳐다보지 못하고 눈알을 이리저리 굴리며 지나치게 밝은 목소리로 대답했다.

"아, 이모네 집에서 만난 옛날 친구야."

엄마는 마치 해야 할 일이 생각났다는 듯 재빨리 거실을 빠져나갔다. 하지만 나는 엄마의 표정을 잊을 수 없었다. 마치 길고 긴 터널 끝에서 새로운 희망의 빛을 찾은 듯한 표정이었다. 그리고 그 통화를 끝낸 뒤 엄마는 주름 개선 크림과 라벤더 향이 나는 핸드크림을 바르기 시작했다.

만약 내가 그 통화 내용을 알았더라면, 그것이 어떤 결과를 가져올지 알았더라면, 그 후로 일어난 일을 막을 수 있었을지도 모른다.

엄마가 떠난 그날 밤, 어째서 나 혼자 엄마와 복도에서 마주쳤는지 그 이유를 아직도 알 수 없다.

나는 자다가 물을 마시려고 일어났다. 연립주택 안은 고요했고, 바깥의 소음은 이중 유리에 막혀 희미하게 들려왔다. 나는 방 밖으로 나가 복도에 깔린 카펫 위를 걷다가 그곳에 꼼짝도 않고 서서 나를 바라보고 있는 엄마를 발견했다. 그 순간 엄마를 보는 내 눈빛에 놀람과 혼란스러움이 드러났을 것이다. 짙은 화장을 한 엄마의 얼굴과 짧은 원피스, 옷깃을 세운 겨울 코트 그리고 두 개의 작은 여행가방을 꽉 잡고 있는 두 손을 보았을 때, 나는 모든 상황을 이해할 수 있었다.

나는 불안한 목소리로 물었다.

"엄마? 뭐하는 거예요? 어디 가려는 거예요?"

그때 휴대 전화에서 진동 소리가 울리자 엄마가 입술을 깨물었다.

"미안해, 케이티. 난 이제 더 이상 못 견디겠어. 최악의 상황이 너무 오래 이어지고 있잖아. 난 이제 갈 거야."

나는 화난 목소리로 낮게 말했다.

"안 돼요, 엄마. 이럴 수는 없어요! 이건 정당하지 않아요! 우리 모두 어려운 상황에서 함께 버티고 있잖아요. 모르세요?"

"케이티, 제발 그렇게 말하지 마! 난 지긋지긋해! 그럴 수만 있다면 너희도 함께 데려가려 했을 거야. 하지만 지금 당장은 불가능해. 네 나이 정도면 엄마를 충분히 이해할 수 있을 거라고 생각해. 엄마 대신 쌍둥이를 잘 돌봐 줘. 그럴 수 있지? 너는 늘 동생들을 잘 보살펴 줬으니까."

엄마가 나에게 팔을 뻗었지만 나는 엄마의 손길을 피해 뒷걸음질 쳤다. 그러면서도 줄곧 엄마를 향해 분노와 비난의 눈길을 보냈다.

"그동안 아빠가 엄마에게 해 준 것들에 대한 보답이 이거예요?"

그 순간, 나는 늘 속으로 엄마에게 느꼈던 적대적인 감정을 억누를 수가 없었다. 나의 모든 관심은 그것이 아빠에게 미칠 영향에만 집중되어 있었다.

"아빠는 엄마를 위해 모든 것을 희생하고 엄마가 원하는 것을 모두 이뤄 줬어요. 어떻게 그런 아빠에게 이런 짓을 할 수 있어요?"

그러자 엄마가 차가운 눈빛으로 나를 노려보았다.

"넌 늘 나를 질투했어. 그렇지 않니, 케이티? 아빠가 나를 사랑하고 나를 위해 모든 것을 다 해 주는 게 샘이 났던 거야. 어떻게 해도 네가 내 발끝에도 못 미친다는 사실 때문에 더욱 질투가 났던 거야. 넌 늘 너의 소중한 아빠 입장에서만 생각했지."

엄마의 말은 사실이었다. 하지만 그 말은 내 가슴에 비수처럼 꽂혀서 나는 몸을 가누지 못하고 비틀거렸다. 엄마는 그런 나를 보고 몸을 꼿꼿이 세우며 가방 손잡이를 꽉 쥐었다.

"이 결혼 생활에서 희생을 한 게 너희 아빠뿐이라고 생각한다면 넌 아직 여자가 된다는 게 어떤 건지 잘 모르는 거야, 케이티. 나는 시골 농장 구석에서 썩는 생활 따위는 바란 적이 없어. 나에게도 꿈이 있어. 나는 그보다 더 나은 삶을 꿈꿔 왔어."

엄마가 이야기하는 동안 나는 속으로 생각했다.

'엄마가 낳은 자식인 우리보다 더 좋은 것? 가족보다도 더 큰 꿈?'

나는 엄마를 이해할 수 없었다. 아니, 이해하고 싶지 않았다. 엄마가 우리를 낳은 것을 억울해하고, 우리를 엄마의 행복한 삶을 방해하는 짐짝으로 여긴다는 사실을 알게 되면 내 마음의 상처가 너무나도 깊어질 것이었기 때문이다. 나는 엄마가 이야기를 계속하게 내버려 두고 속으로 울었다.

"너희 아빠랑 결혼한 게 내 인생 최대의 실수였어. 그 사람을 내가 원하는 남자로 바꾸어 놓을 수 있다고 생각했던 게 잘못이야. 지금에서야 깨달았어. 너희 아빠와 있으면 나, 아니 우리는 희생을 강요당할 수밖에 없다는 사실을! 그 사람은 늘 자신의 꿈인 농장에만 매달렸고, 그래서 우리가 어떻게 되었는지 너도 잘 알 거야. 미안해, 케이티. 하지만 이제는 나도 내 꿈을 이루기 위해 떠나야겠어. 이제는 내가 행복해질 차례야."

엄마는 내 눈에 맺힌 눈물과 꽉 다문 입술을 보고 어깨가 살짝 처졌다.

"정말 미안해, 케이티. 이런 식으로 끝내게 돼서 미안해. 언젠가 네가 엄마를 용서할 수 있는 날이 올 거야."

그리고 엄마는 나를 안아 주었다. 나는 동상처럼 뻣뻣하게 서 있었다. 엄마는 내게서 멀어지며 입술을 깨물었다.

그때 나는 엄마를 말릴 수도 있었다. 내가 가지 말라고 매달렸으면 엄마는 떠나지 않았을 것이다. 하지만 나는 그렇게 하지 않았다. 우리를 불쌍히 여겨 달라고, 우리를 위해 엄마의 행복을 희생해 달라고 매달리는 것을 내 자존심이 허락하지 않았다. 나는 아무 말도 하지 않았다.

엄마는 손가락으로 내 턱을 어루만지며 속삭였다.

"최대한 빨리 너희를 데리러 올게."

엄마는 현관문을 열고 밖으로 나가 우편함을 통해 열쇠를 떨어뜨렸다. 나는 쓰디쓴 엄마의 이기심에 숨이 막힐 것 같았다.

그리고 우리 가족의 재결합을 위해 나는 이곳에 남게 되었다.

엄마가 떠난 뒤로 아빠는 망가져 버렸다. 평생을 바쳐 온 농장을 잃었을 때 망가지기 시작한 아빠는 엄마가 떠나면서 완전히 무너졌다. 아빠는 낮부터 술을 마셔 댔다. 가끔 집에서 마실 때를 제외하면 길 아래에 있는 술집에 가서 술을 마셨다. '망할 깜둥이들!', '저 놈들을 따끔하게 혼내 줘야겠어!'라고 욕설을 퍼부으며 사람들에게 싸움을 거는 것이 아빠의 일상이 되었다. 무언가를 들이받으며 울음을 터뜨리는 아빠를 바라보며 나는 그저 속으로 걱정할 수밖에 없었다. 아빠는 생활 보조금을 받으러 가는 것을 자주 까먹었다. 그럴 때마다 나는 동생들에게 저녁으로 줄 구운 콩을 조금이라도 사기 위해 동전을 구하러 나갈 수밖에 없었다.

하루는 아빠가 밤늦도록 집에 돌아오지 않았다. 경찰서에서 전화가 걸려 왔다. 아빠가 누군가와 싸우다가 중상해죄로 고소당했다고 했다. 우리는 아빠의 보석금을 낼 여유가 없었다. 당장 내일 먹을 우유와 빵도 없었다. 아빠는 집에 돌아오지 못했다.

나는 이 세상에 홀로 남겨진 것처럼 외로웠다.

짐바브웨에서 가져온 낡은 여행 가방을 꺼냈다. 그리고 옆 주머니를 뒤져 종이쪽지를 한 장 찾아냈다. 작년에 우리가 영국으로 갈 계획이라고 하자 할머니가 내 손에 쥐여 준 쪽지였다.

나는 몽롱한 상태로 복도에 있는 전화기 앞으로 다가가 쪽지에 적힌 번호로 전화를 걸었다.

신호가 갔다.

신호음이 다섯 번 울린 끝에 누군가 전화를 받았다. 몇 년이 지났지만 변하지 않은 목소리가 들려왔다.

전화 속 상대가 어리둥절한 목소리로 물었다.

"여보세요? 누구세요?"

나는 금방이라도 울음을 터뜨릴 것 같은 쉰 목소리로 속삭였다.

"제임스 삼촌? 케이티예요. 삼촌의 조카 케이티예요. 제발 도와주
세요."

우리 집안에서 쫓겨난 제임스 삼촌과 그의 아내 루텐도는 그날 밤
우리를 데리러 왔다. 루텐도의 피부는 윤이 나는 갈색이었고, 길게
땋은 머리는 아프리카 특유의 문양이 그려진 스카프로 묶여 있었다.
그들은 어색해하는 내 태도에는 아랑곳하지 않고 우리의 얼마 되지
않는 짐을 싸기 시작했다. 그런 다음 혼란스러워하는 루크와 제시를
그들의 차에 태웠다.

제시가 물었다.

"저 사람들은 누구야, 케이티 언니? 우리를 어디로 데려가려는 거
야? 엄마한테 데려다 주는 거야?"

루크가 보챘다.

"아빠는 어디에 있어? 그리고 저 흑인 여자는 누구야?"

나는 그의 머리카락에 얼굴을 묻고 '쉿!' 하며 조용히 하라고 했다.
나는 아무 대답도 하지 않았다.

드디어 우리는 최악의 상태로 떨어진 것이었다.

낯선 곳

제임스 삼촌의 집에 도착한 우리는 두려움을 감추지 못해 가져온 짐을 품에 안고 있었다. 나는 벽에 걸린 아프리카 가면과 나무줄기를 손으로 엮어서 만든 연한 색 바구니 그리고 벽난로 위의 선반에 놓인 처음 보는 갈색 피부의 사람들이 찍힌 사진을 보고 눈이 휘둥그레져서 제임스 삼촌의 아내인 루텐도를 다시 한 번 바라보았다.

키가 크고 우아한 몸매에 검은색 니트 원피스를 입은 그녀는 제임스 삼촌 곁에서 우리를 향해 다정한 표정을 짓고 있었다. 나는 이상하리만치 그녀에게 끌렸다. 처음에는 왜 그런지 몰랐지만 곧 이해하게 되었다. 그녀에게는 루도를 연상시키는 데가 있었다. 루도와 함께 있을 때 그랬던 것처럼 나는 루텐도와 함께 지내며 같은 지붕 아래에서 잠을 자고 밥을 먹는 것이 이 세상에서 가장 자연스러운 일인 것처럼 마음이 편해졌다.

루텐도, 아니 루텐도 숙모는 자신이 런던에서 박사 과정을 공부하기 위해 장학금을 받았으며, 박사 학위를 받을 때까지 온가족이 함께 지내려고 모두 런던에 와 있다고 했다. 좋은 교육을 받은 흑인 짐바브웨 여자. 그런 여자가 내 삼촌과 결혼한 것이었다.

나중에 루텐도 숙모가 말했다.

"이것만은 믿어 줘. 이렇게 중요한 일이 아니었으면 우리는 아이들을 그들의 친척과 친구들 그리고 고향에서 멀리 떨어진 이곳으로 데려오지 않았을 거야."

제임스 삼촌이 의미심장하게 덧붙였다.

"중요하지만 일시적인 일이지. 우리는 짐바브웨인이고, 우리 아이들은 짐바브웨에서 자라게 될 거야. 우리가 그곳에서 해야 할 일이 산더미처럼 쌓여 있어. 특히 지금 그곳의 상황은 매우 어렵다고 할 수 있지. 각국으로부터 제재를 받는 데다가 가뭄과 인플레이션 같은 문제들이 잔뜩 쌓여 있거든."

루텐도 숙모가 이야기를 이어 갔다.

"우리는 짐바브웨가 완전히 망가졌다고 말하며 그곳을 떠나는 사람들을 많이 봤어. 하지만 우리는 짐바브웨 사람들에게 부를 되돌려 주려고 한 그 시도가 헛된 것이라고 생각하지 않아."

그리고 루텐도 숙모가 단호하게 말했다.

"내가 박사 학위를 받으면 우리는 곧바로 돌아갈 거야."

나는 속으로 생각했다.

'돌아가서 뭘 하겠다는 거지? 그 나라 사람들은 백인들을 모조리 없애려고 하는데.'

그 순간, 나는 제임스 삼촌이 나와 아빠 그리고 우리 집안의 다른 사람들과는 다르다는 사실을 떠올렸다. 제임스 삼촌은 오래전부터 흑인 편에 서 있었기 때문에 극도의 인플레이션과 식량 부족 그리고 권력에 굶주린 지도자들이 우글거리는 그 나라에서 아직은 미래를 기대할 수 있을 것이라고 생각했다. 나는 무가베가 짐바브웨를 파국으로 몰아가고 있으며 백인 농장주들을 내쫓은 뒤 경제가 붕괴되었다는 BBC 뉴스를 볼 때마다 만족감을 느꼈다.

나는 제임스 삼촌이 우리를 구해 주고 경찰서에 있는 아빠의 보석금을 내준 것이 고마웠다. 하지만 아빠가 삼촌을 '백인을 배반한 녀석', '백인의 수치'라고 평가하던 말이 계속 머릿속에 맴돌았다.

다행스럽게도 루크와 제시는 갈색 피부에 곱슬머리를 가진 제임스 삼촌의 아이들을 보고 놀라지 않았다. 아무래도 제임스 삼촌의 아이들을 그저 방 한가득 장난감을 가지고 있고 우리와 비슷한 억양의 영어를 구사하는 친절한 짐바브웨 아이들 정도로 생각하는 것 같았다. 나는 동생들에게 그 아이들이 우리 사촌이라는 말을 직접적으로 전하는 일은 하지 않기로 했다.

쌍둥이들은 곧 우리가 농장에서 말을 타고 개들과 함께 놀며 즐거워하던 시절의 해맑은 웃음을 되찾았다. 영국의 종합중등학교에서 교육을 받으며 정통 영어식으로 바뀐 말투조차 짐바브웨 영어식 억양과 표현법으로 되돌아갔다. 나는 그것이 무척 기뻤다.

루텐도 숙모는 굉장히 냉철한 사람이었다. 그녀는 내가 이곳에 적응하는 것을 힘들어한다는 사실을 눈치챘다. 하지만 나는 내 입으로 삼촌과 그녀에 대한 일과 이 집에서 사는 것, 저녁 식사로 사드자를 먹는 것, 삼촌 입에서 튀어나오는 쇼나 어를 듣는 것, 내가 아는 것과는 완전히 다른 그들의 짐바브웨를 받아들이는 것이 힘들다는 사실을 그녀에게 솔직하게 털어놓을 수 없었다.

우리가 짐바브웨에서 왔다는 사실을 알게 된 사람들은 모두 무가베가 우리를 쫓아낸 일에 대해 물었다. 물음에 답할 때마다 마음의 상처가 다시금 아파 왔고 분노가 부글부글 끓어올랐다. 그리고 한편으로 그것으로부터 정당성을 인정받은 느낌도 들었다. 나에게는 모두에게 들려주어야 할 중요한 이야기가 있었다. 우리는 너무나도 끔찍한 경험을 한 피해자였다. 흑인들은 우리를 억압했고, 집을 도둑질해 갔으며, 우리에게서 빼앗은 땅을 황폐하게 만들고, 나라 경제를 망쳐 놓고 있었다. 하지만 나는 우리 집을 완전히 태워 버린 화재와 그 화재의 원인에 대해서는 절대 입을 열지 않았다.

그런데 이 집안의 분위기는 달랐다. 나는 제임스 삼촌 부부가 내가 들려준 사건의 전말에 대해 전적으로 동의하지 않는다는 느낌을 받았다. 하지만 그들은 내 기분을 헤아리고 배려해 주었기 때문에 내 이야기를 반박하지는 않았다.

나는 루텐도 숙모의 가족과 지인들이 덤불 전쟁에 나가 싸웠으며, 지금은 토지 재분배 정책의 혜택을 받아 땅을 갖게 되었다는 사실을 알고 있었다. 그래서 나는 그들이 베풀어 주는 배려에 대해 고마워하면서도 그들의 집에서 지내는 현실이 불편했다. 그들과 나 사이에는 도저히 넘을 수 없는 벽이 있었다.

제자리로

　우리는 새 농장을 가꾸느라 많은 일을 해야 했기 때문에 무척 힘들었지만 만족감을 느꼈다. 닭들도 자주 알을 낳게 되어 이틀에 한 번씩 계란 한 바구니를 시장에 내다 팔 수 있게 되었다. 닭 모이 가격이 비쌌지만 식용 닭과 오리를 키우는 사업은 그럭저럭 자리를 잡아 갔다.

　나모가 나에게 말했다.

　"타리로, 우리가 정말 저 닭들로 돈을 벌 수 있을까?"

　나는 어깨를 으쓱하며 말했다.

　"큰돈은 못 벌지도 모르지만, 그래도 해볼 만하잖아?"

　우리 가족이 먹을 농작물을 재배할 땅은 이미 정리가 끝났다. 그래서 시장에 내다 팔 농작물을 재배하기 위해 넓은 지역을 손질하는 데 온 힘을 쏟았다.

　우리는 뉴스를 통해 바깥세상에서는 우리가 실패하기를, 그것도 아주 비참하게 실패하기를 기대하고 있다는 사실을 잘 알고 있었다.

'아프리카인들이 농사일을 제대로 못하는 것은 누구나 아는 사실이다.'

씨를 뿌리고 비료를 구입하고 퇴비 더미를 쌓고 트랙터를 싼 값에 빌리는 방법을 궁리할 때마다 나는 그 말을 떠올렸다.

우리는 전에 이 넓은 땅에서 농장을 가꾸던 사람들에 비해 경험이 부족할 수도 있다. 하지만 정보나 기술에서 부족한 부분을 부지런함과 뜨거운 열정 그리고 헌신으로 메워 나갔다. 우리는 책꽂이에서 먼지가 뽀얗게 쌓인 농과대학 교재를 꺼내 다시 읽기 시작했고, 경험이 많은 농부들에게 조언을 구하기도 했으며, 날마다 직면하는 문제점을 해결하기 위해 여러 가지 시도를 하며 경험을 쌓아 갔다.

우리는 농과대학에서 공부를 한 나모의 맏조카 쿠지와에게 농장 관리인 일을 맡겼다. 그의 주된 업무는 일꾼들을 고용하고 그들이 날마다 하는 일을 관리하는 것이었다. 우리는 한 가족처럼 지냈다. 모두가 농장을 꼭 성공시켜야겠다는 책임감을 느꼈다. 그렇게 하루하루가 행복하게 지나갔다.

농지를 얻은 전국의 다른 흑인 가족들도 우리처럼 새로운 책임감을 느꼈다. 물론 개중에는 썩어 빠진 사람들에게 돌아간 농지와 관리할 사람이 없어 놀고 있는 농지도 있었다. 하지만 그렇다고 해서 짐바브웨의 보통 사람들이 원래 자신들의 것이었던 땅에서 다시 농사를 지을 기회를 얻었다는 사실이 바뀌는 것은 아니었다. 그것은 우리가 목숨을 걸고 쟁취해 낸 역사적인 위업이었다.

하루는 우리가 지은 작은 집의 부엌에 앉아 더 이상 빚을 지지 않고 양계장 사업을 확대할 수 있는 방법을 궁리하고 있었다. 그때 쿠지와가 열려 있는 부엌문 앞으로 다가왔다.

"들어갈게요!"

쿠지와는 문간에서 이렇게 소리치며 내 허락을 기다렸다.

나는 그를 올려다보며 미소를 지었다.

"들어와!"

그는 부엌으로 들어와 나에게 악수를 청하고는 자리에 앉았다. 그리고 한 무더기의 편지 봉투를 식탁에 내려놓았다. 나는 차를 끓이기 위해 자리에서 일어나 주전자를 불 위에 올려놓았다.

쿠지와가 편지 봉투들을 뒤적이며 말했다.

"숙모, 제가 마스빙고에 갔다가 우체국에 들렀는데 숙모 앞으로 온 편지가 있더라고요. 런던에서 온 거예요."

나는 눈살을 찌푸렸다.

"런던에서?"

영국에서 나에게 편지를 보낼 만한 사람이 누구일지 전혀 짐작되지 않았다. 하지만 편지 봉투에 쓰인 글씨와 발신인 주소를 보자 그 편지를 보낸 사람이 누구인지 알 수 있었다. 나는 편지 봉투를 뜯으며 활짝 웃었다.

"쿠지와, 이 편지를 보낸 사람은 농과대학을 함께 다닌 루텐도 마친가이제라는 사람이야. 그 친구는 농과대학을 마치고 짐바브웨 대학교에서 학업을 계속했어. 정말 똑똑한 여자지! 내가 마지막으로 들은 소식은 그녀가 석사 과정에 있고 책을 집필 중이라는 거였어. 정말 멋지지 않니?"

쿠지와가 미소를 지으며 고개를 끄덕였다. 내가 소녀처럼 흥분하자 그도 덩달아 즐거워하는 것 같았다. 대학에서 공부하던 시절이 떠올랐다. 가장 나이가 많은 학생이었던 나는 괭이를 손에 들어 본 적도 없는 젊은이들과 농사법에 대해 열띤 토론을 벌이곤 했다. 그리고 그때 나는 깨달았다. 그들 중 일부는 절대로 자신이 직접 농사를 짓지 않을 것이라는 사실을.

대학을 졸업한 뒤 루텐도와 나는 계속 연락하며 지냈지만 실제로 만난 것은 몇 번 되지 않았다. 그녀는 그녀의 길을 갔고 나는 내 길을 갔기 때문이다. 그 뒤 그녀가 백인과 결혼했다는 소식을 들었지만 믿을 수가 없었다. 그녀는 자신의 뿌리에 대해 확고하게 인식하고 뚜렷한 가치관을 지닌 사람이었다. 그래서 나는 그녀가 백인은 말할 것도 없고 쇼나 족이 아닌 사람과 결혼할 것이라는 생각은 한 번도 해 본 적이 없었다. 그녀는 자신의 남편은 다른 백인들과 다르다고 했다. 그녀의 남편은 인종차별주의자가 아니고 쇼나 어를 완벽하게 구사할 줄 아는 사람이라고 했다. 아마도 그런 점 때문에 루텐도의 가족이 그 백인 남자를 받아들였을 것이다. 비록 그 남자의 가족들은 루텐도를 받아들이지 않았겠지만…….

루텐도의 편지는 내가 기억하는 그녀의 마음씨처럼 따뜻한 내용들로 가득 차 있었다. 편지에는 그녀의 남편과 두 아이들, 대학원에서 하는 공부, 영국에서 박사 과정을 공부하며 받은 장학금 등이 언급되어 있었다. 그중에서도 특히 그녀의 졸업식에 와 달라는 요청은 나를 감동시켰다. 그녀는 내 항공료를 내 주겠다며 졸업식에 참석해 자신을 축하해 주고 행운을 빌어 달라고 했다. 하지만 편지의 다음 내용을 읽자 두근거렸던 내 가슴은 싸늘하게 식어 버렸다.

'당신도 알다시피 내 남편인 제임스는 오랫동안 가족들과 연락을 끊고 지냈어요. 그런데 작년에 그의 형님 가족이 짐바브웨에서 농장을 잃고 영국에 와서 살게 되었어요. 그러다가 그의 형수님이 가족을 버리고 어디론가 떠났고 형님은 경찰서 유치장에 갇혔어요. 상황이 이렇다 보니 그 집 큰딸인 케이티가 제임스에게 연락해서 도와 달라고 했어요. 우리가 어떻게 그 부탁을 거절하겠어요? 그래서 그 아이와 쌍둥이 동생들이 지금 우리 집에서 지내고 있어요. 바오바브 목장 주인이던 이안 왓슨의 아이들이 우리 집에서 우리와 함께 밥을 먹고 있다니, 상상도 못할 일이지요!'

이안.

부감독관 이안 왓슨.

바오바브 목장. 우리가 지난번에 잔디를 깎고 대문을 바꾸면서 없앤, 농장 밖에 세워진 녹슨 팻말에 쓰여 있던 이름이었다.

이로써 모든 것이 맞아떨어졌고, 나는 현기증이 났다.

"타리로 숙모! 괜찮아요?"

쿠지와의 목소리가 먼 곳에서 어렴풋이 들려왔다. 그가 나를 진정시키며 내 손을 잡고 의자로 이끄는 것이 느껴졌다.

나는 가슴이 갑갑해졌고 숨을 쉬기 힘들었다. 부감독관 이안 왓슨. 나모의 시력을 빼앗고 그의 인생을 송두리째 바꿔 버린 사람. 우리를 우리 땅에서 몰아내고 우리 밭을 망쳐 놓고 우리 소를 죽인 사람. 잔인하게 내 순결을 빼앗은 사람. 타와나의 아버지인 그 사람이 지난 세월 동안 우리 땅에 세운 농장을 통해 부를 축적한 백인 정착민이었다! 전혀 예상하지 못한 일이었고 너무나도 부당한 일이었다! 위액이 역류해 목구멍까지 올라왔다.

나모가 당황한 목소리로 나를 불렀다.

"타리로? 타리로!"

나모는 나의 떨리는 몸을 안아 주고 구역질을 멎게 하려고 애썼다.

나모와 쿠지와가 나를 방으로 옮겼다. 나모는 나를 침대에 눕히고 커튼을 쳐 주었다. 그러는 동안 그는 계속해서 속삭였다.

"내 사랑, 무슨 일이야? 말해 줘. 제발 나에게 말해 줘."

나는 입을 굳게 다물고 있다가 마침내 속삭였다.

"나모, 날 내버려 둬. 생각할 시간이 필요해. 제발 부탁이야."

그러자 그는 어둠 속에 나를 홀로 남겨 두고 방에서 나갔다. 나는 빨간 담요를 뒤집어썼다. 그리고 지금까지 일어난 모든 일과 앞으로 일어날 일들에 대해 생각했다.

내가 열네 살이 된 그해부터 온갖 끔찍한 일이 나와 내가 사랑하는 사람들에게 일어났다. 그래서 나는 강해지겠다고 결심했다. 우리 땅에서 쫓겨나 보호구역으로 옮겨 간 것부터 시작해서 어머니와 갓 태어난 여동생의 죽음, 부감독관 이안 왓슨에게 강간당한 일, 타와나의 탄생 그리고 글 읽는 법을 배우고 집을 떠나 덤불 속에서 적들과 맞서 싸우기까지 나는 어떤 상황에도 굴복하지 않는 법을 배웠다. 어떤 것도 똑바로 직시할 수 있는 눈을 갖게 되었으며, 어떤 역경에도 절대로 뒤로 물러서지 않았고, 늘 용기를 잃지 않으며 굳은 의지를 다져 왔다.

그리고 이제, 나와 우리 가족의 삶을 침범하고 모든 것을 완전히 바꿔 버린 남자와 대면할 때가 온 것이다. 나는 견디기 힘들었다. 런던에 있는 루텐도의 집에 가면 그를 다시 보게 될 것이다. 나는 힘을 낼 수가 없었다. 아직 상황이 좋아진 것도 아니고 새로운 삶으로 나아가지도 못했으니까.

그를 다시 보고, 그의 목소리를 듣고, 내 딸의 눈과 무척이나 닮은 그의 새파란 눈을 봐야 한다는 사실은 나에게 견디기 힘든 일이었다. 그와 마주치면 옛 기억들이 다시 떠오를 것 같았기 때문이다. 악몽 같은 잠보크, 피가 흐르는 살갗과 불타는 초가지붕 그리고 땅속에 파묻혀 다시는 햇빛을 보고 싶지 않던 그때의 끔찍한 기억이 다시 한 번 내 머릿속을 지배하게 될 것 같았다. 게다가 그의 다른 아이들, 타와나의 배다른 형제자매들을 어떻게 볼 수 있을까! 그리고 루텐도의 남편인 그의 동생을 어떻게 볼 수 있단 말인가! 나는 도저히 그렇게 할 수 없었다. 갑자기 내가 너무 늙고 지친 것처럼 느껴졌다. 내가 지금까지 노력해 온 모든 것이 이제 막 결실을 맺으려 하고 있었다. 나는 절대로 이안 왓슨이 나의 모든 것을 빼앗아 가도록 내버려 두지 않을 것이다. 두 번 다시 **빼앗기지** 않을 것이다.

그런데 결국 그곳에 가도록 나를 설득한 것은 나모였다. 그는 타와나를 불렀다. 타와나는 도시에 살고 있는 가족들 곁을 떠나 버스를 타고 우리가 있는 곳으로 왔다. 그녀를 마중 나간 쿠지와가 버스 정류장에서부터 우리 집까지 그녀를 데려다 주었다.

타와나가 내 방에 서 있는 것을 보았을 때, 나를 걱정하는 빛이 역력한 그녀의 파란 눈을 보았을 때, 나는 결국 또다시 울음을 터뜨리고 말았다.

타와나는 나를 안으며 부드럽게 말했다.

"울지 마세요, 어머니. 울면 안 돼요. 강해지셔야 해요. 특히 지금은요."

"아버지가 뭐라고 하셨니?"

"그 편지에 대해서 말씀해 주셨어요, 어머니. 어머니가 그 편지를 읽고 어떤 반응을 보였는지 말씀해 주셨어요. 아버지도 알고 계세요."

"알고 있다니, 그게 무슨 말이니? 그이가 뭘 알고 있다는 거야?"

사랑하는 나모가 나의 어두운 비밀을 알게 되었다고 생각하자 가슴속에서 극심한 공포가 일었다.

"아버지는 모두 다 알고 계세요, 어머니."

"모두 다?"

"모두 다요."

나는 눈물을 참으며 손으로 입을 막고 아무 소리도 내지 않았다. 내가 무엇보다 두려워하던 일이 일어난 것이었다.

문가에서 귀에 익은 그의 발소리가 들려왔다. 나는 침대 쪽으로 다가오는 그가 보이지 않게 몸을 돌렸다. 하지만 그는 늘 그렇듯 내 곁에 다가와 앉아 내 등에 손을 올려놓았다. 나는 그의 평소와 다름없는 행동에 움찔했다.

그가 조용히 말했다.

"타리로, 왜 돌아누워 있어? 누구를 보고 싶지 않아서 등을 돌리고 있는 거야? 나에게는 몸을 숨기려 하지 않아도 돼. 무슨 일이 일어났는지 모두 알고 있어. 그리고 타와나의 아버지가 누구인지도……."

"언제 알았어, 나모?"

"처음부터 알고 있었어. 우리가 보호구역에 살던 때 무슨 일이 있었는지 소문으로 들어 알았거든. 그리고 많은 사람들이 타와나의 생김새에 대해 말했어. 그 아이의 파란 눈에 대해서 말이야. 그런 사실을 숨길 수는 없어."

"하지만 어떻게…… 왜 나한테 말하지 않았어?"

"당신이 나에게 말하지 않았으니까. 그리고 그것이 그렇게 중요한 사실도 아니니까. 당신은 그자가 저지른 짓 때문에 비난을 받으면 안 돼. 마찬가지로 타와나도 아버지가 누구라는 것 때문에 비난을 받으면 안 되고. 그리고 그런 일이 있었다고 해서 당신이나 타와나를 향한 내 사랑이 작아지는 일은 절대 없어."

나는 숨을 죽였다. 내가 나모의 말을 제대로 들은 것인지 의심스러웠다.

나모는 계속해서 말했다.

"한 가지만 물어볼게, 타리로. 나에게 그 일을 털어놓지 못할 정도로 나를 믿지 못한 거야? 그 일을 알았다고 해서 달라질 것은 아무것도 없다는 사실을 당신도 잘 알고 있잖아? 내가 그렇게 무정하고 가벼운 사람이라고 생각한 거야?"

나는 고개를 가로저었다.

나모가 이야기를 이어 갔다.

"타리로, 당신이 나를 도와준 것처럼 나도 당신의 상처가 치유될수 있도록 돕고 싶었어. 당신과 나는 한 가족이잖아. 우리는 한마음으로 투쟁하고 한마음으로 도전해 왔어. 당신의 성공은 나의 성공이고 나의 성공은 당신의 성공이지. 나는 이미 오래전에 모든 것을 용서하기로 했어. 잊을 수는 없겠지만, 용서할 수는 있어. 그 상대가이안 왓슨 같은 사람이더라도 용서하기로 했어. 물론 나는 그를 두번 다시 만나고 싶지 않아. 우리에게는 타와나만 있으면 충분해. 그아이는 우리 아이야. 그리고 이제 우리 땅도 되찾았어. 그 사람에 대한 앙갚음은 이걸로 충분해. 이제 내 마음속에는 비통함이 차지할자리는 없어. 오로지 이해하려는 마음과 미래에 대한 희망만이 존재하지. 당신은 반드시 그곳에 가서 마음의 평화를 찾아야 해. 난 당신을 잘 알아, 타리로. 당신은 전사야. 당신은 반드시 그곳에 가서 이일에 마침표를 찍어야 해. 그렇게 하지 않는다면 당신의 마음은 영원히 편안해지지 않을 거야."

타와나가 말했다.

"그리고 저도 함께 갈게요, 어머니. 저도 이 일에 마침표를 찍고 싶어요. 저는 그 사람을 직접 봐야만 해요. 그리고 그 사람도 저를 봐야만 하고요."

마침내 타와나와 나는 영국으로 함께 떠나기로 했다. 우리의 과거와 정면으로 맞서기 위해.

솔직한 말

나는 루텐도 숙모의 옛 친구의 방문이 반갑지 않았다. 정말 반갑지 않았다.

루텐도 숙모가 자신의 친구와 그 가족이 이번에 새롭게 농장을 맡은 토착민 흑인 농부들이라고 밝힌 순간부터 내 가슴속에서 증오심과 분한 감정이 불타오르기 시작했다. 나는 루텐도 숙모의 친구와 그 가족들의 농부 놀이 때문에 집과 농작물을 잃고 평생을 바친 생업을 잃게 된 백인 농장주들을 생각하지 않을 수 없었다.

루텐도 숙모의 옛 친구이자 전투원 출신의 참전 용사가 런던으로 오는 중이라고 했다. 그 여자를 비롯해 그런 부류의 사람들이 우리 가족에게 한 짓을 생각하면 도저히 그 여자에게 미소를 지어 보이며 공손한 태도로 대할 수 없을 것 같았다. 그래서 나는 그 여자를 마중 나가자는 제의를 정중하게 거절했다.

루텐도 숙모가 집을 비운 동안 나는 끓어오르는 비통함을 꾹꾹 누르며 고통을 들쑤셔 끄집어낸 그 여자에게 어떤 태도를 취해야 할지

고민했다.

　루텐도 숙모가 공항으로 떠나고 두 시간쯤 지난 뒤, 집에서는 모든 준비를 끝내고 손님이 오기만 기다렸다. 제임스 삼촌은 부엌에서 그릇들을 가져다 놓았고 나는 그것을 행주로 싹싹 닦았다. 그리고 거실을 청소하고 여기저기에 흩어져 있는 쿠션들을 정리했다.

　우리는 별다른 얘기를 하지 않았다. 제임스 삼촌도 내가 이번 일을 껄끄럽게 여긴다는 것을 느낀 듯, 2년 만에 처음으로 고향에서 찾아오는 손님 때문에 흥분한 아이들의 분위기에 나를 억지로 끼워 맞추려 하지는 않았다.

　"마이구루(maiguru)가 무슨 뜻이야?"

　제시는 사촌들이 사용하는 쇼나 어에 관심이 있는 듯, 지난밤부터 계속해서 물어보았다.

　제시의 물음에 슈피가 무덤덤하게 대답했다.

　"마이구루는 엄마의 여자 형제를 가리키는 말이야."

　가리가 궁금하다는 듯 쌍둥이에게 물었다.

　"그럼 너희 마이구루는 누구야?"

　루크는 눈살을 찌푸리고 코를 찡그리더니 대답했다.

　"마이구루 제니?"

　대답을 들은 아이들이 일제히 웃음을 터뜨렸다. 그러자 제시가 슈피의 갈색 인형의 복슬복슬한 머리칼을 쓰다듬으며 조용히 말했다.

　"엄마 보고 싶다."

　슈피가 제시의 팔을 잡으며 말했다.

"금방 돌아오실 거야. 두고 봐."

그리고 슈피는 미소를 지으며 덧붙였다.

"머리 다듬어 줄까?"

제시가 고개를 끄덕였다. 머리를 다듬는 것은 슈피가 가장 좋아하는 놀이 중 하나였다. 제시도 슈피가 머리를 다듬어 주는 것이 좋은 모양이었다.

그때 현관에서 초인종이 울렸다. 제임스 삼촌과 나는 깜짝 놀라서 현관문 쪽을 바라보았다. 루텐도 숙모는 적어도 한 시간은 더 지나야 돌아올 예정이었다.

"아마 자선 단체에서 옷을 걷으러 왔을 거야."

삼촌이 삐걱거리는 계단을 내려가 현관문으로 향하는 소리가 들렸다. 팽팽한 긴장감 속에 침묵이 이어졌다.

잠시 후 제임스 삼촌의 목소리가 들려왔다.

"이안…… 수? 여기서 뭐 하는 거야?"

엄마와 아빠였다.

나는 속에서부터 눈물이 차올랐다. 크나큰 고통과 그리움, 분노가 한꺼번에 치솟아 잠시 동안 아무 말도 할 수 없었다. 나는 제임스 삼촌이 긴장한 얼굴로 앞장서서 엄마와 아빠를 데리고 계단을 올라오는 것을 바라보았다.

아빠는 나를 보자 마음이 놓인다는 표정을 지으며 두 팔을 내밀어 끌어안았다. 나는 아빠의 셔츠를 눈물로 적시며 안겼다. 아빠의 가슴이 크게 들썩였다. 아빠도 나처럼 울고 있었다.

"미안해, 케이티. 정말 미안해."

층계참으로 나온 루크와 제시가 엄마를 발견하고 소리쳤다.

"엄마!"

쌍둥이는 소리를 지르며 계단을 뛰어 내려가 엄마를 꼭 껴안았다.

제시가 울먹이며 물었다.

"어디 있었던 거야, 엄마?"

루크가 소리쳤다.

"영영 못 보는 줄 알았잖아!"

아이들이 집으로 돌아온 엄마를 환영하며 포옹하자 엄마도 눈물을 흘리며 목이 메어 간신히 말했다.

"우리 아기들, 우리 아기들!"

나는 아빠를 껴안은 채 뒤에 서서 그들의 감동적인 재회를 지켜보았다. 나는 아직 엄마의 눈을 똑바로 쳐다볼 수 없었다. 엄마도 나와 눈을 마주치려고 하지 않았다.

잠시 후 겨우 마음의 평정을 되찾은 엄마와 아빠는 제임스 삼촌의 아이들이 쑥스러워하며 그들을 올려다보는 것을 알아차렸다.

제시가 그 아이들이 서 있는 쪽으로 엄마를 잡아당기며 말했다.

"엄마, 얘는 슈피라고 하고 쟤는 가리라고 해. 우리 사촌 동생들이야. 제임스 삼촌의 아이들이니까. 전에 만난 적 있어?"

엄마는 얼굴에 억지웃음을 지어 보이며 조금 머뭇거렸다. 나는 엄마가 아이들의 갈색 피부와 곱슬곱슬한 머리 그리고 벽에 걸린 아프리카 가면을 번갈아 쳐다보다가 콧구멍을 살짝 벌름거리는 것을 보앉다. 엄마가 무슨 생각을 하고 있는지 정확히 알 수 있었다. 엄마는 그 아이들에 대해 아무것도 모르는 상태에서 이미 아이들에 대해 판단을 내린 것이었다. 다른 사람들은 다 아닐지라도 엄마라면 틀림없었다! 엄마의 그런 태도가 너무나도 역겨웠다. 나는 토할 것 같은 표정을 감추기 위해 돌아섰다.

아빠는 제임스 삼촌 쪽으로 돌아서며 말했다.

"그러니까, 제임스. 음, 뭐라고 말해야 할지 모르겠어. 어쨌든 아이들을 돌봐 줘서 고마워. 네가 이렇게 나서 주지 않았다면 우리가 어떻게 되었을지 상상할 수도 없어."

제임스 삼촌이 부드럽게 말했다.

"형님, 가족이란 이럴 때 서로 도와야 하는 것 아니겠어요? 그렇지 않아요?"

아빠는 고개를 끄덕이고 헛기침을 하며 목청을 가다듬었다.

"너도 알겠지만 나는 네가 선택한 삶의 방식에 찬성할 수 없어. 솔직히 말해서 나는 아직 인정한 게 아니지만……."

제임스 삼촌의 눈에서 불꽃이 튀었다.

"인정? 형님, 그게 무슨 뜻이에요? 인정이라니요?"

아빠는 불편한 표정으로 삼촌을 쳐다보더니 눈살을 찌푸리며 더듬더듬 말했다.

"내가 무슨 말을 하는지 알고 있잖아, 제임스. 네가 스스로 선택한 이 삶 말이야. 아니, 물론 그…… 네가 어떻게 되어도 나는 상관없지만……."

"형님 말이 맞아요. 이건 내 일이니까 신경 꺼요!"

제임스 삼촌은 벌겋게 달아오른 얼굴로 그렇게 외치고는 아이들 쪽으로 돌아섰다.

"얘들아, 거실로 돌아가서 텔레비전 보고 있을래? 아빠도 금방 갈 게."

아이들은 모두 거실 쪽으로 걸어가기 시작했다. 엄마와 아빠를 힐 끗 쳐다보는 슈피와 가리의 얼굴에는 혼란스러워하는 표정이 역력 했다.

그러자 제시가 엄마와 아빠를 쳐다보며 부드럽게 말했다.

"제임스 삼촌에게 화내지 마세요. 네? 엄마 아빠가 없는 동안 삼 촌이 우리한테 얼마나 잘해 주셨는지 아세요? 그리고 슈피와 가리 는 이제 우리 친구예요. 제발 삼촌이랑 아이들에게 화내지 마세요."

제시는 그 말을 마치고는 몸을 휙 돌려 방에서 나갔다.

결국 엄마가 불편한 기색을 드러내며 말했다.

"이런 이야기를 하기에는 때와 장소가 적절하지 않은 것 같은데, 안 그래요? 그냥 애들 데리고 빨리 가죠."

제임스 삼촌이 다정하게 웃으며 말했다.

"사과 한마디 없이 가려고요? 정말 대단한 분들이네요."

아빠가 말했다.

"내 말 좀 들어 봐, 제임스. 그런 뜻으로 말한 건 아니야. 그저 내 기분이 어떤지, 우리가 늘 어떤 기분이었는지 말하려고 한 거야. 알 잖아, 그 문제에 대해……."

"흑인 녀석들에 대해서요? 깜둥이들에 대해서요?"

오랫동안 듣지 못했던 그 단어들을 듣자 나는 숨이 턱 막혔다. 엄마와 아빠의 노골적인 태도는 나에게 매우 충격적이었다. 그리고 나는 그 순간 내가 정말로 많이 바뀌었다는 사실을 깨달았다.

엄마가 날카로운 목소리로 외쳤다.

"네, 제임스. 바로 그거예요! 그리고 당신, 흑인 여자와 결혼하고 그 여자와 자식까지 둔 당신의 그 행동이 부모님과 가족들의 얼굴에 먹칠을 했다고요! 이런 일은 옳지 않아요. 지금까지도 옳지 않았고, 앞으로도 옳지 않을 거예요! 당신은 가족의 명예를 떨어뜨렸어요. 그리고 지금 이 말을 할 수 있는 정직하고 용감한 사람이 나밖에 없다는 사실이 매우 유감스럽군요!"

그 순간, 내 마음속에서 생각이 바뀌었다. 정직하다고? 용감하다고? 그래서 우리는 제임스 삼촌이 흑인 여자와 결혼하고 두 사람의 아이들이 쇼나 어를 쓴다고 해서 삼촌을 마음대로 판단하고 비난할 수 있다는 건가? 그런 이유가 아니라면 삼촌이 지금까지 한 일 중에서 우리가 경멸할 만한 일이 무엇이 있는가?

나는 기억을 더듬어 내가 태어나서 지금까지 살아오는 동안 옆에서 시중을 들고 나를 보호해 준 흑인들의 얼굴을 떠올려 보았다. 그들은 우리 가족을 돌봐 주기 위해 자신의 가족들 곁을 떠나야만 했다. 그들은 내 친구가 되어 주기도 했다. 나는 그들이 당연히 내 곁에 있어야 한다고 생각했고, 결국에는 나를 배신했다고 생각했다. 우리 가족 모두 그랬듯이 나도 그들을 '흑인 녀석'이나 '깜둥이'라고 불렀다. 하지만 그들은 모두 우리처럼 이름을 가지고 있었다. 페이션스, 그레이스, 루도, 루텐도 그리고 지칠 줄 모르는 정원사 러브모어까지 모두 자신의 이름이 있었다.

나는 정직하지 못했다.

나는 용감하지 못했다.

만약 내가 정직하고 용감했다면, 오래전에 오늘처럼 이렇게 외쳤을 것이다.

"그만하세요, 엄마!"

그러자 모두 충격을 받은 표정으로 나를 쳐다보았다.

나는 심호흡을 하고 말했다.

"엄마, 그분은 우리 숙모예요. 엄마가 이래라 저래라 명령할 수 있는 그런 '하녀'가 아니라고요. 그분의 이름은 루텐도, 루텐도 숙모라고요. 제임스 삼촌의 아내이자 아이들의 훌륭한 어머니이며 솜씨 좋은 요리사예요. 그분도 어엿한 우리 가족의 일원이라고요."

아빠와 엄마 모두 더 이상 내가 누구인지 모르겠다는 표정으로 나를 쳐다보았다. 나는 실망과 혼란스러움이 뒤섞인 부모님의 얼굴을 보고 싶지 않아서 눈을 굳게 감고 이야기를 계속했다.

"그리고 그거 아세요?"

내 눈가에 눈물이 맺히기 시작했다.

"전에 다니던 기숙학교에서 저와 가장 친한 친구는 흑인 소녀였어요. 그 아이의 이름은 루도라고 하고 목소리가 굉장히 아름다웠지요. 그 아이는 제인 오스틴을 무척이나 좋아했고 엄마랑 같은 방취제를 썼어요. 하지만 그때 저는 그 아이를 엄마에게 소개하는 게 너무 무서웠고 용기가 나지 않았어요. 엄마가 어떻게 생각할지 잘 알고 있었으니까요."

나는 너무나도 수치스러워서 흐느껴 울었다.

"그리고 정원사를 기억하세요? 엄마는 이름조차 모르는 정원사를 기억하시냐고요! 그 사람의 이름은 러브모어예요. 엄마, 러브모어라고요."

나는 눈물을 흘렸다. 건조하고 더운 여름의 바싹 마르고 먼지투성이 농장 냄새를 다시 맡았기 때문이다. 나는 개 짖는 소리와 귀뚜라미 우는 소리 그리고 나의 소프라노 목소리와 화음을 이루며 노래하는 루도의 알토 목소리가 들리는 것 같았다. 나는 두 번 다시 볼 수 없을 것 같은 페이션스와 그레이스, 루도 그리고 그녀의 오빠 맥스를 생각하며 울었다.

제임스 삼촌이 내 어깨에 손을 올렸다. 나는 따뜻하고 든든한 그 손길을 느끼며 눈물을 닦았다. 그리고 아빠의 얼굴을 똑바로 쳐다보았다.

나를 이해할 수 없다는 듯 바라보는 아빠의 눈은 차가운 금속 같은 파란색이었다. 아빠는 낮은 목소리로 으르렁거렸다.

"네가 이 아이를 세뇌시키려 한다는 걸 내가 눈치챘어야 했어, 제임스."

제임스 삼촌이 외쳤다.

"세뇌? 난 그런 짓은 한 적이 없어요, 형님! 이 아이를 세뇌시킨

건 형님이겠지요. 형님은 예전에 로디지아에서 호화롭게 살던 것처럼 여기서도 그렇게 살 수 있을 거라고 생각해요? 형님 같은 '로디지아의 백인'들이 아이들을 세뇌시켰지요. 그래서 아이들은 자신이 태어난 나라에서 멀어지게 되었고, 백인 이외의 짐바브웨인들에게는 다가갈 수 없게 되었어요. 형님 같은 부모를 둔 아이들은 피부가 흰 백인이 우월한 인종이라고 세뇌당하며 자랐어요."

내 기억 속에서 엄마와 아빠의 목소리가 들려왔다.

'그들은 절대 동등하지 않아. 백인은 백인이고 흑인은 흑인이야.'

엄마가 차갑게 말했다.

"조상으로부터 물려받은 유산과 자신의 혈통을 자랑스러워하는 건 잘못이 아니라고 생각해요."

"글쎄요, 형수님. 나는 우리가 지적이고, 모든 것을 객관적으로 판단할 수 있으며, 자신의 정체성을 자신이 결정할 수 있는 존재라고 믿고 있어요. 우리 조상들이 한 것을 반드시 모두 받아들이거나 용납해야 하는 건 아니에요."

아빠가 으르렁거렸다.

"그만해! 더 이상 그런 말은 들을 수 없어! 네가 우리 부모님을 모욕하거나 예전에 로디지아를 건설한 사람들을 헐뜯으려 한다면 우리는 당장 여기서 떠나겠어. 나는 이미 내 뜻을 밝혔어. 우리 아이들을 돌봐 준 것에 대해서 다시 한 번 고맙다고 인사할게. 그리고 이젠 우리가 데려가야겠어."

하지만 나는 부모님과 가고 싶지 않았다. 나는 제임스 삼촌과 이야기하고 싶은 것이 산더미처럼 많았다. 나는 삼촌의 이야기를 전부 이해한다고, 삼촌의 의견에 동의한다고 말하고 싶었다. 내가 바라는 것은 내가 있어야 할 곳을 찾고 나 자신과 타협하고 평화롭게 사는 방법을 찾는 것이라고 말하고 싶었다. 하지만 나는 아무 말도 못했다. 그러는 사이에 시간은 지나갔다. 엄마는 아이들의 물건이 있는 곳을 물었고, 아빠와 함께 우리 짐을 싸러 당당한 태도로 걸어갔다.

나는 주방에 있는 높은 식탁 의자에 앉아 흐트러진 생각들을 정리하려고 했다. 하지만 내 안에서 꼬이고 뒤틀린 감정들을 하나씩 풀어 가는 작업을 시작하기도 전에 다시 한 번 초인종이 울렸다.

잠시 후 나는 루텐도 숙모 뒤에서 계단을 올라오는 여자를 보았다. 머리에 스카프를 두른 그녀가 미소를 짓자 갈색 피부와 대비되는 흰색 앞니가 드러났다. 그 순간, 내 몸속의 피가 모두 얼어붙는 것 같았다.

그녀는 내가 아는 여자였다. 나는 그녀를 만난 시간과 장소를 기억 속에서 더듬어 보았다.

끔찍했던 그날 밤 '참전 용사'들과 함께 있던 여자였다. 그 여자는 우리 농장과 우리 집을 자신들의 것이라 주장한 사람들 중 한 명이었다!

그녀는 내 모든 기억과 악몽을 하나로 합쳐 놓은 것 같은 사람이었다.

역사

나는 그 소녀, 케이티를 한눈에 알아보았다. 순간 내 얼굴에서 미소가 사라졌다. 그녀의 엄마가 지금은 불타 없어진 그들의 집 현관에서 우리의 동지와 싸우는 동안 엄마 뒤에 서 있던 그 아이의 얼굴이 떠올랐다. 그리고 그 아이도 나를 알아본 모양이었다.

의자에서 일어난 아이의 얼굴은 당혹감과 고통으로 일그러져 있었다.

그 아이가 고개를 가로저으며 속삭였다.

"당신…… 저는 당신을 알고 있어요……. 여기서 뭐 하는 거죠? 대체 여기서 뭐 하는 거냐고요!"

아이는 두리번거리며 주위를 둘러보았다. 처음에는 제임스 씨를 바라보다가 그다음에는 루텐도에게 시선을 돌렸다. 그들이 자신을 배신했다고 느끼는 것 같았다.

늘 중재자 역할을 맡아 왔던 루텐도는 아이를 부드럽게 안아 주며 말했다.

"케이티, 이분은 나의 오랜 친구인 타와나 엄마라고 해. 내 졸업을 축하해 주려고 짐바브웨에서 오셨어."

하지만 아이는 여전히 충격에서 벗어나지 못해 비틀거렸다. 마치 마음속에 흩어져 있던 퍼즐 조각들이 마침내 하나의 그림으로 완성되었다고 느끼는 듯한 표정이었다.

아이는 루텐도의 팔을 뿌리치며 울음을 터뜨렸다.

"맙소사!"

그리고 계속해서 같은 말을 되풀이했다.

"맙소사!"

그러자 뒤에서 지켜보던 제임스 씨가 앞으로 나와 조용히 말했다.

"내 형님 이안과 형수님도 이곳에 있어요. 아이들을 데려가려고 조금 전에 왔어요."

역시 그 남자는 이곳에 있었다. 내 예감은 틀리지 않았다. 나는 곧 벌어질 일을 생각하며 마음을 굳게 먹었다.

케이티라는 아이는 고개를 가로저었다. 그리고 나를 비난하는 눈초리로 쳐다보았다.

"나는 당신을 기억해요. 그날 밤 거기 있었죠? 그렇죠? 당신은 우리 엄마에게 짐을 싸서 떠나라고 했어요. 당신과 당신 동지들은 그 땅이 우리 것이 아니라 원래 당신들 것이고, 주인이 땅을 되찾는 것일 뿐이라고 했지요. 하지만 당신은 우리 엄마가 설계하고 아빠가 지은 우리 집 현관에 서 있었어요. 그곳은 우리 집이었다고요! 지금까지 유일하게 딱 한 번 가져 본 우리 집이었다고요! 그 집을 당신들이 멋대로 빼앗아 갈 권리가 대체 어디에 있나요?"

케이티가 눈물이 맺힌 눈으로 나를 바라보았다.

나는 흐트러진 생각을 가다듬으며 침묵을 지켰다. 어떻게 말을 해야 이 어린 소녀가 내 이야기를 들어 주고 이해해 줄 것인가? 그리고 어떻게 말을 해야 자신의 이야기를 다른 각도에서 바라볼 것인가?

나는 문득 그녀의 아빠가 목장 이름을 '바오바브 목장'이라고 지었다는 사실과 내가 바오바브나무 밑에서 태어났다는 사실을 기억해 냈다.

우리에게는 공통점이 있었다. 나는 케이티에게 물었다.

"너희 농장에 있던 바오바브나무를 기억하니? 뿌리가 하늘을 향하고 있는 것처럼 생긴 나무 말이야."

케이티는 잠시 나를 가만히 바라보더니 고개를 끄덕였다. 그녀는 감정이 복받친 목소리로 조용히 말했다.

"네, 기억해요. 아주 잘 기억하고 있지요. 어렸을 때 거기서 자주 놀았어요."

"나는 그 바오바브나무 아래에서 태어났단다."

내 말에 케이티는 눈이 휘둥그레졌다.

"우리 어머니가 그곳에서 나를 낳으셨어. 바로 그 나무 아래에서 누구의 도움도 받지 않고 혼자서 말이야. 그 나무, 정말 굉장하다고 생각하지 않니?"

케이티가 고개를 끄덕였다.

나는 갑자기 피로감이 몰려왔다. 그 순간, 내가 일곱 시간의 비행기 여행을 방금 마치고 이 집에 왔다는 사실을 기억해 냈다. 나는 앉아서 부은 다리를 쉬게 하고 기운을 회복해야 했다.

나는 케이티에게 말했다.

"우리 그만 의자에 앉아서 이야기할까?"

케이티는 내 맞은편 자리에 앉았다. 그리고 우리는 서로의 눈을 바라보았다.

나는 이야기를 이어 갔다.

"지금 내가 네 기분을 이해한다고 하면 날 믿어 주겠니? 네 집을 누군가에게 빼앗기고, 가족이 붕괴되고, 새로 옮겨 간 곳의 사람들에게 배척당하고, 스스로 네 정체성을 인식하지 못하는 기분을 나도 알고 있다고 한다면 믿어 주겠니?"

황량하고 가난에 찌든 보호구역의 풍경, 바싹 마르고 황폐한 토양, 쇠약하고 창백한 얼굴, 어머니와 갓 태어난 여동생이 죽던 그날 오두막의 바닥을 흐르던 피, 그 모든 풍경이 떠오르자 나는 가슴이 무거워졌다.

입술을 깨무는 케이티의 모습은 더 어리고 연약해 보였다. 따뜻하고 정든 짐바브웨에서 지내던 그녀가 이 차갑고 적대적인 곳에 적응하기 위해 얼마나 힘든 시간을 보내고 있을지 알 수 있었다.

나는 이야기를 계속했다.

"애초에 우리 집을 빼앗아 간 사람이 너희 가족이라고 한다면 그 말을 믿을 수 있겠니?"

케이티가 속삭였다.

"나는 당신을 믿지 않아요. 당신은 그저 우리에게 한 행동을 정당화하려는 것뿐이잖아요."

"그럼, 케이티. 너는 네 선조들이 우리에게 한 짓을 어떻게 정당화할 셈이지? 네 선조들이 우리 땅에서 도둑질하고, 학대하고, 싸우고, 우리를 죽인 사실을 어떻게 정당화할 건데?"

케이티가 대답했다.

"덤불 전쟁……."

나는 그녀의 말을 중간에 잘랐다.

"자유를 위한 전쟁을 말하는 거니? 해방전쟁 말이야."

케이티가 퉁명스럽게 말했다.

"어쨌든 당신들이 이겼잖아요. 안 그래요? 그런데 어째서 계속 싸움을 벌이고 유혈 사태를 일으켰나요?"

내가 대답했다.

"승리는 상대적인 거야, 케이티. 승리는 너에게 중요한 것이 무엇인지, 너를 싸움터로 이끈 요인이 무엇인지에 따라 정해진다고 할 수 있어. 너도 그 땅을 소중하게 여기고 있겠지만 우리가 느끼는 감정을 네가 과연 이해할 수 있을까? 나는 자유를 쟁취하기 위해 싸워왔어, 케이티. 지금의 나는 전투원 출신의 참전 용사야. 그 말이 무엇을 의미하는지 알겠니?"

케이티는 머리를 가로저었다. 나는 내 의지와 상관없이 나와 운명적으로 연결되어 있는 이 소녀에게 그동안 내가 한 번도 입 밖에 내지 않은 비밀을 처음으로 털어놓기 위해 입을 열었다. 제임스 씨와 루텐도의 아이들 그리고 케이티의 쌍둥이 동생들이 모두 부엌으로 들어와 눈물을 흘리며 우는 늙은 여자를 보고 있었다. 하지만 나는 멈추지 않았다. 이것은 그들 모두 들어야 하는 이야기였다. 나는 밤새 불침번을 섰던 일과 모잠비크로의 이동, 사격 훈련을 받았던 일, 지뢰를 설치했던 일, 내 눈앞에서 동지들이 죽어 가는 모습을 보아야 했던 일, 사람을 죽였던 일, 집으로 돌아오는 꿈을 꾸었던 일에 대해 이야기했다.

"우리가 결국 자유를 쟁취하고 수풀을 벗어나 집으로 돌아왔을 때에는 모든 것이 달라졌다는 사실을 깨달았지. 우리 눈은 평생 잊지 못할 장면들을 너무 많이 보았고, 우리 손은 평생 씻어 낼 수 없을 만큼 많은 피로 물들었어. 우리가 돌아왔을 때 우리 가족들은 달라져 있었고, 원래 살던 곳을 떠나 다른 곳에서 살고 있었어. 그리고 그들은 우리가 겪은 일들을 이해하지 못했어."

그 순간, 나는 우리 가족을 떠올리자 목에 뭔가 걸린 것 같았다. 로디지아 군에게 목숨을 잃은 사랑하는 오빠 파라이, 돌아온 나를 보고도 자신의 딸이라는 것을 알아보지 못한 아버지의 퀭한 눈, 내게 전쟁에 참여한 적이 없는 것처럼 행동하라고 강요하던 작은어머니의 모습이 머릿속에 스쳐 지나갔다. 작은어머니는 전쟁에 대해서 잊어버리라고 했다. 테러와 고약한 죽음의 냄새, 숯이 된 육체가 풍기는 악취, 굶주림, 공포, 고립에 대해서는 절대 입도 뻥긋하지 말라고 했다. 그리고 그녀는 나에게 너야말로 영웅이라고, 그러니 너는 뒤를 돌아보지 말고 앞만 보고 가라고 했다.

이미 지난 일은 되돌릴 수 없으니까.

케이티가 말했다.

"우리 친척 중에 랄프 삼촌도 전쟁에서 싸우다 돌아가셨어요. 대의명분을 위해 싸웠단 말이에요. 그 싸움에서 목숨을 잃은 게 당신들뿐이라고 생각하지 마세요."

"무력을 동원해서, 기만적인 술수를 써서 빼앗은 땅을 위해 싸운 사람들 말이니? 그럼 그런 행동은 어떻게 정당화할 거니, 케이티?"

내 말에 케이티는 잠시 머뭇거리더니 다시 입을 열었다.

"우리는 우리 삶의 방식을 지켰을 뿐이에요. 우리가 부끄러워해야 할 이유는 없어요."

나는 유감을 나타내는 미소를 지으며 말했다.

"그리고 그런 삶의 방식이 다수결의 원칙 아래에서 어떻게 변했는지 아니, 케이티? 너희 가족도 농장과 집을 소유하고, 하녀와 정원사를 부리지 않았니? 그리고 너희가 그 땅에서 얻은 수확을 즐기고 있을 때, 우리 참전 용사들은 빈곤한 흑인 거주 지역에서 최대한으로 아끼면서 겨우 생활을 이어 가고 있었지. 그렇지만 우리는 짐바브웨라는 꿈을 이루기 위해 우리가 희생한 모든 것을 한시도 잊을 수가 없었어. 우리들 중 일부는 그런 빈곤 속에서 버티지 못하고 죽었지. 하지만 우리는 너무나도 가난해서 죽은 사람들을 제대로 묻어 줄 수도 없었고, 아이들을 학교에 보낼 수도 없었어."

케이티가 반박했다.

"하지만 그건 우리 잘못이 아니에요. 그건 당신들 흑인 정부의 잘못이잖아요. 우리는 늘 흑인 일꾼들을 잘 대해 줬어요."

하지만 그 순간 문득 떠오른 생각에 동요된 듯 케이티의 얼굴이 어두워졌다. 그리고 곧 말을 멈췄다.

나는 이야기를 계속했다.

"우리는 독립을 위해 싸웠지만 무시당하고 푸대접받으며 살았지. 그래서 분노했어. 분노는 본디 죄악이라고 하지만, 내가 지금부터 너한테 들려주는 이야기는 진짜야. 우리는 분노했어. 우리는 배신감을 느꼈고, 한껏 이용만 당한 것 같았거든. 우리는 아무리 숭고하게 들리는 것일지라도 추상적인 개념을 위해 목숨을 바치지는 않았어. 우리는 죽어서 국립묘지에 묻히려고 피를 흘린 게 아니야. 우리는 좀 더 실제적인 목표를 위해 싸웠어. 우리의 목표는 땅이었어."

케이티가 불만스러워하며 고개를 가로저었다.

"그놈의 땅! 당신들은 늘 땅 이야기를 하죠! 그게 그렇게 중요한가요? 지금까지 일어났던 그 모든 일을 감수할 정도로 땅이 소중한가요? 나라를 망하게 할 정도로 땅이 중요하냐고요! 그렇게까지 해서 당신들이 얻은 게 뭔데요?"

"원상회복이야, 케이티! 잘못된 역사를 바로잡는 거지! 우리는 땅을 위해 싸웠어. 우리 조상들이 물려준 땅, 백인들에게 빼앗긴 땅, 우리에게 존엄성과 자존심을 부여하며 우리의 정체성을 깨닫게 해주는 땅을 위해 우리는 싸운 거야."

내 말에 풀이 죽은 케이티는 왜소하고 쓸쓸해 보였다.

"그럼 나는 어디로 가야 하나요? 어째서 아빠나 할아버지가 한 일 때문에 내가 고통받아야 하는 거죠?

나는 갑자기 그 소녀가 한없이 가엽게 느껴졌다. 자신이 이해할 수 있는 한계를 벗어난 역사의 소용돌이에 휘말린 아이에 대한 연민이 복받쳤다.

나는 케이티의 어깨에 부드럽게 손을 올리고 말했다.

"과도한 분노와 불만은 실로 끔찍한 거야. 그것들은 차고 넘쳐서 마침내 앞에 있는 모든 것을 집어삼키고 말지. 나를 비롯해 나와 비슷한 사람들은 너와 같은 사람들을 강제로 집에서 몰아낸 폭력을 규탄했지. 하지만 너희에게 주어진 많은 기회를 모두 걷어 차 버린 것은 바로 너희였어. 땅에 관한 문제는 어떤 식으로든 해결될 수밖에 없었어. 그건 너도 알잖아?"

케이티는 힘없이 말했다.

"하지만 정당하지 않았어요. 우린 알지도 못했는데……."

케이티는 하고 싶은 말을 억누르고 얼굴을 붉히며 다시 울음을 터뜨렸다. 아마 머릿속에 자신의 아빠가 휘두르던 잠보크, 다른 일꾼들을 공포로 몰아넣던 농장 관리인 프랭크, 주인에게 폭행을 당해 퉁퉁 부은 얼굴로 참전 용사들을 집으로 데려온 정원사 러브모어가 떠오른 모양이었다.

나는 손을 들어 케이티의 눈물을 닦아 주며 부드럽게 말했다.

"네가 그걸 정당화시킬 필요는 없어, 케이티. 너는 그저 진실을 인정하기만 하면 돼. 가슴에 손을 얹고 진실을 찾아보렴. 그리고 네가 발견한 그것을 두려워하지 마. 옳은 일을 하는 걸 두려워하지 마. 설령 네 주위의 사람들이 반대로 행동하더라도 말이야. 너와 네 동생들에게는 희망이 있어. 너희는 아직 어리니까. 너희가 앞으로 어떤 사람이 될지는 너희 스스로 선택할 수 있어. 백인이든 흑인이든 너희 같은 젊은이들이 너희의 선조들과 우리가 저지른 잘못을 인정한다면 우리나라에는 희망이 있어. 너희가 짐바브웨의 희망이 될 수 있어."

나는 케이티를 꼭 안아 주었다. 그녀의 몸은 **뻣뻣**하게 굳어 있었다. 하지만 시간이 지나자 긴장이 풀린 듯 내 어깨에 얼굴을 묻고 흐느끼기 시작했다. 나는 그 아이의 머리를 쓰다듬어 주었다.

나는 내 아이들에게 하는 것처럼 케이티를 달래 주었다.

"쉿! 괜찮아, 괜찮아. 이제 다 괜찮아질 거야."

그 순간, 케이티의 아버지이자 나에게 최악의 악몽과 최고의 기쁨을 안겨 준 부감독관 이안 왓슨이 우리를 발견했다.

그리고 내 딸이자 그의 딸이며 케이티의 이복 언니인 타와나가 자동차에 남아 있던 마지막 여행 가방을 어깨에 메고 집 안으로 들어왔다.

에필로그

타와나

그는 나를 보자마자 한눈에 내가 누구인지 알아보았다.

그의 얼굴에 드러난 표정을 보고 그것을 알 수 있었다. 그는 그의 푸른 눈으로 나를 바라보았고, 나도 나의 푸른 눈으로 그를 바라보았다.

그리고 한바탕 소동이 벌어졌다. 그들은 비난하고 부정하고 눈물을 흘리며 엄청나게 분노했다. 그리고 수치스러워했다. 그의 아내는 아이들을 데리고 떠나 버렸다. 그녀가 과거에 일어난 모든 일들과 그녀가 알고 있다고 생각했던 모든 일들, 그리고 앞으로 일어날 모든 일들을 받아들이려면 시간이 필요할 것이다. 나의 이복동생 케이티는 상황이 진정될 때까지 제임스 씨의 집에 좀 더 머물며 이야기를 나누고 싶다고 했다.

그것은 내 아버지도 쉽게 받아들일 수 있는 상황이 아니었다. 그는 이곳에서 나를 만나게 될 것이라고는 전혀 예상하지 못했을 것이다. 더군다나 그 모든 일을 겪고 그런 꼴이 되어서 나와 만나게 될 줄은 꿈에도 생각하지 못했을 것이다.

나는 그에게 시간을 주기로 했다.

나는 그를 만나기 위해 40년이나 기다렸다. 그가 저지른 일과 내 몸속에 그의 피가 흐르게 된 이유에 대한 해명을 듣기 위해, 그리고 그것이 그와 나에게 어떤 의미인지 묻기 위해 40년이라는 긴 세월을 기다려 왔다.

그래서 나는 다시 기다릴 것이다. 그들이 비탄에 잠겨 있는 동안, 그들이 지금까지 살아오면서 내뱉은 무수한 거짓말들을 한탄하는 동안 기다릴 것이다.

나는 언제까지고 기다릴 것이다.

그리고 그때가 되면 나는 이복동생 케이티의 손을, 한때 햇빛에 검게 탔던 농장주 딸의 손을 잡을 것이다. 그리고 내 이야기를 들려줄 것이다.

나는 케이티에게 우리 땅에 대한 이야기를 들려줄 것이다. 그리고 좋은 땅에 정착해서 풍요로움을 누리고 싶었던 우리 아버지, 이안 왓슨과 같은 사람들에게 빼앗긴 우리 집에 대한 이야기를 들려줄 것이다.

나는 케이티에게 원주민 보호구역에 대한 이야기를 들려줄 것이다. 강제로 이주당한 우리 부족에게는 무덤과도 같았던 곳, 땅과 우리 부족과의 관계를 송두리째 바꿔 버린 그곳에 대한 이야기를 들려줄 것이다.

나는 부감독관으로 지내던 시절의 우리 아버지와 열네 살의 어린 소녀였던 어머니 사이에서 일어난 일에 대해 들려줄 것이다. 그가 어머니의 순결을 빼앗고, 그녀의 몸속에 나라는 씨앗을 남기고 간 이야기를 들려줄 것이다.

케이티는 내 이야기를 듣고 괴로워할 것이다.

내가 들려주는 이야기 속 아버지와 그 아이가 알고 있는 아빠는 완전히 다른 사람일 테니까.

모든 아버지가 아버지이기 이전에 남자이고, 한 사람 안에 전혀 다른 두 인격, 이를테면 다정한 아버지와 매정한 인종차별주의자, 보호자와 강간범이라는 상반된 인격을 가질 수도 있다.

하지만 나는 케이티에게 내 어머니의 이야기는 거기서 끝이 아니라는 사실도 들려줄 것이다. 어머니는 금빛 피부와 파란 눈을 가진 나를 낳았고, 마을 사람들의 시선에 아랑곳하지 않고 사랑과 관심을 듬뿍 쏟으며 나를 키웠고, 나 자신과 다른 사람을 존중하고 사랑하라고 가르쳐 주었다. 어머니는 나를 학교에 보내 주었고, 글을 읽고 쓰는 법을 가르쳐 주었다. 어머니는 어머니만의 방식으로 그 시대의 부정에 맞서 싸웠다. 그리고 때가 되자 나를 마을에 남겨 두고 싸우러 갔다. 우리에게 자유를 안겨 줄 해방전쟁에 뛰어들었다.

우리 이야기는 여기서 끝나지 않는다.

어머니는 다른 많은 사람들과 마찬가지로 용감히 싸웠다. 우리는 무수한 유혈 사태와 테러, 고통을 겪은 뒤 자유를 쟁취했다. 마침내 흑인, 백인 그리고 나 같은 혼혈인을 비롯한 이 나라의 모든 사람들이 자유를 얻었다.

케이티는 내가 들려주는 자유에 대한 이야기를 이해하지 못할 것이다. 그 아이는 자유롭지 않은 삶을 경험한 적이 없기 때문이다. 그 아이는 자유롭게 살아왔다. 그 아이는 자유로운 영혼을 타고 났다.

하지만 그런 케이티도 역사의 굴레에서 자유롭지는 못해 과거의 편견과 불평등에 사로잡혀 있다.

그러나 언젠가 그 아이가 짐바브웨로 돌아온다면 나는 케이티를 우리 집으로 데려갈 것이다. 그리고 어머니의 농장 경계에 우뚝 솟아 있는 바오바브나무의 튼튼한 줄기 위에 농장주의 딸인 그 아이의 손을 올려놓을 것이다. 그러면 아이도 모든 것을 이해하게 될 것이다. 만약 그 아이가 사드자를 집어 들고 어머니의 달콤한 옥수수와 호박을 렐리시 소스와 함께 먹는다면, 자유가 얼마나 달콤한 것인지 알게 될 것이다.

이런 고통이 있기에 우리 짐바브웨의 혼란기는 아직 끝나지 않았다. 우리는 앞으로 많은 시련을 겪을 것이다. 하지만 고통은 우리 인생에 반드시 필요한 부분이다. 고통은 생명이 탄생하는 과정의 한 부분이며, 국가가 탄생하는 과정의 한 부분이기도 하다. 지금 우리가 겪는 시련은 우기의 폭풍우와 같지 않은가? 거세게 쏟아지는 빗줄기는 흙먼지들을 모두 씻어 버리고, 강을 막고 있던 암석 부스러기들을 깨끗이 없애 준다. 그리고 다음 날 아침이 되면 온 세상이 촉촉함과 비옥함 그리고 좋은 일들이 한가득 일어날 것 같은 새로운 생명력으로 빛날 것이다.

머지 않아 우리가 원하는 작물의 씨앗을 자유롭게 심고, 땅에 대해 다시 새롭게 상상하고, 우리가 함께 일궈 갈 미래의 산물을 수확할 때가 오지 않을까?

나는 그런 날이 올 것이라고 마음속 깊이 믿고 있다. 그날은 반드시 올 것이다.

아무도 집에서 멀리 떨어진 낯선 곳으로 쫓겨나지 않고, 모두가 마음을 열고 자유롭게 집으로 돌아올 날이 반드시 올 것이다. 우리 조상들이 오래전에 짐바 자 마브웨라는 위대한 돌의 도시를 세운 것처럼, 짐바브웨라 불리는 우리 집을 우리 손으로 다시 세우기 위해 모두가 자유롭게 돌아올 그날이 반드시 올 것이다.

로디지아/짐바브웨 역사

1888년 세실 로즈가 은데벨레 족의 왕 로벤굴라로부터 채굴권을 획득했다는 내용이 담긴 러드 채굴권 조약서가 발표되다.

1896년~1897년 첫 번째 해방전쟁(쇼나에서 일어난 자유를 쟁취하기 위한 전쟁)이 일어나다. 쇼나 족과 은데벨레 족이 그들의 땅을 빼앗아 간 백인 정착민들에 맞서 봉기를 일으키다.

1923년 로디지아 남부 지역이 영국의 자치 정부 식민지로 전락하고, 더 많은 유럽 정착민들이 로디지아에 도착하다.

1951년 원주민 토지 관리법이 통과되다.

1965년 이언 스미스 총리가 영국을 상대로 일방적인 독립선언(UDI)을 하다.

1966년~1979년 두 번째 해방전쟁이 일어나다. 짐바브웨 아프리카 민족 동맹(ZANU)과 짐바브웨 아프리카인민 동맹(ZAPU)이 로디지아 군에 맞서 무장 투쟁을 시작하다. 이 전쟁은 로디지아 백인들에게는 '덤불 전쟁'이라 불리게 된다.

1979년 새 헌법 초안이 영국인들에 의해 런던의 랭커스터 하우스에서 작성되다.

1980년 최초로 다민족 선거가 실시되고, 참된 의미의 독립을 쟁취하여 국명을 로디지아에서 짐바브웨로 바꾸다. 로버트 무가베가 초대 대통령으로 임명되다.

1990년대 경제개혁으로 극심한 인플레이션이 초래되어 짐바브웨의 국민들이 경제적 고통을 겪게 되다.

2000년 참전 용사를 비롯한 짐바브웨의 토착민들이 백인들이 소유한 농장을 습격하여 농장주들과 일꾼들을 쫓아내기 시작하다. 정부는 백인 농장을 몰수한다는 내용의 '토지 수용법'을 발표하다. 이는 세 번째 해방전쟁이라 불리게 된다.

2000년대 유럽, 미국 그리고 다른 나라들이 짐바브웨에 대해 제재를 가하다.

이 책은 내가 자란 곳이며 영원히 나의 고향이 될 짐바브웨에 보내는 러브레터와 같습니다. 문학적 유산을 통해 짐바브웨의 이야기를 전하는 것으로 내 나라에 겸허한 기여를 보태고 싶습니다.

타리오와 케이티가 자신의 땅을 지키기 위해 처절하게 겪었던 이야기는 짐바브웨의 역사입니다. 이것을 한국에 있는 여러분에게 전할 수 있게 된 것을 영광으로 생각합니다. 이 책이 한국에 출간되는 것을 매우 기쁘게 생각하며 한국의 독자들이 새로운 리더십을 갖추는 데 도움이 되길 바랍니다.

이 책이 담고 있는 소속감, 사랑, 상실, 그리고 구원이 언어의 장벽을 넘어 여러분에게 감동으로 다가가길 바랍니다. 또한 짐바브웨의 혼란스러웠던 역사, 문화, 국민을 이해하고 감동을 느끼길 바랍니다.

2014. 4

나이마 비 로버트